双葉文庫

神々の遺品

今野敏

1

一九九七年七月

アレックス・ジョーンズ少将は、老朽化した国防総省、通称ペンタゴンの廊下が嫌いではなかった。機能優先の、愛想のない建物だが、その古めかしさは歴史を感じさせるし、彼にとって居心地は悪くない。ぴかぴかのガラスやステンレスでできた近代的なビルにいるよりずっといい。彼はそう思っていた。

六十五歳になる彼は、かつては軍人の中では進歩的と言われたが、今では保守的な人間と見られがちだった。時の流れはいかんともしがたい。元来、どちらかというと保守的な趣向の持ち主だったのかもしれない。いまだに、生まれ育ったボストンの、古めかしいレンガの町並みが一番好きだった。士官学校を出て海軍に入り、さまざまな街に赴任した。横須賀に住んだこともある。どこにいても彼が思い描くのは、長く厳しい冬がようやく去り、うららかな陽光が降り注《そそ》ぎはじめる早春のボストンだった。

彼は、燃えるような赤い髪をしており、そのせいで実際よりずいぶんと若く見えた。眼は濃いブルーで、部隊にいるときは、その鋭い眼差《まなざ》しが部下に恐れられたものだ。

ジョーンズ少将は、早足で廊下を進んでいた。それは、あまり機嫌《きげん》がよくないことを物語っている。

すれ違う職員たちは、声を掛けようとはしなかった。彼らが、とばっちりを恐れていることを、ジョーンズは知っていた。機嫌の悪いジョーンズには近づくな。触らぬ神に祟りなし……。

機嫌が悪いのは、三日前に聞いた話のせいだった。いきなり、国防長官から電話があり、シド・オーエンという男と会ってくれと言われた。国防長官は理由を説明しなかった。そのときから、すでにジョーンズ少将の機嫌は悪くなりつつあった。

国防長官は、火曜日の午後の予定に割り込んできた。十分でいいからシド・オーエンの話を聞けというのだ。

頑固者のジョーンズも、国防長官には逆らえない。火曜日の三時に約束をした。どうせ、また予算を求めてやってくるのだ。ジョーンズはそう考えた。

誰かが何かを計画する。それに評価を下し、議会の小委員会に出席したり、ホワイトハウスに根回ししたりして予算を獲得するのがジョーンズの役割だ。正式にそういう役職があるわけではない。いつしか、ジョーンズの顔の広さと言いだしたら後に引かない交渉術が広く認められ、そういう役割を担《にな》うはめになったというわけだ。

やってきたシド・オーエンを見て、ジョーンズは驚いた。まだ、ひげも生《は》えていないような若者に見えた。実際には、オーエンは二十四歳だということだったが、ジョーンズが普段接している議会や政府の連中に比べると、子供も同然に思えた。

そして、その若造が言ったことが、さらにジョーンズを驚かせた。

彼は「セクション0」と書かれたファイルを差し出してから言った。

「オーパーツというのをご存じですか？」

ジョーンズは、最初、コンピュータか何かの部品のことかと思った。オーの頭文字で始まるパーツ。

彼は正直に知らないと言った。その頃には、ジョーンズはますます不機嫌になっていた。シド・オーエンによると、オーパーツというのは、Out-of-place artifactsの頭文字を取った言葉だそうだ。つまり、「場違いな工芸品」というわけだ。コンピュータとは何の関係もなかった。若者がやってきて意味不明の言葉をしゃべれば、それはたいがいコンピュータに関連したことだというのが、昨今の世相だ。

だが、オーエンのいうオーパーツというのは、コンピュータの話題よりずっとやっかいだった。

それは、考古学の世界などで使われる言葉らしい。だが、オーエンの説明を聞くうちにそれは考古学というより、むしろオカルトの世界で好まれているような印象を受けた。

古代遺跡の出土品の中には、どう考えてもその時代にそぐわないものが含まれていることがあるらしい。その時代にはあってはならないものが、出土するのだ。

たいていは、古代には考えられない科学技術を物語るようなものだという。

「例えば」と、オーエンは言う。

コスタリカの熱帯雨林の中から、おびただしい数の石の球体が発見されたという。大きなものは直径が二メートル以上もあり、重さは二十五トンにも及ぶらしい。その石球を作ったのは、西暦三〇〇年から八〇〇年にかけて、コスタリカのあたりで栄えたディキス石器文化人というインディオの一種族であることが学界の通説になっているとオーエンは言った。

これらの石球は、いずれもほとんど完璧な球体で、さらに、どこを測っても直径がきっかり同じ完璧な球が同一の場所から二個発見されたという。

たかが、石の玉がどうしたというのだ。ジョーンズがそう反論すると、オーエンは不思議そうな顔をして、直径二メートル、重さ二十五トンにも及ぶ花崗岩《かこうがん》を、完全な球体に削り出すのは、現代の技術力をもってしてもたいへんに難しいのだと言った。

言われてみればそのとおりかもしれないとジョーンズは思った。

しかも、石球群が発見されたジャングル地帯には花崗岩は存在しない。十キロ以上離れた山岳地帯には花崗岩があるが、そこで切り出されたような形跡もない。巨大でおびただしい数の石球がどこから、どうやって運ばれてきたか、まったく謎なのだ。オーエンはそう説明した。

若者は真剣な顔つきで説明したが、ジョーンズは興味がわかなかった。この経験豊かな軍人は、極《きわ》めつけの現実主義者なのだ。

話を聞きながら、オーエンが持ってきたファイルに目を通した。そこには、シド・オーエンの経歴が書かれてあった。正直に言って、その経歴には驚かされた。シド・オーエンは十七歳でエール大学を卒業しているという。専攻は言語学。特に、未知の言語の解読や暗号解読が専門だということだ。

大学卒業後、CIAがスカウトしたらしい。いかにも、ラングレーのアイビーリーガーたちがやりそうなことだ。ジョーンズはそう思った。

いかにコスタリカの石球が奇妙なものであるかを述べるオーエンを遮《さえぎ》るように、ジョーンズは言った。

「その石ころのことを話すためにここへ来たのかね?」

オーパーツがどのようなものかを理解してもらいたいのだとオーエンは言った。

充分に理解した。オーパーツなどというのがくだらない戯言《たわごと》であることを。

セクションOは、軍の内部に作られたオーパーツの研究機関で、その存在は厳重に秘匿されているという。それはそうだろう。ジョーンズ少将すら知らなかったのだ。ジョーンズ少将の正式な身分は、国防情報局の特殊任務責任者だ。軍というのは秘密の多いところで、ジョーンズの仕事の内容すら普段は秘匿されている。

それがつまらない予算の獲得の仕事であっても、だ。

セクションOは、オハイオ州のライト・パターソン空軍基地内に置かれているという。

ジョーンズは、思わず眉をひそめた。

また、ライト・パターソンか……。この手の話はみんなあそこに行き着く。ジョーンズ少将がそう思ったのも無理はない。墜落したUFOの残骸が保管されているだとか、宇宙人の遺体が保管されているだとかいう噂が絶えない基地だ。UFO研究家と称する怪しげな人々は、かたくそれを信じているらしい。

たしかに、かつて、『ブルーブック』と呼ばれるUFOの研究機関がこの基地に置かれていたことがあった。しかし、それは三十年も昔のことなのだ。

オーエンは、これまでセクションOが、どんな研究をしてきたのかを説明しはじめた。南米の古代文明に関する研究。また、メソポタミアの古代文明に関する研究。エジプトや古代インド文明に関する研究などなど……。

そんなものをなぜ軍がやらなければならないのか、ジョーンズ少将には理解できなかった。

そして、オーエンはついにジョーンズのもとにやってきた本来の目的を話した。セクションOの秘密を守るための実働部隊を組織してほしいと言うのだ。

ジョーンズは困惑した。そして、次の瞬間、怒りはじめた。

どんな権限で、この若造がこの私に指図するのだ。どんなくだらない研究だろうと、私と関係のないところで続けられるのならかまいはしない。しかし、その研究の秘密を守るために、私に実働部隊を組織しろという。

たしかに、ジョーンズの本来の役割は、情報局の特殊任務だ。過去には、覚醒剤のカルテルに打撃を与えるために、特殊部隊を組織して南米に送り込んだこともある。冷戦時代にはもっと思い切ったこともやった。

だが、オーエンの要求は問題外だった。ジョーンズは、即座にその要求を一蹴《いっしゅう》しようとした。

しかし、オーエンは話し合いが決裂しそうになったら、国防長官に電話するように言われていると語った。

好きにすればいいとジョーンズが言うと、オーエンはジョーンズの机の上にある電話に手を伸ばして、本当に国防長官を呼び出したのだ。そして、ジョーンズに受話器を差し出した。

ジョーンズが代わると、間違いなく国防長官が出ており、こう言った。

「シド・オーエンの要求は私の要求であると理解してくれ。彼に君のもとを訪ねさせたのも、直接話を聞いたほうが時間の節約になると考えたからだ」

ジョーンズは驚き、オーエンをしげしげと見つめた。つまり、セクションOの件に関しては、この若造が国防長官と同等の権限を持っているということになる。

となれば、ジョーンズは逆らえない。ジョーンズは具体的な話を聞かなければならない立場であることを思い知らされた。

オーエンの要求は一種の秘密工作だった。セクションOの研究内容が漏洩《ろうえい》する危険があるときは、あらゆる手段を駆使してそれを防止してほしいと言った。

特殊任務の責任者であるジョーンズに、「あらゆる手段を駆使して」という言葉を使うときは、表沙汰にできない物騒な手段を含むことを意味していた。

政府によるUFO研究は、一九六九年の『プロジェクトブルーブック』の解散の後も続けられていると主張する、ある種の人々がいる。彼らは、『ブルーブック』の解散は隠蔽工作でしかなく、政府はかつてよりもずっと熱心に、厳重な秘密のもとでUFO研究を進めていると信じている。彼らはその研究に携わる組織をX機関と呼び、その秘密を守るために秘密裡に活動する人々をMIBと呼んでいる。

MIB、つまり、メン・イン・ブラック。黒ずくめの男たちだ。オーエンは、ジョーンズにMIBの真似事をやれと言っているのだ。

どういう経緯で国防長官がこの若者をジョーンズのもとに送り込んできたのかはわからない。しかし、ジョーンズには、オーエンがまともとは思えなかった。

セクション0の研究成果は、実際に眼で見ないとわからないに違いないと言い、ジョーンズにライト・パターソン空軍基地まで来てくれと言った。

ジョーンズは、その要求も国防長官の要求として受け止めなければならなかった。

そういうわけで、彼はライト・パターソンに向かうべく、腹立たしげにペンタゴンの廊下を進んでいるのだった。

基地までは軍用機で一飛びだ。一般旅客機のようにカウンターでチェックインする必要もなければ、ゲートが開くまで時間をつぶす必要もない。

しかし、いきなりやってきた若造が、彼の一日のスケジュールをめちゃくちゃにすることが腹立たしかった。

ジョーンズは初めてライト・パターソン空軍基地を訪れた。もともと海軍出身のジョーンズ少将は、空軍の基地を訪れる機会がなかった。

広大な基地で、敷地の多くは駐機場と滑走路に割《さ》かれている。ジョーンズが乗った軍用機が着陸すると、すぐにジープが横付けされて、将校がいくつかあるビルの一つに案内した。そのビルの玄関で、オーエンが待っていた。

彼はにこやかにほほえんでいた。

「ようこそ、将軍」

ジョーンズはぶっきらぼうにうなずき返しただけだった。彼は、オーエンの後に続き、エレベーターに乗り込んだ。エレベーターは下り始めたが、なかなか止まろうとしなかった。地下深くまで下っていくことを物語っている。ジョーンズは不安になり、ちらりとオーエンを見た。

オーエンは落ち着き払った態度だ。まるで我が家にいるようだった。

やがて、エレベーターの扉が開くと、まずジョーンズは、銃を構えた二人の歩哨を見た。彼らはドアの前を固めていた。

オーエンがドアの脇にある顕微鏡のような筒を覗《のぞ》き込んだ。その装置のことは知っていた。虹彩《こうさい》のパターンを識別するためのものだ。オーエンの虹彩パターンが、登録されているものと一致したため、その装置の脇の壁が開いてテンキーが現れた。

オーエンがキーに六桁の数字を打ち込むと、ようやくドアがスライドして開いた。まるで『スター・ウォーズ』の宇宙船のドアのように分厚い。

その中には長い廊下があった。左右にドアが並んでいる。

その広大さに、ジョーンズはまた驚いた。

「これが全部、セクション0なのかね？」

「失礼？」

オーエンが聞き返した。「これが全部とは、どういう意味ですか？」

「ここに並んでいるドアだ。これらの部屋がみんなセクション0のものなのか？」

「そうです」

「私はまた、基地の隅っこの小さな部屋で、数人の男たちが額を突き合わせるようにして何か研究しているところを想像していたんだがな……」

「セクション0がその程度のものであれば、わざわざ提督においでいただいたりはしません。それから、提督……」

オーエンが言った。「提督はセクション・ゼロとお呼びですが、正しくは、セクション・オーです」

オーエンが一つのドアの前で立ち止まった。彼がそのドアを開けると、まるで、映画の試写室のような部屋の内部が見えた。

「さあ、どうぞ」

「映画でも上映して、私をもてなそうというのかね？」

オーエンは、このジョーンズのジョークに笑顔でこたえた。

「映画などより、ずっと興味深いはずです」

ジョーンズがシートに腰掛けると、照明が消えた。

ショータイムだ。ジョーンズは思った。

本当に映画館のようじゃないか。

それからの二時間、ジョーンズは、時間の経過を忘れた。たしかに、オーエンの言ったとおりだった。オーエンのショーは、映画などよりずっと驚きに満ちていた。

オーエンのショータイムが終わり、部屋に明かりが灯《とも》っても、ジョーンズは同じ姿勢のまま動こうとしなかった。

部屋の一点を見つめ、何事かしきりに考えている。いや、考えようとしているのだが、思考が停止してしまっていた。

オーエンが近づいてきて、ジョーンズに声を掛けた。

「感想はいかがです、提督」

ジョーンズは、ゆっくり顔を上げた。そして、オーエンに言った。

「これは何かのトリックではないのだろうな?」

「もちろん、違います。あなたをだまそうとしても、いずればれてしまうでしょうからね。これは掛け値なしに真実です」

「私にも理解できるように、説明してほしいものだな」

オーエンは余裕たっぷりにうなずいた。

「もちろんです。そのためにいらしていただいたのです。時間は充分にあります」

ジョーンズは、ソファのある部屋に案内され、紙コップに入ったコーヒーをもらった。オーエンと二人きりだった。そこで、長い時間をかけてオーエンの話を聞くことになった。

ライト・パターソン基地から国防総省に戻ったジョーンズは、すぐに部下のリストアップを始めた。過去のファイルを取り寄せ、必要な人材の洗い出しにかかった。

その結果、一人の男を選び出した。

ボブ・ショーター少佐。今年で三十五歳になる彼は、今ではある海軍基地で教官をやっているはずだ。本来、教官などやっている男ではない。彼は、かつて海軍特殊部隊、通称ＳＥＡＬ《シール》のメンバーだった。空飛ぶフロッグメンと呼ばれるＳＥＡＬは、すこぶるタフで優秀な男たちの集まりだった。

特にボブ・ショーターは優秀だった。彼は、湾岸戦争ではめざましい働きをしたのだが、その性格が災いして、軍の中では出世できずにいた。

彼は冷静に任務をこなす。その点では優秀な兵士に違いない。しかし、冷徹すぎるという評価を下す者もいた。彼は、文字通り、眉一つ動かさずに人を殺すことができる。特に、有色人種を殺すときはそうだった。彼は人種差別主義者だ。それを隠すだけの理性を持ってはいたが、その事実に変わりはない。

ジョーンズ少将は、差別主義がこの仕事の支障になるかどうか検討してみた。その結果、ショーターの冷徹さと兵士としての優秀さはそれを補ってあまりあると結論を下した。

セクションO版MIBの実際上の責任者をショーター少佐にやらせることに決めた。秘密保持のための秘密工作活動。ショーターにはもってこいだ。彼も退屈な生活から抜け出すことができて喜ぶにちがいない。

ジョーンズ少将は、そう考えた。

それにしても、あの日、ライト・パターソン基地で見たものは……。

ジョーンズはあわてて頭からそのイメージを追い出した。

思い出すのはよそう。忘れることだ。でないと、つい口を滑らせてしまうかもしれない。この私が機密を洩らして、ショーター少佐に消されるはめになったら、しゃれにならん……。

ジョーンズ少将は、古めかしいタイプライターに向かって、必要な書類作りを始めた。

こうして、セクションOの機密保持部隊は生まれた。ショーターは、配属されるとすぐにジョーンズ少将の期待をはるかに越える働きを見せはじめた。彼は、世界中のどこへでも、いつでも即座に飛び立ったし、必要な仕事を完璧にこなしてライト・パターソン基地に戻ってきた。

機密保持部隊の仕事ぶりは、セクションOの責任者である、シド・オーエンをも充分に満足させたようだった。

だが、ジョーンズは、仕事がうまく運んでいるときの高揚感を抱いてはいなかった。この仕事のことはすべてショーター少佐に任せて、関わらないようにしよう。そう心に決めていた。

この件は忘れてしまうのが一番だ。ジョーンズは、ライト・パターソン基地を訪れた日からずっとそう思い続けていたのだ。

2

ドアを開けて入ってきた少女は、横柄《おうへい》な態度で狭い事務所の中を見回した。部屋に入っても野球帽のような帽子を脱ごうともしない。さらにサングラスを掛けたままだった。

石神達彦《いしがみたつひこ》は、かちんときた。

この国では、若者に礼儀を教えなくなってどれくらいたつのだろう。大人たちは、若者に媚《こび》を売ってばかりいるような気がする。その結果、こんな少女ができあがるのだ。

石神達彦は机の後ろで椅子にもたれ、そんなことを考えていた。

だが、助手の明智大五郎《あけちだいごろう》は別の印象を持っているようだった。この若者は、少女の見事なプロポーションに見とれているのだ。たしかに、ジーパンに包まれた彼女の脚はなかなかのものだった。

「ここって、人探しをやってくれるのよね？」

少女がいきなり言った。

石神はうなずいた。

「そういう仕事もやる」

「この人を探してほしいの」

彼女は、写真を取り出して石神の机の上に置いた。石神は、写真を見ずに少女を見つめていた。

「用件を言う前に、やることがあるだろう？」

少女は、石神のほうを向いたが、サングラスのせいでどこを見ているかわからなかった。

「何のこと？」

「まず、人と会ったら帽子とサングラスを取って、自分の名を名乗るんだ」

「最初に用件を言ったほうが、話が早いでしょう？」

「君たちの世代ではそうかもしれない。だが、私たちのコミュニケーションというのはそういうものではないのだ」

少女は肩をさっとすくめると、帽子を取った。中にまとめてあった髪がするすると滑り落ちてきた。長い艶やかな髪。サングラスを取ると、大きくよく光る眼が現れた。それは劇的な瞬間と言えるかもしれない。化粧をしている様子はなかったが、彼女にはその必要などなかった。白い肌がまぶしいくらいだ。頰は完璧な曲線を描き、その曲線は形のいい唇へ流れていく。口紅も塗っていないが、唇はいきいきとしたピンク色をしている。

石神は明智のことをあれこれ言えないなと思った。つい見とれてしまいそうになったのだ。

だが、明智は、さらに意外な反応を見せた。

彼女の名前を呼んだのだ。

「あ、高園江梨子《たかぞのえりこ》……」

石神は頰のこけた明智の顔をちらりと見て尋ねた。

「知り合いか？」

明智は、あわててかぶりを振った。

「とんでもない。彼女、タレントですよ」

「タレント？」

「そう。ＣＭに出て話題になって……。最近は雑誌のグラビアなんかによく出ています」

高園江梨子はほほえんだ。その笑顔は実に効果的だった。仏頂面《ぶっちょうづら》をしているよりずっといい。石神の彼女に対する反感が薄らいでしまいそうだった。

「名前を覚えててくれて、光栄だわ。これで名乗る必要はなくなったようね」

石神は返事をせずに、ただ肩をすぼめただけだった。

江梨子はさらに言った。

「今度はそちらが名乗ってくれる番じゃない？」

石神はうなずいて名乗った。そして、助手の明智大五郎を紹介した。

江梨子は、いたずらっ子のような顔で尋ねた。

「どちらが探偵さん？」

「私だ。見てわからないかね？」

「だって、そっちの人の名前のほうが探偵っぽいじゃない。明智って名前の名探偵がいたでしょう」

「実在の人物じゃない。彼の親御さんが江戸川乱歩のファンでね。生まれた子供に、小五郎より大物になってほしいという願いを込めて大五郎と名付けたというわけだ」

何度この説明をさせられたことだろう。

石神はそう思った。しかし、明智を面接して雇うことに決めたのは石神だ。その際に、名前に興味を引かれたのは事実だから文句は言えない。

その話題にケリを付けたくて、石神は机の上の写真を手に取った。カラーのスナップ写真だ。長髪の若者が写っている。膝丈までのだぶだぶのズボンをはき、シャツの裾を外に出している。

石神は、そういう恰好をだらしのないものと感じてしまう。だが、気が付いてみれば、街の中はそんな若者であふれているのだ。

思えば、石神が若い頃はベルボトムのジーパンに長髪という恰好が当たり前と思っていた。しかし、親の世代からするときわめて不愉快だったに違いない。

それだけ年を取ったということなのかもしれないと、彼は思う。肉体的な衰えだけではなく、精神的にも弾力性がなくなっていく。それが年を取るということなのかもしれない。

石神は、まだまだ老《ふ》け込む年齢ではない。しかし、やはり若い頃のようにはいかない。それが淋しくないと言えば嘘になる。

「探してくれと言ったな？」

石神は尋ねた。「この写真の人物とあんたの関係は？」

「友達よ」

「その言葉の定義は曖昧《あいまい》でね……。できれば、もっと具体的に教えてもらいたい」

高園江梨子は、苛立《いらだ》たしげに溜め息を洩らした。

「友達と言ったら友達なのよ。何が訊きたいの？　その子との肉体関係？」

石神は平然とこたえた。

「そう。そういう具体的なこともためになるかもしれない」

「肉体関係はなし。知り合ったのは三年前。高校の同級生よ」

「同級生？　あんたは今も高校に通っているのか？」

「卒業したわよ。あたしは十九歳よ」

年より若く見える。もっとも、最近の若者は一様に幼くなったような気がする。石神が若い頃、十九歳といえば、けっこう大人だったような気がする。

いや、そう感じるのも、単に年を取ったせいか……。

「親しかったのか？」

「まあまあね。あたし、去年、コンピュータを買ったの。そのときに、いろいろと教えてもらったのよ。高校のときから、そいつコンピュータとか詳しかったから……」

コンピュータか……。その言葉に反感を覚えてしまうのは、すでに時代遅れの証拠だ。

今時、誰だってパソコンくらい扱えるということは知っている。会社に勤めれば嫌でもパソコンに触らなければならない。

石神が若い助手を雇う気になったのも、実はコンピュータの必要性を強く感じたからだった。探偵の仕事にコンピュータが使えればずいぶんと便利に違いないと思ったのだ。明智はなかなかコンピュータに詳しい。いや、自分ではハッカーだと言っている。かなり自信を持っているらしい。しかし、石神の事務所にあるパソコンで、今のところ一番役に立っているのは、家計簿ソフトだった。

「コンピュータのことを教えてもらった……。それだけの関係ということか？」

「あのね、コンピュータってただ教えてもらうだけじゃだめなの。素人《しろうと》にはちんぷんかんぷんよ。買ったら、全部線なんかをつないでもらって、何だかんだ設定をしなきゃならないの」

「それをすべてやってもらったというわけか？」

「おかげでインターネットとか、電子メールとかできるようになったわ」

「あんたは一人暮らしなのか？」

「そうよ。事務所が持っているマンションが白金《しろがね》にあって、そこに住まわせてもらっているの」

「ならば、その写真の人物は、一人暮らしのあんたのマンションに上がり込んだということになるな」

「当たり前じゃない」

それが、当たり前のことかどうか、石神にはわからない。

「写真の男の名前といなくなった経緯を教えてくれ」

「……ということは、仕事を引き受けてくれるということね」

「規定の料金さえ払ってくれれば、仕事はする」

石神は、明智に目配せをした。明智は、人探しの場合の一般的な料金を告げた。決して安くはない金額だが、高園江梨子は眉一つ動かさずに「いいわ」と言った。

「その他、交通費をもらう」

「お金のことは、問題ないわ」

新人タレントが、それほど裕福とは思えなかった。事務所によっては、プロモーションの経費がかかるということで、デビューしてしばらくはただ同然でこき使うところもある。

だが、今はそんなことにこだわるよりも、依頼の内容を確認することだ。石神は、話の先をうながした。

「その子の名前は、東堂由紀夫《とうどうゆきお》。二日前から突然、連絡が取れなくなったの。携帯に電話をしても出ないし、自宅に電話しても出ないわ。部屋へ行ってみたんだけど、戻ってきた様子がないの」

石神は、脱力感を覚えて話を遮った。

「ちょっと待て。二日前から連絡が取れない。ただそれだけのことで、ここへ来たのか？」

「そうよ」

石神はかぶりを振った。

「出直してきたほうがいい。何かが起こったような気がするの」

「そんなことないわ。何かが起こったような気がするの。今頃、ひょっこり部屋に帰っているかもしれない」

石神は、少しばかり慎重になって尋ねた。

「事件に巻き込まれた恐れがあるということか？」

「そうかもしれない」

「何か、心当たりがあるのか？」

「心当たり？」

「そうだ。東堂由紀夫が事件を臭わせるようなことを言っていたとか……」

「いいえ」

石神はますます脱力感を覚えた。

「それじゃ、話にならない」

「ホームページが書き換えられたって言っていたわ」

「書き換えられた？」

それが何を意味しているのか、石神にはわからない。ちらりと明智のほうを見た。明智は江梨子を見つめ、熱心に話を聞いているように見える。ならば、こういう話題の判断は明智に任《まか》せたほうがいい。もっとも、話を聞かずにただ見とれているだけという恐れもあるが……。

「そう。東堂君は、ホームページを持っているんだけど、それが誰かに勝手に書き換えられたんだって」

石神は明智を見て尋ねた。

「これがどういうことなのか説明してくれるか？」

「ホームページってのは誰でも作れて、誰でも見られるというのが原則なんです。HTMLという言語で書かれていますが、その正体はテキストファイルで、書式なんかを指定するタグというのを打ち込んでですね……」

「おまえ、そんな話を俺にしてわかると思っているのか？」

「だって、説明しろって言ったじゃないですか」

「説明というのは、聞く人間がわかるようにするものだ」

「ええとですね。つまり、ホームページというのは、自分のパソコンで作った文章なり画像なりを、みんなが見られるような形にしてですね、みんなが立ち寄る広場のようなところに預けておくわけです」

「広場？」

「ええ。僕たちはそれをサーバーと呼んでいます」

「その広場では、見に来たやつが勝手にページを書き換えていけるのか？」

「いいえ。本来それはできない仕組みになっているんです。つまり、図書館の閲覧を連想してくれればいいと思います。サーバーにアクセスしても閲覧はできるけど、文章や写真の書き換えはできないはずなんですが……。サーバーに置いてある文章や写真を自分のパソコンのディスクにコピーすることはできるんです。コピーしたものは自由に書き換えられます。でも、それを広場の中にある図書館のものと置き換えることは、通常はできないんです」

「おかしいじゃないか。東堂という男のページは書き換えられたのだろう？」

「世の中にクラッカーという連中がいて、サーバーのファイルに不法に侵入するやつがいるんです。そういうやつらの中には、元のファイルを書き換えたものと置き換えていくようなやつもいるわけです」

「つまり、普通のやつはやらないけれど、やろうと思えばできるやつもいるということだな？」

「できます。特に、UNIX《ユニックス》系に強いやつならば……」

「だから、そういう話は余計だっていうんだ」

明智は文句を言われても平然としている。雇い主の石神を恐れてはいないようだ。

……というより、明智という若者はもともと他人との関係にあまり関心がないように見える。他人が自分をどう思おうと、気にしないのかもしれない。それは、石神にとってはうらやましい性格といえた。

石神も今では他人が自分をどう見ているかなどそれほど気にすることはない。だが、そうなるまで、彼はずいぶんと人生経験を積み、苦労をしなければならなかったのだ。

「それで、それはどういうふうに問題なんだ？」

「大問題ですね。普通の出版物を考えてみてください。勝手に書き換えられた著作物が流通したらどうなります？」

「いや、そうじゃなくてだな……。一般的な問題ではなく、この場合どういう問題かということだ。つまり、ホームページが書き換えられたというのは、東堂という男にとってどういう問題があったか、ということだ」

「それはわかりません」

石神は、またしても脱力感を覚えた。どうも最近の若者と話していると、調子が狂ってくる。

石神は江梨子を見た。江梨子はさっと肩をすくめた。

「あたしにもわかんないわよ。でも、なんだか、東堂君、怯《おび》えていたみたいだから……」

どう判断していいのかわからなかった。

「彼はどんな仕事をしているんだ？」

「学生よ。大学生」

「大学の友達の家でも泊まり歩いているんじゃないのか？」

石神が学生の頃は、そういうことが珍しくはなかった。

「そういうときは、必ず携帯で連絡が取れるようにしてあるわ」

もしかしたら、本当に事件に巻き込まれているのかもしれない。少なくとも、江梨子は何かを感じ取っているようだ。

しかし、その可能性は少ない。江梨子の杞憂《きゆう》でしかないのかもしれない。あるいは、江梨子には言えないような場所に泊まり込んでいるということもあり得る。例えば、女の子のところとか……。

若者が二、三日姿を消すなどというのは珍しいことではないような気がする。仕事が入るのはありがたいが、この件は断ったほうがよさそうだと石神は思った。

子供の相手はしていられない。

「悪いが、この仕事は……」

石神がそこまで言ったとき、明智が有無を言わせない口調で言った。

「この仕事、引き受けましょう」

石神は思わずのけぞりそうになった。

「まず、そのホームページというのを調べてみましょう。東堂君のURLはわかりますか?」

「アドレスのことね? わかるわ」

江梨子は肩に掛けていたバッグを開いて中をかき回しはじめた。

「待て待て待て」

石神は言った。「俺は仕事を引き受けるとは言っていないぞ」

明智は不思議そうな顔で言った。

「事件の臭いがするじゃないですか。石神さん、いつも言っているでしょう。浮気の調査だの信用調査だのはもうたくさんだ。探偵というからには、ちゃんとした事件を扱いたいって……」

「そういうことを依頼人の前で言うな」

たしかに、明智の言うとおりだった。石神のところにやってくる依頼人のほとんどは浮気の調査だった。あとは、結婚をひかえた子供を持つ親が、結婚相手の信用調査を依頼してくるケースも少なくない。

日本における探偵なんて、そんなものだと言ってしまえばそれまでだ。しかし、石神にも理想というものがある。

「いいじゃないですか」

明智は言った。「別に忙しくないんだし。これ、面白そうじゃないですか」

「事件の臭いがすると、おまえは言ったがな、俺にはそうは思えないんだ」

「他人のホームページを勝手に書き換えるのは、立派な犯罪ですよ」

石神は溜め息をついた。

明智の考えていることはわかる。かわいいタレントとの縁をこれきりにしたくないのだ。石神は、あらためて高園江梨子を眺めた。タレントというのは、やはり普通の女の子とはどこか違う。選ばれた人材という感じがする。愛くるしい顔に、意外なほどの胸の膨らみ。引き締まったウエストに、すらりと伸びた脚。グラビアなどで見るときよりも、こうして普段着で目の前にいるときのほうがそうした特徴は際だつような気がする。

石神はもう一度溜め息をついた。

まあ、いいか。ここは明智の顔を立ててやってもいいかもしれない。

彼の言うとおり、仕事は暇だ。もし、調査を始めてすぐに東堂がひょっこり現れても、調査費用の手付け金は払い戻さないことになっている。つまり、石神にとっては損はないということだ。

「では……」

石神は言った。「仕事の前に、契約書を作っておこう。明智、用紙を依頼人に渡して記入してもらってくれ」

明智は浮き浮きとした様子で、江梨子を応接セットのところへ案内し、記入の仕方を教えている。

石神は、ぼんやりとその姿を眺めながら、明智が言ったことをもう一度思い出していた。

探偵というからには、ちゃんとした事件を扱いたい、か……。

かつて彼は、事件を扱う最前線にいた。警視庁の刑事だったのだ。所轄を二つ経験して、部長刑事まで務めたが、結局、辞めることにした。

組織で働くか、一人で働くか。その選択の結果だった。性格的に、石神は組織で動くより一人で動くタイプだった。刑事というのは、大きな機械の歯車に過ぎない。石神は強くそう感じるようになったのだ。

もちろん、警察の中で生き甲斐を見つける刑事はたくさんいる。組織を批判しながらもうまく立ち回る連中も多い。

しかし、石神は組織の中で生きるタイプではなかった。さらに、石神には警察官としては決定的ともいえる欠点があった。すぐに人の言うことを信じてしまうのだ。

警察という組織においては、それがおおいにマイナスに作用する。聞き込みに行って与太話《よたばなし》を信じ、上司から大目玉を食らったことが何度もある。

しかし、不思議なことに一人で探偵を始めてからは、その点がそれほど仕事に支障をきたしてはいなかった。たぶん、一人で考え、一人で判断を下すのと、集団で何かをやることの違いなのだろうと石神は思っていた。

警察を辞めた後、探偵学校に通い事務所を開いたのは、やはり犯罪捜査の世界に携わっていたいと思ったからだ。

彼は小さい頃から探偵に憧れていた。探偵という存在に一つの理想を抱いていた。鋭い観察力と明晰《めいせき》な頭脳によって、警察の盲点を突き、見事に事件を解決する探偵。

警察官を経験した今となっては、私立探偵が警察の組織力に勝てるはずなどないことはわかっていた。警察の科学捜査は、髪の毛一本、煙草《たばこ》の吸い殻についた唾液、掃除機で吸い取った衣類の繊維などから犯人像に迫っていく。

捜査本部の聞き込みはまさに人海戦術だ。個人の力などとうてい及ぶものではない。

それを充分に知っているにもかかわらず、石神はまだ、探偵の理想像を捨てていなかった。

探偵というのは、ただの捜査員ではない。存在そのものなのだ。水も漏らさぬような警察の捜査にもかかならず弱点や盲点はある。私立探偵というのは、そういうところを決して見逃してはならない。そして、明快な推理を展開して事件を解決へと導くのだ。

石神は、そういう探偵になりたかった。

実際は、浮気の調査だの信用調査だので生計を立てている。今はそうだ。しかし、いつかは難事件に関わり、それを解決したいと願っているのだった。

「石神さん。できました」

明智が必要な書類を持ってやってきた。「費用は振り込んでくれるそうです」

これで、契約が成立したことになる。

「振り込みを確認したら、すぐに仕事にかかるよ」

私が言うと、江梨子は大きな眼をさらに丸くした。

「今すぐに取りかかってよ。契約は成立したんでしょう?」

石神が何か言い返そうとしていると、それより先に明智が言った。

「そうですよ。別に忙しくないんだし」

そうか。おまえたちは、共闘するということか。

「やりたいなら、おまえがやればいい」

石神は明智に言った。「インターネットがどうとか言っていたじゃないか」

嫌味のつもりだったが、明智はいそいそとパソコンをいじりはじめた。普段は気が利《き》かないくせに、こういうときだけはてきぱきと動く。

どうせ、江梨子にいいところを見せたいのだろう……。

「つながった。これが、東堂君のホームページか。ほう……、盛りだくさんだな。いったい、どのページが書き換えられたんだろう……」

江梨子が明智の背後に立って、パソコンのディスプレイを覗き込んでいる。二人の体がくっつきそうだ。

明智はひそかにうれしがっているに違いない。石神は、少々不愉快だった。

「これよ。この『超古代文明の謎』というページ」

明智はマウスをクリックする。

「へえ。ピラミッドの秘密か……。こいつは面白いや」

「あの子、こういうのが好きだったのよ。ものすごく詳しかった」

「なるほど……。ピラミッドはオーパーツだというわけか……」

「そうらしいわ」

石神は二人の会話を聞いて思わずかぶりを振っていた。

「ピラミッドなんて、ただのでっかい墓だろう」

石神は言った。「何がそんなに面白いんだ?」

明智は、ディスプレイを見つめたままこたえた。

「ピラミッドは墓じゃないらしいですよ」

「墓じゃない?」

「ええ。正確に言うと、大半のピラミッドはエジプトの王の墓として作られたんですけれど、僕たちがピラミッドというときに思い出す、ギザの大ピラミッドは墓じゃなかったと、東堂君は言っています」

「じゃあ、何だったんだ？」

「いろいろな説があるようですが、彼は宇宙船の誘導システムかエネルギーを蓄積するシステムだったという説を採用しているようですね」

「な……」

石神は、あきれて言葉を失った。

明智はさらに、ホームページに書かれているらしい事柄を説明した。

「ギザにある三つの大ピラミッドのうち、一番大きいのはクフ王のピラミッドと呼ばれていて、古代エジプトのクフ王の墓だと言われてきましたが、これはどうやら間違いのようですね。クフ王のピラミッドと呼ばれる大ピラミッドが、すでにクフ王の治世前からあったことを示す石碑が、近くのイシス神殿跡から見つかっている……。ここにはそう書いてあります」

石神は、付き合いきれないというふうに片手を振った。

「おい。俺たちは、人探しをしなくちゃならんのだぞ。そんなことはどうでもいいだろう」

明智は相変わらず、ディスプレイを覗き込んだまま言った。

「どこに手がかりがあるかわからないじゃないですか。わざわざホームページを書き換えるなんて普通じゃないですよ。高園さんが言うとおり、事件の鍵はここにあるかもしれません」

事件の鍵！

石神は、再びかぶりを振った。どこの誰が最初に使った言葉なのか知らないが、たしかに推理小説などで使われる言葉だ。しかし、警察官をはじめとするプロは決してそんな言葉は使わない。

「東堂君は、本当に怯えていたのよ。彼がいなくなったことと、このホームページが何か関係あるに違いないわ」

はいはい……。わかりました。好きにすればいい。石神は、そう思いながら黙っていた。

明智がさらにホームページの内容について説明した。

それによると、どうやら、大ピラミッドがクフ王の墓だと言いだしたのは、英国陸軍大佐ハワード・ヴァイスで、彼は、ピラミッド内で「クフ王」と書かれた神聖文字《ヒエログリフ》を発見したと言ったが、これが、彼の捏造《ねつぞう》であることが、彼の助手であるハンフリー・ブリユワーズによって目撃されているということだ。

いるのだ。

つまり、唯一の根拠である「クフ王」という文字が、捏造であることがはっきりして

さらに、ハワード・ヴァイス大佐は、これに先立ち、ギザのピラミッドの一つが、メンカウラー王の墓であると主張し、その中から木製の棺と王のミイラを発見したと発表したが、後にこれはヴァイス大佐自身が持ち込んだものというのが、学界の常識になっているという。

つまり、ギザのピラミッドが墓であったという根拠は何もないということになるのだそうだ。

それ以外のピラミッドはファラオの墓であってもおかしくはない。つまり、歴代のファラオたちは、大昔からそびえ立つ大ピラミッドを真似て自分の墳墓を作ろうとしたのだ。だが、ギザのピラミッド以外のもの、つまり、後世のファラオが作ろうとしたものは、いずれも規模が小さく、建築技術もなぜか稚拙《ちせつ》なものばかりだ。

つまり、時代が下ると技術が衰退していることを物語っている。

「それ故に、これはオーパーツだと、彼は言っているのです」

明智は言った。

「何だ、そのオーパーツというのは？」

「場違いな工芸品。つまりですね、その時代にはあってはならないような、進んだ技術

による人工物をそう呼ぶのです」

「ピラミッドはただ石を積み上げただけだろう？　大昔の人々にだって作れたはずだ」

「ギザのピラミッド以外の小さなピラミッドは、たしかにファラオの時代に作られたものだということがわかります。でも、ギザのピラミッドだけは例外なんだそうです」

「どうしてだ？」

「あまりに大きすぎるし、あまりに建築の技術が高すぎる。東堂君はそう言っています」

「大勢の奴隷がコロを使って石を運んだんだろう。クレーンやブルドーザーはなかっただろうが、そこは人海戦術で何とかなるんじゃないのか？」

「使われている石は二百六十万個。総重量は六百五十万トンといわれています。ギリシャの歴史家ヘロドトスによると、三ヶ月交替で十万人が働いたと言われますが……」

「ならば、そうなんだろう？」

「あまり語られていない事実として、ここに書かれているのは、実は、現在の技術力をもってしても、クフ王の大ピラミッドは作れないのだそうです」

「作れない？」

「はい。クレーンなどを使用して、同じくらいの大きさの建造物はできるのですが、自然石だけを切り出し、それを組み合わせて精密な構造を持ったクフ王の大ピラミッドを再現することは不可能なんだそうです」

「それに、多くの学者が論じている、コロを使って人力で石を積み上げたというのは、ピラミッドの土台に近い部分ならば不可能ではないのですが、ああいう建造物は上に行けば行くほど、技術的な困難度が幾何級数的に増えていく。すべて人力で巨石をナイル川からコロを使って運び、砂を利用して一段か二段積み上げることができることを証明した学者がいますが、それは実は何も証明したことにはならないのです。上に行くほど作業が幾何級数的に困難になる。その点を無視しているのです」

「待て、こら」

石神は慌てた。「おまえ、何でそんなことが言えるんだ?」

「何言ってるんですか。このホームページに書いてあるんですよ」

「まるで、おまえがそう信じているみたいな言い方だったぞ」

明智は、その言葉を無視して、さらにホームページを読み進んだ。

「クフ王の大ピラミッドはあれだけの大きさであるにもかかわらず、きわめて精密に計算されて作られています。斜面の面積は、高さを一辺とする正方形の面積にほぼ等しいのです。さらに、大ピラミッドの三角面の高さと底辺の周囲の長さとの比率から、円周率が現れるのです。つまり、高さを半径とする円を描くと、その円周は四つの底辺の長さに等しくなるというわけです」

「やめてくれ、数学は苦手《にがて》だったんだ」

「つまり、それだけ数学的に正確に作られているということです。さらに、です。大ピラミッドの斜面の長さ、つまり三角面の一辺の長さを底辺の二分の一で割ると、1.618という黄金分割にきわめて近い値《あたい》が出てくるのです。黄金分割は二千年、あるいはそれよりずっと後のギリシャ時代に確立したといわれていますが、すでにピラミッドに採用されていたのです」

石神は、すでに明智の説明、つまりは東堂のホームページに書かれている内容を無視できないような気分になってきていた。

いかん、いかん。いつも、これで損をするのだ。何でもすぐに信じてはいけない……。

明智の説明は続いた。

「さらにですね、古代エジプト人の尺度だった、ピラミッドインチは、地球の直径のちょうど五億分の一に当たるそうです。太陽と地球の距離は、大ピラミッドの高さの一億倍にほぼ等しいし、大ピラミッドの総重量は地球の重量のちょうど千兆分の一に当たるのだそうです。まだあります。地球の比重と大ピラミッドの比重は等しく、大ピラミッドの現在の高さ百三十八・六メートルは、地球の平均海抜と一致している……。何万人もの労働者がただ石を組み上げただけで、これだけ正確な数字を秘めた建造物が造れるでしょうかね？」

「ほう……」

石神は、つい話に引き込まれた。「偶然にしても、そいつは面白いじゃないか」

明智は、ようやくパソコンの前から体を起こして、石神のほうを向いた。

「これ、偶然だと思います？」

「どうだろうな……。古代のエジプトの科学力は、俺たちが思っているより進んでいたということだろうか……」

「古代のエジプト人が、地球の直径や地球から太陽までの距離を知っていたというのですか？」

「その点は偶然なのかもしれない。何事も解釈のしようで変わってくるものだ」

「そう言いながら、石神さん、実は偶然じゃないと思いはじめているんでしょう」

明智の指摘はなかなか的《まと》を射ている。しかし、それをあっさり認めるのは口惜《くや》しかった。

「そんなことより、どこが書き換えられたのかわかったのか？」

明智は、江梨子を見た。

「どうなの？　わかる？」

江梨子は、あっけらかんとした態度でこたえた。

「あたしにわかるはずないじゃない」

明智は、一瞬、唖然《あぜん》として江梨子を眺めていたが、やがて尋ねた。

「東堂君が書き換えられたと言った以前に、このページを見たことはないのかい？」

「見たことはあるわ。でも、覚えていない。何だか、難しいことが書いてあるから、全部は読んでない」

明智は石神を見た。

「アップロードされているファイルと、東堂君が作ったファイルを比較してみないとわからないですね」

石神はうんざりとした表情で言った。

「だから、そういうことを言われても、俺にはちんぷんかんぷんだと言っているだろう」

「ああ、えーと、つまりですね、東堂君が書いたページと、書き換えられたページを比較してみるわけです」

「書き換えられる前のページが残っているのか？」

「たいていは、自分のパソコンのディスクに残っています。さっきも言ったように、ホームページというのは、そのファイルをみんなに見てもらえるように、広場の中の図書館のようなところに預けるわけですが、実物を預けるのではなく、コピーを預けるのです。それを、サーバーにアップロードするというのですが……」

「東堂のパソコンが手に入れば、もともとのページが見られるということか？」

「通常はそうですね」

人探しにそれが必要かどうかは疑問だった。しかし、興味をそそられているのも事実だった。石神は、しばらく考えた後に、江梨子に尋ねた。

「あんた、東堂の部屋の鍵は持っているのか？」

「あたしが……？」

江梨子はまた、大きな眼をさらに見開いた。「持ってないわよ。持ってるわけないでしょう」

単なる友達というのは、嘘ではないのかもしれない。ならば、どうして江梨子はこんなに東堂のことを気にしているのだろう。たかだか二、三日姿が見えないだけだというのに……。

彼女は、本当に東堂が事件に巻き込まれたと思っているのだろうか……。

「まあ、何とかなるだろう」

石神は言った。「東堂の部屋に行ってみるか」

「いよいよ捜査開始ってわけね」

江梨子がどこかうれしそうな顔で言った。

こいつは、本当に東堂のことを心配しているのだろうか？　石神は、若い娘の気持ちがますますわからなくなった。

3

江梨子の案内で、東堂のアパートまでやってきた。高円寺《こうえんじ》にある安アパートだ。石神はその建物を見て、何だか安心感のようなものを覚えていた。最近の若者はなぜか皆金持ちで、立派なマンションに住んでいるというような気がしていたのだ。それは、テレビドラマなどで培《つちか》われた虚像なのかもしれない。

それは風呂無しの、昔学生たちが住んでいたようなアパートだった。二階建てで、外に安っぽい鉄材でできた階段と廊下がある。一つの階に部屋が四つ。つまり、ぜんぶで八部屋あった。東堂由紀夫の部屋は二階の右端の部屋だった。階段が建物の左側に付いているので、いちばん奥の部屋ということになる。

「大家はどこにいるか知っているか？」

石神は江梨子に尋ねた。

「知らないわ」

「とにかく、行ってみよう」

石神は階段を昇った。江梨子と明智が後についてくる。

隣の部屋の住人に、東堂の様子と大家の住所を訊いてみることにした。髪を金色に染めた若者が顔を出して、隣の住人のことなど知らないと言った。

大家は成城学園に住んでいるという。ここから鍵を借りに行くには遠すぎる。金髪の若者が、江梨子のことを気にしはじめた。彼女がタレントであることを知っているのかどうかはわからない。おそらく、気づいてはいないだろう。しかし、江梨子の容貌はたしかに人目を引く。

石神は無愛想な若者に礼を言って、ドアの前を通り過ぎた。ドアが閉まった。

石神は、東堂の部屋の前で考え込んでいた。このアパートのドアの錠はごく一般的なシリンダーキーを使うものだ。細い金属の道具で錠を開ける技術を探偵学校で習ったが、簡単にできるものではない。特に、最近のシリンダーキーは複雑で、プロの鍵屋でも手こずることがあるという。石神にはそんな芸当は無理だった。

どうしたものか迷っていると、江梨子が言った。

「どうしたの？　入ってみないの？」

「どうやって鍵を開けようかと思ってな」

「鍵、開いてるかもしれないじゃない」

石神は、まさかと思った。留守宅を訪ねたら、そこは鍵が掛かっているものというのが石神の常識だった。

彼は、ドアノブを握ってひねってみた。あっけなくドアが開いた。

石神は思わず江梨子の顔を見ていた。

「鍵が掛かっていないことを知っていたのか？」

「知ってるわけないじゃない」

「じゃあ、どうして……」

石神はそこまで言って、訊くのをやめた。自分の常識にとらわれていただけなのだ。

若者は、俺とは別の常識を持っている。それだけのことだ。

部屋の中は思ったより片づいていた。台所も整理されている。奥に六畳間があった。

窓際にベッドがあり、部屋の奥に机が置いてある。その上には、デスクトップ型のパソコン。

ベッドも整えられているし、机の上も決して乱雑ではない。もっとも、机上《きじょう》はほとんどパソコンで占領されていた。

几帳面《きちょうめん》な性格らしく、洗濯物が部屋の隅に丸めて置いてある、などということはなかった。男の一人暮らしが不潔で乱雑だというのも、石神の単なる思い込みに過ぎないようだ。

「明智。わかるか？」

石神はパソコンを指さした。

明智は机に向かって椅子に座り、パソコンの電源を入れた。やがて、何やら画面の中が動き始めた。

「ウインドウズですね。助かった。マックはちょっと苦手なんで……」

明智は、画面を見つめたままつぶやいていた。

彼はさかんにマウスを動かしはじめた。

「何をしているんだ?」

石神は思わず尋ねていた。

「ファイルを探しているんです。どこのフォルダにしまうかは、人によってまちまちですからね……。たいていは、ホームページ作成ソフトのフォルダにしまってあるんですが、そうでない場合も……。あ、どうやらこれのようだな……。ブラウザで覗いてみましょう」

カラフルな画面に変わった。『超古代文明の謎』という赤い文字が見える。どうやら、これが、さきほど二人で覗き込んでいたホームページらしい。

「あれ……」

明智は戸惑ったようにつぶやいた。「下層のページが削除されている……」

「どういうことだ?」

明智が石神のほうを見た。

「ファイルが消されているんです。どこかにないか探してみますが……」

明智はディスプレイに向き直り、さかんにマウスを動かして、さまざまな画面を開いたり閉じたりした。

「ないですね。ゴミ箱にも入っていない」

石神は、思わず机の脇に置かれているゴミ箱を見た。

「いや、そうじゃなくてですね、ウインドウズの中に、ファイル削除したときに、一時的にためておく場所があるんです。それをゴミ箱って言うんです」

そんなことはどうでもよかった。

「その消された部分が、書き換えられた部分だろうか?」

「そう思っていいでしょう」

石神は考え込んだ。

「つまり、問題の部分は、すべて消されたということか?」

明智はうなずいてから、ふと何かを見た。

それはベッド脇の小さなテーブルの脇に落ちていた。ブルーのコードがつながった白っぽい何かの電子部品だ。

明智は、机の下を覗き込んだ。

「ISDNか……。こいつは、TAじゃなくてダイアルアップルーターだ」

またしても、明智が何を言っているのかわからない。石神は情けない気分になった。

「おい、頼むからわかりやすい言葉で言ってくれよ」

「そして、あそこにLANカードにつなぐためのコネクタがある」

「おい、明智……」

「つまりですね、東堂君は複数のパソコンを使っていたということなんですよ。もう一つはノートパソコンです。あれは、ノートパソコンに差し込んで使うLANカードに接続するためのコネクタです」

「ランカード？」

「パソコンをネットワークに接続するために必要なデバイスです」

「つまり、東堂はもう一台パソコンを持っていて、そのパソコンが今ここにはないということか？」

「おそらく持って出たのでしょうね。そちらのパソコンにデータが入っているのかもしれない」

石神は、明智の後ろに立ってコンピュータのディスプレイを覗き込んでいた江梨子に尋ねた。

「東堂は、普段パソコンを持ち歩いていたのか？」

「どうかしら……。大学に行くときとかは持っていたかもしれないけど……。わかんないわ。だって、会うときはたいていどっちかの家だったし……」

「あんたの家にパソコンの様子を見に来るとき、彼はパソコンを持っていたか?」

「持ってなかったと思うわ。ねえ、それって重要なことなの?」

「人が普段しないことをするときは、何かが起こったときだ。その可能性が大きい。もし、あんたが言うように、本当に東堂が姿を消したのなら、もう一台のパソコンで消される前のファイルだか何だかを持ち出したのかもしれない」

石神のその言葉を聞いて、明智が思案顔で言った。

「ファイルを持ち出すだけなら、パソコンでなくても……。何かのディスクで充分です。ホームページのファイルなら、それこそフロッピー一枚で事足ります。パソコンを持って失踪したとなると……」

明智がこれほど真剣な表情をするのはきわめて珍しい。普段は、いったい何を考えているのかわからない若者なのだ。

石神は先をうながした。

「パソコンを持って失踪したとなると……?」

「ただいなくなっただけではなくて、積極的に何かをするために、姿を消したのかもしれませんよ」

「ノートパソコンとモデムカード、それに携帯電話があれば、どこからでもサーバーにアップロードできます。つまり、どこからでもホームページに書き込みができるのです」

「どういうことだ？」

石神にはぴんとこなかった。

「それほど重要なことなのか？」

明智はぽかんとした顔で石神を見た。

「何がです？」

「いや、ホームページに書き込むということがだ。人が姿をくらましてまで何かやるってのはただ事じゃない」

「書き込む内容によるでしょうね。ホームページはどこで誰が見ているかわかりません。日本語に対応しているブラウザさえ持っていれば、世界中の誰もが読むことができるんですからね」

俺は、何か勘違いをしていないか？

石神は冷静になろうとしていた。東堂が、誰にも告げずに旅行に出たという可能性だってある。旅行に行くのなら、携帯用のパソコンを持っていって不思議はない。

常識で考えれば、そのほうが理屈は通る。しかし、石神はそうではないような気がしていた。

単に、江梨子の取り越し苦労が伝染しただけなのか……。

「とにかく、引き上げよう。目的のものがないとしたら、ここに長居する必要はない」

石神は何か嫌な気分だった。

そのとき、戸口で声がした。

「ここで何をしている？」

その野太い声に、石神は、はっとそちらを振り返った。

台所と六畳間を仕切るガラス戸のところに、二人の男が立っていた。

一人はジャンパーに安っぽいスラックス。一人は背広姿だが、その背広がかなりくたびれていた。ワイシャツにはしわがよっていたし、ネクタイも垢《あか》じみていた。

ジャンパーの男は背が低く、背広の男は長身だ。二人とも、髪を短めに刈っている。

彼らの容貌はまったく異なっているにもかかわらず、似たような印象があった。二人とも眼が鋭い。

石神には彼らの正体がすぐにわかった。

かつての同僚の臭いがする。彼らは刑事に違いなかった。

「友人の家を訪ねたんだが、留守だった」

石神はこたえた。「鍵が開いていたんで勝手に上がらせてもらった」

二人はにこりともしなかった。まるで石神を憎んでいるように見据えている。

刑事というのは、一般人には愛想がいいものだ。それはもちろん演技だが、そのほうが仕事がやりやすいということを知っている。最初から、居丈高《いたけだか》になるのは、相手が犯罪者の場合だ。

石神はそのことを知っていたから、二人の刑事の態度を不思議に思った。

たしかに、石神たちは家宅侵入罪かもしれない。しかし、刑事が目くじらを立てるほどのことをしたわけではない。

「友人？」

背の高いほうが言った。こちらが年上だ。おそらく部長刑事だろうと石神は思った。

「名前は？」

「ちょっと待ってくれ。なぜ、名前を言わなきゃならんのだ？　本当に鍵は開いていたんだ。すぐに帰るつもりだった」

この言い草が刑事に通用しないのはよく知っている。しかし、こうした返答をしたときの相手の態度で何を考えているかがわかるのだ。

背の高い刑事は、懐《ふところ》から紐のついた光沢のある黒革の手帳を取り出した。星章と警視庁の文字。警察手帳だ。

「素直《すなお》にこたえないと、ちょっと来てもらうことになる。名前は？」

相手の態度は石神の予想の上をいった。彼らは、世間話をするつもりなどないらしい。考えてみれば、ここに二人の刑事が現れるというのも不思議だった。地域課の警察官がやってくるというのならわからないでもない。近所の誰かが、怪しい連中が部屋に入って行ったと通報することもないではないだろう。だが、二人組の刑事が現れるというのはどういうことだろう。考えられるのは一つだった。この部屋が監視されていたということだ。彼らは張り込みをやっていたのだ。

たやすく言い逃れはできないな。

石神は思った。おそらく、署に連れて行かれることになるだろう。

だが、いったい何が起きているのだ？

なぜ、警察がこの部屋を監視していなければならないのだろう……。

石神は、さぐりを入れることにした。

「名乗るのはいいが、そっちが本物の警察官かどうか確認させてほしいな。一般市民にはその権利があるはずだ」

背の高い刑事は、冷ややかな眼で石神を見ていた。ぞっとするような眼だ。

俺も刑事のときは、こんな眼で相手を見ていたのかもしれない。

「手帳を開いて、中の身分証を見せてほしい。あんたの所属と階級と、これまでの任地がすべて書かれているはずだ」

背の高い刑事は、絞り出すような凄味《すごみ》のある声で言った。

「刑事相手にそういう態度を取ると、後で後悔することになるぞ」

「後悔ならしょっちゅうしているから、慣れっこだよ。手帳を開いて見せてくれ」

二人の刑事は意味ありげに顔を見合わせた。石神にも経験がある。相手にプレッシャーをかけるためにこういうポーズを取るのだ。

やがて、背の高い刑事は手帳を開き、身分証のページを開いて見せた。筆文字で縦書きの身分証。本物の警察手帳だ。そんなことはわかっていた。一目見たときから刑事であることを疑ってはいない。

問題は、どこの所属かということだった。

驚いたことに、この刑事は本庁の刑事だった。

階級は、巡査部長。つまり部長刑事だ。名前は、江島《えじま》洋太郎。

「そちらは……？」

石神は、ジャンパーを着たずんぐりとした刑事のほうを見た。彼は反感をむき出しにして手帳を取り出し、開いた。

こちらは、所轄の刑事だった。しかし、管轄が違う。目黒署の刑事だ。

名前は、青木田《あおきだ》啓介。階級は巡査だ。

本庁の刑事と管轄が違う所轄の刑事。何かの捜査本部から来たと考えて、ほぼ間違いないだろう。捜査本部ができるということは、殺人かそれに次ぐ大事件ということになる。

東堂由紀夫が殺人事件に巻き込まれたということなのだろうか？

本庁の江島部長刑事が言った。

「これで満足したか？　さあ、名前を聞かせてもらおうか」

石神は名乗った。ここで嘘をついたら、さらに面倒なことになる。警察に嘘をつくのは得策ではない。

「住所と職業は？」

それも嘘偽りなくこたえた。

石神の職業を聞いたとき、江島は露骨に眉をひそめて見せた。

「私立探偵だって？」

「そうだ」

「探偵がここで何をしていた？」

「失踪人の依頼があったので、調査していた。そこにいる女性が依頼人だ」

江島は石神の背後に視線を向けた。しばしそちらを見据えている。江梨子を見つめているに違いないと石神は思った。

「失踪人の名は？」

「俺には守秘義務があるんだ」

江島は顔をしかめた。

「手間を取らせるなよ」

「特に依頼人の前なのでな。依頼内容をぺらぺらしゃべったりすると、信用をなくしちまう」

「あんたが商売替えをしなけりゃならんようにしてやってもいいんだぞ」

これは単なる脅しではない。警察官はヤクザと同じで、圧力のかけ方を心得ている。今後、探偵事務所を維持できなくなるくらいの嫌がらせは平気でやる。

特に司法警察官の多くは、私立探偵などという胡散臭《うさんくさ》い職業を軽蔑し嫌っている。

「依頼人に訊いてくれ。俺の口からは言えない」

江島は、江梨子に言った。

「あんた、名前は？」

「どうして言わなくちゃならないの？」

江島はうんざりした表情をして見せた。

「名前を訊くたびに、同じことを繰り返さなきゃならんのか？　三人ともしょっ引くぞ」

石神は振り返って江梨子の顔を見た。彼女はうろたえてはいない。むしろ、隣にいる明智のほうがおろおろしているように見えた。こういう場合、女性のほうが度胸《どきよう》があるのを、石神は経験上、よく知っていた。警察に連行されて取り調べを受ける際に、開き直るのは女性のほうが圧倒的に多い。

「言いたくなければ言わなくていい」

石神は江梨子に言った。「これは任意の取り調べだ。彼らに強制力はない。さらに、しょっ引くと言っているが、ついていく義務はない。任意同行なんだ」

江島と青木田の反感に満ちた視線を感じた。石神は、さらに言った。

「だが、おとなしく言ったほうがいい。警察官が法律どおりの捜査をやるとは限らない。彼らはやろうと思えばなんでもできる。適当な罪状をでっち上げて、俺たちを緊急逮捕することもできるんだ。そうなったら、なかなか帰れないぞ」

江梨子は初めて不安げな顔になった。

強がっているようだが、なかなかかわいいところもあるじゃないか。石神は、場違いにもそんなことを考えていた。

「この人の言うとおりだよ。私らやろうと思えば何でもできる。警察は甘くないよ」

江梨子はふてくされたようにそっぽを向いて言った。

「高園江梨子」

「職業は?」

「芸能プロダクションに所属しているわ」

「タレントか?」

「まだ、仕事はあまりないけどね」

「失踪人の名前は?」

「聞かなくてもわかってるんでしょう?」

江島は、溜め息をつき、威圧的に言った。

「確認するのが、私たちの仕事なんだ。これ以上面倒をかけるようだと、警察に来てもらうよ」

「東堂由紀夫よ。この部屋の住人よ」

二人の刑事は、顔を見合わせた。背の低い青木田のほうが表情を変えた。獲物を見つけた犬のような態度が見え見えだった。

もっと修行を積んだほうがいい。石神は心の中でそう言ってやった。

「東堂由紀夫はいつからいなくなったんだ?」

「二日前から連絡が取れないのよ」

「二日前か……」

江島と青木田はまた顔を見合った。

二日前というのが、彼らにとって重要な点であることがわかった。

「どういうことなんだ?」

石神は二人の刑事に尋ねた。「いったい、何を調べているんだ?　東堂由紀夫が何かしたのか?」

江島は石神の質問にはこたえず、逆に訊き返してきた。

「東堂由紀夫の行方《ゆくえ》をいつから追ってるんだ?」

「まず、こちらの質問にこたえてほしいな」

「いつから探しているんだ?」

どうやら、こたえる気はないらしい。

警察官らしい態度だ。江島のほうは、敏腕刑事らしい。警察官は、尋問をする際に相手の質問にこたえる必要はないと教えられる。そのほうが、仕事がやりやすいのだ。

「俺もこたえたくないな」

江島はうなずいた。

「どうやら、ことの重大さがわかっていないようだな。では、いっしょに来ていただくことになる」

「任意同行だろう?　俺には断る権利がある」

「そういう権利は、行使しないほうがいいと、あんたはさっき自分で言った。さあ、いっしょに来るんだ」

行ってもいい。どうせ、何もしゃべるつもりはないのだから。自分たちは何でもできるという警察官の態度が気に入らない。

立場が変わったからそう思うわけではない。警察にいるときから、こうした体質が嫌いだった。

警察官は、弱い者には徹底的に強く出る。誰かを言いなりにするのが好きなのだ。上司は部下を顎《あご》でこき使い、先輩は後輩に無理難題を押しつけて喜んでいる。

旧陸軍や古い体育会の体質が染みついているのだ。

「あの二人は帰してくれるんだろうな」

「もちろん、ご同行願う。話を聞かなければならない」

「話ならもう聞いただろう」

「取調室に行けば思い出すこともあるだろう」

「だめだ。行くのは俺だけだ。それが条件だ」

江島は、ふっと肩の力を抜いた。

次の瞬間、いきなり拳を腹に打ち込んできた。

石神は、不意を衝《つ》かれ一瞬息が止まった。かっと頭に血が上る。

「生意気な口をきくからそういう目にあうんだ。さあ、おとなしく来るんだ」

江島は、石神の腕を取ろうとした。石神は怒りにまかせてその手を振りほどこうとした。

その瞬間、江島が顔を突き出してきた。

石神の肘が江島の頬骨に当たった。それほど強く当たったとは思えない。しかし、江島は派手にのけぞり、尻餅《しりもち》をついて見せた。

石神は、しまった、と思った。

青木田は何が起きたのかわからぬという表情で、立ち尽くしている。

尻餅をつき、頬をおさえた江島が言った。

「抵抗したな。公務執行妨害の現行犯だ。逮捕しろ」

命じられた青木田は、あわてて手錠を取り出した。

「現在、午後三時三十四分。あなたを現行犯逮捕します。さあ、手を出して」

逮捕の宣言をされてしまっては、逃れる術《すべ》はない。これは違法すれすれだが、とにかく署まで連行することはできる。

「あんたたちにも来てもらうよ」

江島が、明智と江梨子に言った。明智は緊張のあまり、今にももどしそうな顔をしている。

江梨子と眼が合った。眼をそらすと、石神は言った。

「すまんな……」

4

連れて行かれたのは、山手通りに面した目黒警察署だった。

石神たち三人は別々の場所に連れて行かれて、尋問を受けることになった。どこかに捜査本部があるのだろうが、石神は直接取調室に連れて行かれたので、何の捜査本部なのかは結局わからなかった。

江島が一人でやってきて、机の向こう側に座った。正面から向き合う形になる。容疑者を取り調べるのと同じやり方だ。

「東堂由紀夫はどこにいるんだ？」

江島はいきなり言った。鋭い目つきで石神を睨《にら》みつけている。石神は、取り調べをしたことはあるが、される側になったのは初めてだった。

「わからないから探していたんだ」

「嘘をつくな。本人に頼まれて何かを部屋に取りに来たんじゃないのか？」

石神はうんざりとした。江島も、石神が東堂の行方を知らないことは承知しているはずだ。ただの嫌がらせなのだ。こうして一般市民をいたぶって自分の優位を思い知らせるのだ。警察官がよくやる手だった。

「これは、公務執行妨害の取り調べなのか？　それとも、俺には別の容疑があるのか？」

江島は動じなかった。

「東堂由紀夫の部屋で何をしていた？」

「おい、聞こえないのか？　俺は公務執行妨害で現行犯逮捕されたんだろう？　正式に逮捕状を請求しているんだろうな？　その書類を確認したら、弁護士を呼んでもらう。それからじゃないと、俺は何もしゃべらないよ」

石神は意地になっていた。おとなしく協力すれば、向こうの出方も変わってくる。それは知っていた。しかし、江島の態度は我慢ならなかった。

もともと本庁の刑事というのは、あまり好きではなかった。捜査本部では、所轄の刑事を道案内くらいにしか思っていない。その態度を何度腹立たしく思ったことか……。

「正直にすべてしゃべれば、すぐに帰してやるよ」

「たまげたな。刑訴法では、そういうことは裁判所が判断することになっているはずだ。あんたが決めることじゃない」

「生兵法《なまびょうほう》はけがのもと、という諺《ことわざ》を知っているか？　探偵なんぞやっていると、いろいろと法律や警察のことに詳しくなるようだが、実際の警察というのは、法律の条文とは違うんだ。現場ってのは、甘くないんだよ」

「ほう……。その言葉をそのまんま、裁判所の連中に聞かせたいものだな」

「くそくらえだ。実際に糞《くそ》や泥にまみれて容疑者を逮捕するのは俺たちなんだよ。裁判所なんざ、書類を見て逮捕状だの捜査令状だのを発行するだけだ。いいか？　俺たちは、いざ捕り物となれば命懸けなんだ」

その点については異論はない。

たしかに江島の言うとおり、警察官はいざというときは文字どおり命を懸ける。しかし、だからといって、何をやっても許されるというものではない。江島のような刑事が実は敏腕刑事と呼ばれたりするのでよけいに腹立たしい。

江島は、さらに圧力をかけるようにぐいと身を乗り出した。

「さあ、教えてもらおうか。東堂由紀夫はどこにいるんだ？」

江島は、東堂の行方を気にしている。ということは、どんな事件にせよ、東堂由紀夫は被害者ではないということだろう。張り込みをしていたということは、容疑者ということだろうか？

「知らないと言っただろう」

「何度も、同じ質問をさせるなよ。いつから探しているんだ？」

「俺は公務執行妨害で捕まったんだ。そういうことについては話す必要はないだろう？」

江島は、ゆっくりと体を引いた。無言で石神を見据えている。その眼が不気味だった。

顔色が青白く見えるのは、おそらく怒りのせいだ。

江島は本気で腹を立てているようだ。

石神は嫌な気分だった。取調室で刑事を怒らせたらちょっと面倒なことになる。無事では帰れない。

江島がゆっくりと立ち上がった。机を回って石神のほうに近づいてくる。やれやれ、いよいよ始まるのか……。

江島は、いきなり石神が座っている椅子を蹴った。石神はコンクリートの床に転がった。

江島は、無表情に石神を見下ろしている。

俺も練習したっけな……。

石神は思った。被疑者が座っている椅子を蹴って、一発でひっくり返らせるにはコツがいる。

江島は、固い靴の先で石神の腹を蹴った。容赦ない一発だった。石神はあえいだ。しかし、不意打ちというわけではなかった。石神は、次に江島が何をするか予想していたのだ。取調室で顔面を殴るのはまずい。痕跡《こんせき》が残るからだ。衣服の上から腹を殴れば、跡は残りにくい。特に鳩尾《みぞおち》は柔らかいので跡は残らないし、ダメージが大きい。

江島はさらにもう一発蹴った。

これで落ちる被疑者も少なくない。痛みよりも恐怖と絶望感に駆られるのだ。誰も助けに来ないという絶望感。

しかし、石神には彼らの限度を知っているという強みがあった。

江島が声を絞り出すように言った。

「俺たちはここでは何でもできる。態度を改めないと、もっと痛い目にあうことになるぞ」

石神は、江島を見上げた。

そして、心に誓っていた。

もう、こいつには一言もしゃべらない。

江島がさらに一発蹴ったときに、取調室の扉が開いた。

誰かが入ってきて言った。

「おや、やってるね……」

その男が言った。被疑者に暴力を振るっている場面に出くわしても、驚いた様子はない。警察では、それほど珍しいことではないのだ。

江島がこたえた。

「ちょっと、生意気な態度だったんでね……。素直にしゃべってもらおうと思って……」

「どれ、私が話を聞こうか。椅子に座らせてくれ」

石神は乱暴に引き立てられた。江島は倒れていたパイプ椅子を起こして、そこに放り出すように石神を座らせた。パイプ椅子がぎしぎしと悲鳴を上げる。

石神は、新たに入ってきた捜査員の顔を見た。

相手は、おや、という顔をしている。初老の刑事。

「なんだ、石やんじゃないか」

相手は言った。

石神はその初老の刑事をよく知っていた。かつて、綾瀬《あやせ》署でいっしょに働いたことがある。綾瀬署では目が回るほど多忙だった。毎日、これでもかというほどの事件が起きる。おそらく日本一忙しい警察署だろう。

中西良三《なかにしりょうぞう》。当時は警部補だったが、今は昇進しているかもしれない。

石神は、どうにかほほえみを浮かべた。強がりだった。

「どうも、ご無沙汰してます」

江島が、意外そうに言った。

「係長、知ってるやつですか?」

中西は江島を見て、小さく溜め息を洩らした。

「手荒なことをしたって、この人は協力しちゃくれないよ。私たちの手口を知り尽くしている」

「たかが私立探偵でしょう」

「この人はね、元同僚だよ。綾瀬署で私といっしょだった。知ってるか？　綾瀬署というのは地獄だよ。そこで同じ釜の飯を食ったんだ」

江島は、心底驚いたように石神を見た。石神と眼が合うと、決まり悪そうに眼を逸《そ》らしてしまった。

石神は言った。

「私は、公務執行妨害だそうですね」

中西は、苦笑を浮かべた。

「勘弁してくれ。こっちも必死なんだよ。逮捕は取り消すよ。だから、協力してほしい」

「そこにいる江島とかいう捜査員が、あなたのことを、係長と呼んでいましたね」

「そう。本庁に呼ばれて係長になった。去年からだ」

「……ということは、警部ですか？」

「そうだよ。ちょっとは出世したんだ」

江島は、中西と石神が親しげに話を始めたので、居心地悪そうだった。

「こっちも必死だ。中西さん、そう言いましたが、いったい、何がどうなっているんです？」

中西は驚いたように、江島を見た。

「何も話してないのかね？」

江島は、ほんの少しだけうろたえた。

「その必要はないと思いまして……」

「この石神という男は、昔から一筋縄《ひとすじなわ》ではいかない男だった。事情も説明せずに協力しろと言っても、そりゃ無理だよ」

石神は意外に思って訊いた。

「俺が一筋縄ではいかないですって？」

「そうだよ。あんた、優秀な刑事だった。きわめてな」

「冗談でしょう」

石神は言った。「俺は、だめな刑事でしたよ。人の話を簡単に信じすぎる。中西さんだって、そう言って俺をどやしつけたじゃないですか」

「危なっかしかったからだよ」

「何ですって？」

「おまえさん、気づかぬうちに、他人の世界に引き込まれてしまう。それが、周囲の人間をはらはらさせた。だがな、捜査能力や行動力は抜群だった。みんなあんたに期待していたから厳しく当たったんだ。もちろん、私も期待していた」

石神は、慎重だった。こうやっておだてるのも、刑事の尋問のテクニックなのだ。

「今さらそういう話は聞きたくありませんね」

「そうだろうな、過去の話だ。今じゃ、おまえさん、取調室で蹴りを食らってるんだからな」

「いずれ、その報復はさせてもらいますよ」

石神はちらりと、江島を眺めた。江島は、怒りとも恥じらいともつかない複雑な表情をしている。彼はようやく自分の失敗に気づいたのかもしれない。

「それで……」

石神は中西に尋ねた。「俺たちは、いったいどういう理由でここに連れてこられて、尋問を受けているのです?」

「本当に何も知らないのかね?」

「中西さんにカマかけたりしませんよ」

中西はうなずいて、わずかに身を乗り出した。

「目黒署管内で殺人事件があった。犯行はおそらく、昨日の午前三時頃と見られている」

「今日が水曜日ですから、月曜から火曜にかけての真夜中ということですか」

石神は記憶をまさぐった。すでに新聞やテレビで報道されているはずだ。

そういえば、目黒区で殺人事件があったという新聞記事を読んだような気がする。たしか、青葉台のマンションで起きた殺人事件だった。殺されたのは、中年の男性だったはずだ。

石神はうなずいた。

「新聞で読んだ記憶がありますね。それが、俺たちとどういう関係があるんです?」

「関係があるのは、あんたたちじゃない」

「どういうことです?」

「おいおい、ずいぶん勘が悪くなったな。それとも、私立探偵というのは、その程度の頭の回転で勤まるのか」

「つまり、東堂由紀夫が関係しているというわけですね」

「そういうことだ」

中西がうなずくと、江島が慌てて言った。

「係長。外部に洩らすのはまずいですよ」

「かまわんよ」

中西は言った。「この男なら信用できる。私が保証する」

これが中西の手だ。石神は思った。相手を自分の味方に取り込んでしまう。だが、本当に信用しているかどうかは疑問だった。

ある意味で、江島よりずっと食えない刑事かもしれない。長年の経験で、人を見る眼は養えた。しかし、やはり、どこかで中西を信じたがっている自分がいるのも確かだった。

「東堂由紀夫はどう関係しているんですか？」

石神は尋ねた。「容疑者なんですか？」

中西はかぶりを振った。

「いいや。重要参考人だ」

つまり、容疑者にかなり近い参考人ということになる。

「捜査本部では、事実上の容疑者と見ているということですか？」

「その点については、私からは何とも言えないね。あくまでも、重要参考人だ」

中西は否定しなかった。つまり、東堂由紀夫は限りなく容疑者に近いということだ。単なる失踪人と思っていた人物が、殺人事件の重要参考人だった。石神は、あらためていろいろなことを考え直さなければならなかった。

高園江梨子はそのことを知っていたのだろうか？

殺人事件と、書き換えられたホームページは何か関係があるのだろうか？

「何か、有力な情報はないかね？」

中西が尋ねた。

「その前に訊いておきたいことがあります」

「何だね？」

「私は、東堂由紀夫の捜索を依頼されました。今後、その仕事を続けたいと言ったら、警察はどうします？」

中西は、一瞬厳しい目つきになったが、すぐに柔和《にゅうわ》な顔に戻った。

「あんたの職業を邪魔する権限はないよ。あんたが、捜査の邪魔をしない限りはね」

「控えめな言い方だが、私には、こう聞こえますね。何か情報が入り次第知らせろ。それを条件に目をつむってやる……」

中西は肩をすぼめた。

「それは、あんたの解釈次第だね」

「いいでしょう。私は、私のやり方で仕事を続けさせてもらいますよ」

中西は、その点については何も言わなかった。

「何かわかったことを、教えてもらえると助かるんだがね……」

石神は、取るに足《た》らないことを、一つだけ教えてやろうと考えた。

「ホームページが書き換えられていたらしいですよ」

「ホームページ？　東堂由紀夫の、かね？」

「そう。書き換えられる前のものが残ってないかと思って彼の部屋を訪ねたんです。言っておきますが、東堂由紀夫の部屋のドアを開けて、中に入ったのは友人の高園江梨子です。俺たちはそれに付き合っただけだ」

「そういうことは、もういい。それで、書き換えられる前のものは見つかったのかね？」

「ありませんでした」

「本当だな？」

「嘘をついたって、すぐにわかることでしょう」

「それで、そのホームページっていうのは、どういう内容だったんだ？」

「ピラミッドがどうとかね……」

「ピラミッド……？」

「そう。超古代史の謎がどうのというページですよ。ピラミッドというのは王の墓なんかじゃなく、もっと不思議なものだとかいう……」

石神は、中西や江島が鼻で笑い飛ばすものと思っていた。

だが、そうではなかった。彼らは、真剣な眼差しになり、石神を見つめていた。

何だ？　これはどうなっているんだ？

二人の態度を見て、石神はひそかに戸惑っていた。

5

夜明け前に夢を見て、アレックス・ジョーンズ少将は、目を覚ました。毛布の下に重苦しい熱がこもっており、シーツや胸が汗で濡れている。

目を開けたジョーンズは、しばらく枕に頭をうずめていた。妻は、横で眠っている。妻を起こさぬようにそっと身動きして時計を見ると、まだ五時前だった。

もう一度眠ろうと思ったが、どうやら眠れそうもない。しばらく、ベッドの中で、今し方見ていた夢のことを考えた。

このところ、似たような夢を見るようになった。それは、あのライト・パターソン空軍基地でシド・オーエンという得体《えたい》の知れない若者に見せられた光景が原型となっていた。

ジョーンズ少将は、静かにベッドから抜け出ると、台所に行ってコーヒーをわかした。コーヒーメーカーのサーバーにコーヒーが溜まっていく様をぼんやりと眺めながら、今度は夢ではなく、ライト・パターソン基地での出来事を思い出していた。

あれから三年ほどの月日が流れた。日常業務をこなしていると、あっという間の歳月だった。

シド・オーエンの要求どおり、ボブ・ショーターを責任者とする秘密の実働部隊を組織した。そして、それをそっくりシド・オーエンに預けた後は、その件に関しては忘れようと思っていた。

事実、それからは何事もなく仕事に追われていた。ボブ・ショーターがどんな仕事をしているかの報告もなかった。彼らは、ジョーンズの前から消え、シド・オーエンという男が夢の中の登場人物だったような気がしていた時期もある。

だが、どうしたことか、三年もたった最近、夢を見るようになったのだ。ライト・パターソン空軍基地で見た光景がもとになっているが、夢にはいくつかのパターンがあった。

たいていは、ジョーンズがまだ小学生であり、理科の実験をしている。そこで、先生や学友が見たこともない生き物を解剖しているのだ。皆はそれが何かよく知っているようだ。周囲の連中は、楽しげだが、ジョーンズはひどく不気味な思いをしている。

また、海軍士官学校の光景であったりもする。士官学校の仲間がやはり、自分だけが知らない秘密について話し合っているのだ。ジョーンズはいつも、ひどく情けない気分で目を覚ますのだった。

それは、人が聞いたらそれほどの悪夢とは思わないだろう。しかし、ジョーンズにとっては、恐ろしい夢だった。

コーヒーを海軍士官学校のマークが入ったマグカップに注ぎ、窓際に行くと外を眺めながら、すすった。

朝のコーヒーの効き目というのはすばらしい。

ジョーンズはいつもそう思う。この香りと苦みで、ようやく頭が働きはじめるような気がする。

こうした悪夢が続くようなとき、人はどうするだろうか……。

ジョーンズは考えた。

そのうち、忘れるだろうから放っておくのか。あるいは、精神分析医にかかる者もいるだろう。

だが、ジョーンズにはそのどちらもできそうもなかった。問題を放っておくのは彼のやり方ではなかったし、精神分析医がこの問題を解決してくれるとは思えなかった。

問題はジョーンズの精神にあるのではない。ライト・パターソン空軍基地にあるのだ。

夢というのが、何かを暗示しているもとだという漠然とした思いがあった。若い頃、突然夜中に叩き起こされて、艦上に呼び出されることがあった。

たいていは、気のゆるみを引き締めるための儀礼的な集合だが、敵が接近した際の臨戦態勢のこともある。

ジョーンズは、叩き起こされる直前、よく敵と遭遇する夢を見た。その経験があるので、夢には何かの役割があると信じるようになっていた。予知夢を信じるわけではない。だが、夢は自分が無意識のうちに察知している何かを教えてくれることもある。そう思っていた。

忘れていたはずの出来事を夢に見はじめたのには、何か理由があるのかもしれない。決して熱心とはいえないが、プロテスタントの信者であるジョーンズは、神が人間の無知を助けるために夢を見せるのかもしれないと考えることもあった。

コーヒーを飲み干すと、悪夢の憂鬱な印象も薄れ、いつもの毅然《きぜん》としたジョーンズに戻っていた。

そして、ジョーンズ少将は考えた。頻繁《ひんぱん》に夢に見るということは、何かがあるのだ。自分でも気づかぬうちに、何かを感じ取っているのかもしれない。日常の中で見過ごしてきた事柄の中に、何かあのセクションOに関係しているものがあったのかもしれない。

ジョーンズは、それを調べることにした。気になることは放置できない。徹底的に究明する。それが、アレックス・ジョーンズ少将だった。

その日は、いつもより早く家を出た。妻はそうしたジョーンズにもう慣れっこだった。朝早く出かけることも、夜遅く帰ることもジョーンズにとっては珍しいことではない。

ペンタゴンのオフィスに着いたのはまだ八時前だったが、すでに秘書官のドン・ミッチェル少佐は来ていた。

この若い少佐は、ジョーンズのお気に入りの一人だった。生粋《きっすい》の海兵隊員らしく、すこぶるタフで、しかも、普通の海兵隊員が持ち合わせていない長所を持っていた。

彼は、古くからの名家の出身で、幼い頃から上品な立ち居振る舞いを仕込まれていた。海兵隊の厳格な態度にその上品さが加味されている。さらに、彼には余計なことを一切《いっさい》言わずに命令を遂行するひたむきさがあった。

現代にもこのような若者がいることを、ジョーンズは奇跡のように思うことがある。少々堅物だが、それはたいした欠点とは言えなかった。

オフィスの席に着くと、ジョーンズ少将はすぐにドン・ミッチェル少佐を呼んだ。

ミッチェルはすぐに現れて、机の前で気を付けをした。

「御用ですか、提督」

「ドアを閉めて楽にしてくれ」

ミッチェルは、すぐにドアを閉めると机の前に戻り休めの姿勢を取った。

「少しばかり込み入った話なんだ。そこの椅子に掛けてくれ」

ジョーンズが、壁際にある来客用の椅子を指さすと、ミッチェル少佐は、遠慮がちに浅く腰を掛けた。

「ドン、セクションOというのを聞いたことはあるか?」

「いいえ」

「ライト・パターソン空軍基地に置かれている、極秘の組織なのだそうだが……」

「聞いたことはありません。もし、そのようなものがあるとしても、極秘ならば私が見聞きすることはないと思います」

「私は、その組織のために、ある種の実働部隊を組織したことがある」

「実働部隊？」

ジョーンズやミッチェルにとって、その言葉の持つ意味は明白だ。つまり、表沙汰にできないような仕事をやってのける連中だ。

「私は、メン・イン・ブラックのような組織だと思っている」

「メン・イン・ブラックですか……」

ミッチェルは、複雑な表情になった。冗談と受け止めていいのか迷っているのだ。

「あれは、架空の話だと思っていましたが……」

「実在すると信じている者も多いらしい。まあ、そんなことはどうでもいい。とにかく、私は、ボブ・ショーターを責任者とする組織を作って、セクション０に預けたわけだ。それは、国防長官の命令でもあった」

「何か問題があるのですか？」

「私は、ライト・パターソン空軍基地内部にあるセクション０に招かれたことがある。そこで、私は信じられないものを見せられた」

「何をご覧になったのですか?」

「今まで、噂でしか聞いたことのなかった、グレイを見たよ」

「グレイ……? 宇宙人のことですか?」

「そうだ。それは一種の記録フィルムで、墜落したUFOから発見された死体だということだった。防菌服に身を固めた科学者たちがその死体を解剖していた。それは、古いフィルムのようだった。おそらく一九四〇年代の終わりから一九五〇年代にかけてのものと思われる。そして、軍が作っているというUFOのフィルムも見た」

「かつて、ソ連のKGB《カーゲーベー》が、墜落した円盤やグレイの解剖風景を撮影したという偽物のフィルムを作ったことがありましたが……」

「私もそれを疑ったよ。しかし、私の眼にはどれも本物に思えた。何より、グレイが解剖されている場所は間違いなく軍の施設のようだったし、UFOが格納されているのも、明らかにどこかの空軍の基地だった。私は長いこと軍にいるから、そういう施設のことはよくわかっているつもりだ」

ミッチェルはうなずいた。

「私も、軍が密かに墜落したUFOを隠し持っているとか、グレイとコンタクトをしているという噂は知っていました。しかし、それはあくまで噂に過ぎないと思っていました」

「私だってそうだ。しかも、話はそれだけではない。我がアメリカ合衆国は巨額の金をかけていくつもの巨大アンテナを大宇宙に向けている。それは一般には、クェイサーやらパルサーやらの発する電磁波を受信してその活動の研究をしていると言われている。だが、実際は、遠い宇宙から送られてくる有意なシグナルとしか思えない電波を、何度もキャッチしているのだという。私はつぶさな記録も見せられた。映像の中の書類には政府の正式なスタンプが押されていた」

「それは、我が合衆国が、宇宙人と交信しているという意味ですか？」

「私にそれらのことを説明してくれた男は、交信はできていないと言っていた。あくまで、受信しているに過ぎないと。何せ、電波が届くまでに、数十年から数百年もかかるというのだ。しかし、それはたいした問題ではない。問題は、数十年、あるいは数百年前に強力な通信電波を発していた知的生命体が、はるか宇宙の彼方《かなた》にいるということなんだ」

ミッチェルは、どうこたえていいかわからないらしく、黙ってジョーンズを見つめていた。

「もうろくして、頭がおかしくなったと思っているのだろうな？　だが、そうではない。これは実際にあったことだ。セクションOが私をかついでいるのかもしれないとも思った。しかし、セクションOの話を聞けと言ったのは、他ならぬ国防長官なのだ」

「アメリカ軍は、UFOとグレイの死体を隠し持っている。そして、宇宙の彼方には知的生命体がいるらしいということを物語る電波を受信している。そこまではわかりました」

「この話には、まだ先がある。セクションOの男は、今度は衛星から撮影したピラミッドの写真を私に見せた。そして、それから、その衛星写真にオリオン座を重ねて見せた」

「オリオン座？　空にあるオリオン座ですか？」

「そうだ。ピラミッドとオリオン座。何の関連もないと思うのが普通だ。しかし、ギザの三大ピラミッドは、正確にオリオンの三ツ星と重なり合ったのだ。その光の大きさと三つの大ピラミッドの大きさの割合も合致しているように見えた」

「偶然ではないのですか？」

「私もそう思った。しかし、さらにナイル川を銀河に重ね合わせると、正確にオリオン座と銀河の位置関係がギザのピラミッドとナイル川で表現されていることがわかった。さらに、コンピュータグラフィックにより、ピラミッドには、正確にさまざまな数字が隠されていることを教えられた。大ピラミッドの基辺の長さは、地理度一分の八分の一に等しく、また頂点から基辺の中心までの長さは、地理度一分の十分の一に等しいとか、基辺の周囲の長さは、地球の経度円周の四万三千二百分の一になっているとか、地表のコーナーマークを結んだ距離が、赤道緯度全周の同じく四万三千二百分の一になっているとか……。ちなみに、この四万三千二百というのは、十二かける六十かける六十。つまり十二時間の秒数だそうだ」

ミッチェルは眉根に深くしわを刻んでいた。

「つまり、ピラミッドを作った古代人は、数学の知識を駆使して、地球の大きさなどのさまざまなデータをピラミッドの各部分の寸法の中に織り込んだというのだ。これは、数学の知識だけでなく、天文学や地理学、そして建築の技術においてもおそろしく進歩していたことを意味している」

「まさか……」

「そして、さらにセクションOの男は、ピラミッドもおそらくシュメールから発した文明に属していたのではないかと言っていた。シュメールの粘土板と呼ばれるもののなかに、ピラミッドを描いたものがある。私はその写真を見せられた」

「つまり、どういうことなのでしょう？」

「一万五千年以上昔に、今とは違う文明が地球上で栄え、そして滅んでいった。そして、その文明は地球外生物の影響を受けていた可能性が否定できない。セクションOの男はそう説明した」

「申し訳ありません」

ミッチェル少佐は言った。「私にはどういうことなのかよくわかりません」

「私にだってよくわからないさ。ただし、私は軍人だから、ただ一つのことだけはわかる。安全保障上の問題だ。異星人がもし本当に地球にやってきているとしたら、その連中の科学力は地球人をはるかに凌駕《りょうが》していることは明らかだ。こっちは、太陽系の外まで旅行したこともないのだ。そして、科学力の差というのは、軍事力の差だ。戦争になったらひとたまりもない」

「敵を知る必要があるというわけですか？」

「そう。私はこうした説明を聞いて、昔のある逸話《いつわ》を思い出したよ。一九五二年のことだ。ワシントン上空に謎の飛行物体の編隊が突然現れたことがあるそうだ。ワシントン上空というのはもちろん当時も特別管制区域になっており、厳しく飛行が制限されている。にもかかわらず、一週間の間を置いて二度にわたって出現したそうだ。そのとき、トルーマン大統領は、方策を相談すべくアインシュタインに電話した。アインシュタインは、こうこたえたそうだ。『何をしてもいいが、決して攻撃だけはするな』」

「その話は私も聞いたことがあります」

「つまり、軍人としては、未知の敵がいるのだとしたら、それを知るための努力をしなければならないということだ。そして、味方だと確認できない相手はすべて仮想敵と見なさなければならない。セクション0というのは、古代文明にからむ異星人の痕跡を調査するために組織されたということだ」

「その話を信じられたのですか？」

「もちろん、半信半疑だったよ。しかし、私が招かれたのは、事実ライト・パターソン空軍基地だったし、セクション０というのは、基地の中でかなりのスペースを使用しているようだった。何でも、古代文明が残した文字やら絵やらの解読・分析をしているということだが、それだけではない雰囲気があった。第一、それだけなら実働部隊などというものは必要ないはずだ。そして、セクション０に協力しろというのは、国防長官の命令だった」

「何かの秘密を握っており、その秘密保持のために実働部隊が必要だということですね？」

「だと思う。私に見せたのは、握っている情報のほんの一部に過ぎないのだろう。でなければ、私はすでにボブ・ショーターに消されていたかもしれない」

「軍はあらゆる安全保障を考えねばなりません。それが、多少ばかばかしいものであっても、脅威であれば分析しなければならない義務を負っています」

「地球外生物が脅威だと思っている者がいても不思議はないな」

ジョーンズ少将は、かすかにほほえんだ。「ハリウッドでは、地球外生命体はおなじみだからな」

ミッチェルもその言葉に、やや表情を緩めた。

「私は、今の話を聞いてどうすればいいのでしょう」

「調査だ。なぜか、このところセクションOのことが気になってきた。まずは、シド・オーエンという男を調べてくれ。エール大学卒。会ったとき、二十四歳だったから、今は二十六、七歳になっているはずだ。言語学を専攻し、十七歳で大学を卒業した天才だということだ。CIAがスカウトしたらしい」

「シド・オーエンですね」

「できれば、セクションOというのが、今どういう仕事をしているのか具体的に調べてほしい。今後は、君に私のコンピュータIDを使う許可を与えよう。私が持っていても宝の持ち腐れだからね」

「それは、重大な違反行為になります」

「だから、注意深くやってくれ。人を使うときも、君自身の責任において厳選するんだ。いいか、この調査は極秘だ。セクションOと同じでな……」

「了解しました」

ミッチェル少佐は立ち上がった。「ただちに仕事にかかります」

彼が部屋を出ていくと、ジョーンズはふと不安に駆られた。藪《やぶ》をつついて蛇を出すことになるのではないかという不安だ。

しかし、ジョーンズはその思いを払いのけた。不明なことは明らかにしなければならない。シド・オーエンがジョーンズを何かの理由でペテンにかけたのではないかという思いが少なからずあった。

もし、それが何かの偽装なら、それには国防長官も一枚嚙んでいるということになる。シド・オーエンの説明がすべて本当だったとしても、まだまだジョーンズの知らない秘密がたくさんあるはずだった。

頑固者のアレックス・ジョーンズ少将を甘く見てはいけない。

ジョーンズは、心の中でそうつぶやいていた。

6

石神達彦は、朝から仏頂面で考え込んでいた。

助手の明智大五郎は、そんな石神にはおかまいなしに、パソコンをいじっていた。キーを打つ音やクリックの音が気になる。

石神は昨日、追い出されるように、目黒警察署を後にした。明智と高園江梨子もいっしょだった。

明智と江梨子は、石神が味わったような手荒な真似はされなかったようだ。ただ、しつこく東堂由紀夫との関係を尋ねられたそうだ。

殺人事件の重要参考人ともなれば、当然だろう。

石神が考えていたのは、事件のことを話した後の江島部長刑事や中西係長の態度だった。東堂由紀夫のホームページの件を話したら、いたく興味がありそうな顔をした。取るに足らない情報の断片のつもりで話したことだった。

彼らは、何に反応したのだろう。

ホームページが書き換えられたという事実にだろうか？

それとも、ホームページの内容にだろうか……？

キーを打つ音と、マウスをクリックする音が響く。

「おい、遊んでないで仕事をしてくれ」

石神は明智に言った。「目黒区で起きた殺人事件てやつの新聞記事を集めてくれ。大至急だ」

「今やってますよ」

「やってるだって？」

「ええ。インターネットで大手新聞各社のデータベースを当たって、記事を拾い出しているんです」

便利な世の中になったもんだ。一昔前なら、図書館に走らなければならなかった。

「ダウンロードしましたから、これからプリントアウトします」

やがて、プリンタがうなりだした。

たまには、明智とパソコンも役に立つもんだな。

石神はそう思いながら次々と明智が運んでくるプリントアウトに眼を通しはじめた。

写真はなく、記事の文章だけが横書きで印刷されている。見出しも記事本文も同じ大きさの文字で、新聞記事という感じはしなかった。だが贅沢は言えない。間違いなく新聞に載ったのと同じ文章が印刷されているのだ。

どの新聞の記事も似たりよったりだった。

犯行現場は、目黒区青葉台のマンション『パレス西郷山』五〇五号室。被害者の自宅だ。

被害者は、三島良則、五十二歳。大手の新聞には文筆業とだけ書かれてあるが、あるスポーツ新聞には、「UFOライター、謎の死」という見出しがあった。

その記事によると、三島良則は三上良というペンネームで、何冊か本を出版しているらしい。見出しにあるように、UFOだとか、超常現象だとかに関して詳しく、その筋ではなかなかの人気ライターだったということだ。

なるほど、と石神は思った。

東堂由紀夫のホームページの話をしたときに、中西たちが興味深げな顔をした理由がこれでわかった。

東堂と被害者のつながりが見えてきたということだ。

石神も興味を覚えた。東堂由紀夫のホームページの中で、書き換えられた部分は、ピラミッドの秘密などに関する部分で、たしかにＵＦＯや超常現象などと関係がありそうな気がする。

刑事をやっていると、新聞記事に書かれていないこともだいたい予想がつくようになってくる。基本的に新聞記者というのは警察発表を記事にするから、もとになる情報がどの程度か想像できるのだ。

大手の記事では、被害者の年齢や職業、住所に触れられているだけで、重要参考人については、何も出ていない。また、警視庁捜査一課と目黒署は、怨恨と物取りの双方の線を追っているとだけ書かれている。

これは、目黒署と本庁捜査一課の合同捜査本部が設置されて、動機の洗い出しをやっているということを意味するが、単にそれだけではない。この場合、物取りの線はまずない。そして、怨恨と書かれているからには、顔見知りの犯行とほぼ断定していることを意味している。

今捜査本部では、被害者の三島良則と東堂由紀夫のつながりを追っているということだ。東堂由紀夫のホームページの内容に、中西が眼の色を変えたのにはそういう理由がある。

石神は、すべての記事をつぶさに読み終えてから、明智に言った。

「おまえ、三上良っていう作家を知ってるか？」

「作家じゃなくて、ライターでしょう？」

「作家とライターは違うのか？」

石神はそういうことは、よく知らない。

明智はしばらく考えてから、さっと肩をすくめた。

「まあ、似たようなもんですかね……」

「三上良を知ってるのか？」

「名前は聞いたことありますよ。UFO関係者の間じゃ有名らしいですね。目黒の事件で殺されたのって、その三上良なんでしょう。びっくりしたなあ」

「おまえ、書店に行って彼の本を買ってきてくれないか？」

「興味があるんですか？」

「ばか、捜査のためだよ」

明智は、ちょっとうれしそうな顔で笑った。

「何だ？　気味が悪いな……」

「先生、今、調査じゃなくて、捜査って言ったんですよ」

石神は気づいていなかった。急に照れくさくなって、仏頂面になった。

「いいから、早く買ってこい」

出ていこうとするところに、ドアが開いて、明智は入ってきた人物とぶつかりそうになった。

やってきたのは、江梨子だった。

明智は、この幸運なハプニングに戸惑っている。石神は舌打ちをして明智にもう一度言った。

「早く行け」

江梨子は、昨日と同じく野球帽とサングラスという姿だ。ジーパンではなく、作業ズボンのようなものをはいている。若者の間ではカーゴパンツなどと呼ぶらしいが、作業ズボンには変わりはない。

彼女は、帽子とサングラスを取って、「こんにちは」と言った。

「ほう」

石神は言った。「一日でちゃんと挨拶《あいさつ》ができるようになるとは進歩が早い」

「相手に合わせるのは得意なの」

相変わらず、口は減らない。

「何の用だ？」

「どのくらい調査が進んでるかと思って」

「依頼人ていうのはな、あんまり事務所に顔を出さないもんだ」

「いいじゃない。あたし、別に浮気の調査を頼んでいるわけじゃないから、後ろめたいこともないし……」

「まあ、いいか……」

石神は言った。「訊きたいこともあったしな」

「訊きたいこと？」

江梨子は勝手にソファに座った。石神は、机に腰を乗せた。

「あら、かっこいいわね」

その姿を見て、江梨子は言った。

「アメリカの探偵みたい」

そう言われてまんざらではなかった。実は、このポーズは本人も気に入っている。石神くらいの年齢では、子供の頃、学校で机に腰掛けると厳しく叱られたものだ。大人になったらやってみたいと子供の頃ずっと思っていたのだ。

だが、気をよくしている場合ではない。石神は江梨子に尋ねた。

「あんた、三島良則を知っていたのか？」

「誰それ？」

「目黒区青葉台で殺された男だ」

「知らない」

「じゃあ、東堂由紀夫が殺人事件に関係しているという話は？」

「知らないよ」

江梨子は平然と言った。「第一、本当に関係しているかどうかまだわからないじゃない」

「警察は、そう思っている。そして、警察がそう思うということは、かなりの確証を握っているということなんだ」

江梨子は、わずかに眉をひそめて石神を見つめた。大きくよく光る眼はたしかに魅力的だった。

「それって、東堂君が殺したってこと？」

「そうとは限らないが、その疑いが濃いってことだな」

「どうして、東堂君が殺人なんてやらなきゃならないの？」

「俺にそれを訊かれても困るな。何か知っているとしたら、そっちのほうだ」

「あたしは何も知らないよ」

「姿をくらます前に何か言っていなかったか？」

「何かって？」

「何でもいい。どんなつまらないことでもいい」

「なんだか、刑事みたいなしゃべり方するんだね」

「元刑事だからな」

江梨子は目を丸くした。

「そうだったの？　警察、クビになったの？」

石神は、また脱力感を覚えた。

「そんなことはどうでもいい。何か思い出すことはないか？」

江梨子は考え込んだ。

「何かと言われても……」

「ホームページの話をしたんだろう？　ページが書き換えられたって……。そのとき、怯えている様子だと言わなかったか？」

「たしかに、怯えているようだった。でも、あいつ、いつだって何かに怯えているようなやつだったから……」

「高校時代の同級生だと言ったな。他に親しい友人はいたのか？」

「よくわかんない。あたし、高校一年のときにスカウトされて、それからずっとモデルみたいな仕事してたから、学校のこと、あまり知らないんだ。でも……」

「でも、何だ？」

「東堂のことは、よく覚えていたな……」

「なぜだ?」

「あいつ、ちょっと変わったやつだったから」

「変わったやつだった? どういうふうに……」

江梨子が何か言おうとすると、勢いよくドアが開いて、息を切らした明智が現れた。書店の紙袋を抱えている。近くの書店まで全速力で走ったに違いない。寄り道もせずに駆け足で用を足してくるなど、普段の明智のやることではない。

理由は明白だ。江梨子が事務所にいるからだ。使いに出ている間に、江梨子が帰ってしまうのではないかと、大急ぎで戻ってきたというわけだ。

明智は、江梨子と石神の顔を交互に見て、言った。

「本、買ってきました。いやあ、商魂たくましいというか、三上良の本、平積みになっていましたよ。三冊並んでいたんで、全部買って来ました」

「ごくろうだったな」

石神は、紙袋を受け取ると、江梨子に言った。

「話はどこまでだったっけな? そう、東堂が変わったやつだったというところまでだ」

明智は、パソコンのある自分の席から江梨子を眺めている。

まったく、若いというのはしょうがないというか、うらやましいというか……。

江梨子がしゃべりはじめた。

「あいつ、ものすごい劣等生だったの。……というか、ちょっと対人恐怖症入ってたし……」

「それでよく大学行けたな」

「ところがね、数学だけは天才的なの。どんなむずかしい問題も、ちょちょっとグラフ書いて解いちゃうの」

「グラフ……?」

「とにかく、あいつはそうやって問題を解いていたわ。数式がグラフに見えるんだって」

「だが、数学だけで大学受験ができるわけじゃないだろう」

「今はいろいろな大学入試があるのよ。一芸入試とかいって、何か一芸に秀でていたら、それで入学が認められたりもするわ。東堂君は、数学の才能を認められて入学できたみたいよ」

「サヴァン症候群みたいなもんかな……」

明智が割り込んできた。

「何だそれは?」

石神が尋ねると、明智はこたえた。

「何らかの障害を持つ人が、特定の分野に普通の人では考えられないような天才的な才能を発揮する例があるんです。それをサヴァン症候群と呼んでいるんです。対人恐怖症なんだけれども、ものすごく正確にすばやく絵を描ける少女がいたり、数もろくに数えられないのに、目の前を通過した列車の数を必ず正確に言い当てたり……。そういう例がたくさんあるんですよ」

江梨子は熱心にうなずいた。

「そうそう。たぶん、東堂君もそうだよ。あいつ、小学校のときはろくに学校にも通えず、病院を出たり入ったりしてたって言ってた。対人恐怖症だったんだって。それで、読み書きも遅れて……。でも、中学校に入ると、数学でものすごい成績を取るようになったの」

「詳しいじゃないか……」

石神が言った。「ただの友達だと言わなかったか？」

江梨子は、その言葉を気にした様子もなくこたえた。

「あいつは、高校に入っても人付き合いができなかった。そして、あたしは仕事のせいで休みがちで友達もできなかった。それで、話が合ったんじゃない？　あいつがコンピュータにはまっているって知ってたから、コンピュータを買ったら相談しようって思ってた。電話したら、すぐに部屋まで来てくれたわ」

石神が想像していたような関係ではないのかもしれない。若い男と女がいたら、そこにはすぐに恋愛関係や肉体関係が生まれる。そう想像すること自体、世俗にまみれた大人の考えることなのだろうか……。

石神は、話を聞きながら、ぼんやりとそんなことを考えていた。

「その数学に関して天才的なところって、今度の事件に何か関係あるのかな……」

明智が言った。

石神は思わず明智を見ていた。

「どういうことだ？」

「いえ、別に……。何となくそう思っただけです」

「もし関係あるとして、どう関係あるんだ？」

「だから、根拠はないと言ってるじゃないですか」

「可能性の話をしているんだ。どういうことが考えられる？」

「わかりません」

明智は考えようともせずに言った。石神は小さく溜め息をついた。

「現場に行ってみる」

石神が言うと、江梨子は好奇心を露わにした。

「捜査に行くの？」

「俺は殺人事件の捜査をしているわけじゃない。あくまで、あんたの依頼にこたえようとしているだけだ」

「あたしも行く」

「だから、言ってるだろう。依頼人はおとなしくしているもんだって……。あんたが自分で動き回ったら、俺たちが何のために調査料をもらっているかわからないじゃないか」

「いいじゃないですか」

明智が言った。「一人の眼で見るより複数の眼で見たほうが、確実かもしれません」

「どうせ、おまえは留守番なんだよ」

「えー、どうしてですか？　僕もいっしょに行きますよ」

「事務所で電話番してろ」

「だって、どうせ電話なんて来ないし……」

「また刑事に絞られるかもしれんぞ」

「絞られたの、先生だけでしょう？」

石神は、抵抗する気力をなくした。だだっ子を二人抱えたような気分だった。

「好きにしろ」

石神は戸口に向かって歩きだした。

現場は、中目黒駅から歩いて十分ほどの場所だ。山手通りから裏手に入ったところにあり、マンションの目の前には目黒川が流れている。

目黒川にかかる橋と橋の中間あたり。近くにアメリカンスクールがあった。

鑑識による現場の記録と遺留物の採集などはすでに終わっており、現場は封鎖もされていない。しかし、鍵が掛かっており部屋の中に入ることはできなかった。

石神は、隣の部屋の住人に話を聞こうとチャイムを鳴らした。出てきたのは、中年の主婦だった。その主婦の話によると、このマンションは賃貸で、住人同士の付き合いはあまりないということだった。

それでも被害者の三島良則が一人暮らしだったことはわかった。石神は、主婦に若い大学生らしい男性が、三島を訪ねてきたことはないかと訊いた。

こたえは、予想通り。知らないということだった。

管理人はどこにいるのか尋ねた。一階の管理人室にいるはずだということだった。礼を言ってその場を離れると、その主婦はしばらくドアを開けたままで石神たちの様子をうかがっていた。

石神は江梨子に言った。

「こういう時のために、東堂の写真がほしいな。持っているか?」

江梨子は首を横に振った。

「持ってない」

警察ならば、東堂の部屋なり両親なりから写真を手に入れられるのにと思った。

明智が言った。

「高校の卒業アルバムとかないのかい？」

「あるけど、集合写真で、顔、小さいよ」

「だいじょうぶ、スキャナーで取り込んで、リサイズかければ何とかなる」

石神は思わず明智を見た。こいつが、これまでこれほど役に立つと思ったことはない。

新聞記事のコピーといい写真といい、なかなかいい仕事をする。

だが、考えてみればそれは石神のためではなく、江梨子のためなのかもしれなかった。

石神はぼそりと言った。

「それ、手配しておけ」

管理人に鍵を借りに行こうか迷っていると、思ったとおり、刑事が現れた。現場を張り込んでいたようだ。殺人犯は必ず現場に戻ると言われている。それを張っていたのかもしれない。

驚いたことに、それは下っ端の捜査員ではなく、中西だった。本庁の係長ともなれば、捜査本部ではデスク待遇の予備班に回されるはずだ。

思わず、石神は言っていた。

「こんなところで、何をしてるんです？」

「それは、こっちの台詞《せりふ》だよ」

それはそうだ。

「東堂由紀夫の行方を追っているんですよ。こっちも仕事なんでね」

中西はにっと笑った。人なつこい笑顔で、これがなかなか曲者《くせもの》だ。

「私はね、あんたが来るんじゃないかと思って、待ってたんだよ」

「冗談でしょう」

中西は、ポケットから鍵を取り出すと、三島良則の部屋のドアを開けた。

「見るかい？」

石神は警戒していた。警察が、これほど物わかりがいいはずはない。

たとえ、相手がかつていっしょに組んでいた仲間であっても、警察以外の人間に殺人現場を見せたりはしないものだ。

「こりゃ、どういうことです？」

石神が言うと、中西は相変わらずにこやかに言った。

「ほら、金田一探偵とか、明智探偵は、警察といっしょに犯行現場を検分してるじゃないか」

「本気で言っているわけじゃないでしょう?」

「本当のことを言うとね、あんたたちが見れば、私たちにわからないものがわかるんじゃないかと思ってね……」

「警察にわからないもの……?」

「そう。東堂由紀夫に関係した何かがここにあるかもしれない」

珍しく弱みを見せたな。

石神は思った。警察は一般市民に決して弱みを見せない。

中西は、何が何でも手がかりがほしいと語ったに等しい。捜査本部も、手詰まりなのかもしれない。

石神は、江梨子と明智に言った。

「入ってみようじゃないか」

中西が先に部屋に入った。住人のいなくなった部屋だが、一応、靴を脱いでいた。石神たちもそれに倣《なら》った。

最初に目に付いたのは、リビング・ダイニング・ルームのカーペットに広がる、おびただしい血だった。その血の跡をチョークで囲ってあるのは、石神にとっては馴染《なじ》みの光景だった。

江梨子は、サングラスをしているので、表情がよく見えないが、さすがに緊張した様子だった。

明智は、気分が悪くなるのではないかな……。石神はそっと明智の様子をうかがった。石神自身、若い頃に殺人現場で気分が悪くなったことがある。

だが、明智はまるで平気のようだ。興味深げに、鑑識が床につけたチョークの丸印を観察している。死体があるとないとでは大違いだが、それでも殺人現場に来て平気な顔をしているというのはたいした神経だ。

石神は、明智という若者のことがますますわからなくなった。

「被害者はここに倒れていた」

中西が言った。「腹部と胸部、そして腰の後ろを刺されていた。傷は、肝臓と心臓、そして腎臓に達していた。凶器は、台所にあった包丁。被害者の持ち物であったことが確認されている」

「傷は何カ所くらいあったのですか？」

「腹部に三カ所、胸部に二カ所、腰の後ろに三カ所。手と前腕に三カ所。計十一カ所だ」

石神はうなずいた。

「そのうちの三カ所が確実に、肝臓や心臓、腎臓に届いていたというわけですね？」

「言いたいことはわかるよ。素人の手口じゃないと言いたいのだろう?」

「その三カ所だけで致命傷になったはずです。他の傷は、わざと素人の犯行に見せかけるカムフラージュかもしれません」

中西は溜め息をついた。

「もちろん、捜査本部でもその可能性は充分に考慮している。しかし、鑑取《かんど》りで思わしい結果が出ないんだ。被害者は誰かに脅迫されていたわけじゃない。彼とトラブルを起こしている特定の団体はいない」

石神は、思わず中西の言葉に聞き入っていた。中西がうまく自分を利用しようとしていることはわかっている。しかし、中西が話している内容も嘘とは思えなかった。

すぐに人の言うことを信用してしまう癖のせいかもしれないが……。

石神は、血だまりから眼を転じて、部屋の中を見回した。部分から全体へ、そしてまた全体から部分を観察する。それが、現場での鉄則だ。

部屋の乱雑さは、男の一人暮らしをあからさまに物語っている。台所には、洗っていない食器が積まれたままだったし、ダイニングテーブルの上には、ウイスキーのボトルとグラスが出しっぱなしだった。そのグラスには、氷が融《と》けたと思われる水が溜まっている。

そして、いたるところに雑誌やメモ、書物が散乱していた。一番ひどいのは、書斎とおぼしき一室だった。

机とコンピュータ・ラックが、窓の前に並んでおり、すべての壁は本棚となっている。その本棚からは書物があふれていた。

床といわず机の上といわず、本が積み上げられている。コンピュータ・ラックには、プリンタだけが載っていた。おそらく、そこにあったコンピュータは、捜査員が持ち帰り、中身を分析しているのだろうと、石神は思った。

「すごい……」

江梨子がつぶやいた。

石神も同感だった。彼自身も男の一人暮らしだが、彼の部屋はこれほど散らかってはいない。

だが、最初の驚きが去ると、その乱雑さを形取っているのは、すべて書物や書類であることがわかってくる。食べ物の滓《かす》だとか、洗濯物だとか、紙屑などが散乱しているわけではない。

「物書きというのは、すさまじい生活をしているんだな……」

石神は独り言のように言った。中西がこたえた。

「なに、刑事も似たようなもんだろう」

「思想的な線はないんですか？」

石神が尋ねると、中西はかぶりを振った。

「被害者は物書きで、本も何冊か出している。当然、捜査本部でもそのことを検討したがね、彼が書くものは思想とはおよそ関係ない。被害者のところにも、版元にも脅迫めいた電話や手紙が来たことはない」

「それでも、どこで誰がどういうふうに怨《うら》みに思うかわからないでしょう?」

中西は、苦笑とも愛想笑いともとれる笑いを浮かべた。

「石やん。あんただって知ってるだろう。殺人《ころし》っていうのは、たいていは濃密な人間関係か金が絡んで起きる」

「でも、思想信条で殺人をやる人間がいないわけじゃない。まだ、セクトの連中は生き残ってますからね。右翼活動家だっている」

「たしかに、そういう線も否定はできないがね……」

中西の言葉は曖昧だった。何かつかんでいるな……。石神はそう感じた。

中西は、江梨子のほうを見て言った。

「何か気づくことはないかね? 東堂由紀夫に関係する何か……」

江梨子は、部屋の中を見回していたが、やがて、首を横に振った。

「わからないわ」

「どんな小さなことでもいいんだがね……」

石神は、江梨子とともに部屋の中を見回していた。めぼしい手がかりは、捜査本部が持ち帰ってしまったに違いない。それでも犯人を特定できる材料が見つからないので、中西は江梨子に期待しているというわけだ。

石神はずっと気になっていたことを、中西に尋ねた。

「東堂由紀夫はどういう理由で、重要参考人になったのですか？」

中西は、石神の顔を見て、困ったような表情を浮かべた。

「そういうことはしゃべれない。知ってるだろう？　捜査上の秘密は洩らすわけにはいかない」

「いまさら、それはないでしょう」

中西は、思案している様子だ。だが、もったいぶっているだけなのかもしれない。

中西は頭をかいて言った。

「石やんにはかなわんな……」

それがいかにも、演技をしているように見える。

「事件当日、正確に言うと事件が起きた推定時刻は午前三時頃だから、その前夜だが、被害者と、ここで会う約束になっていたんだ」

「東堂がですか？」

「そうだ。そして、彼が夜の十時頃にこのマンションに入って行くところを目撃した者がいる。このマンションの住人だが、それが誰かは言う必要ないだろう？」

「どうして東堂が被害者と約束していたことがわかったんですか？」

「電子メールだよ。被害者のパソコンに残っていた。被害者は、東堂由紀夫と何度かメールのやり取りをして、最終的にここで会う約束をしている」

「何度かメールをやり取りしている？　それはどんな内容だったんですか？」

中西は肩をすぼめた。

「どうということはない内容だ。東堂のメールは、いつも本を読んでいる、一度会って、話したいことがある……。まあ、そういった内容だ」

本当にそれだけだろうか。

中西は、当たり障《さわ》りのない情報だけを石神に与えて、大切なところは秘密にしているに違いない。

だが、今の石神にそれを知る術はない。

「俺たちは引き上げることにします」

石神は言った。「現場を見せてくれたことを感謝しますよ」

「何か気がつくことはないかね？」

中西にそう言われて、石神は江梨子を見た。江梨子はまた首を横に振った。

「捜査員がめぼしいものはみんな持ち去ったんでしょう？　俺たちが今さら見ても、何もわかりませんよ」

「私たちが見落とした何かがあるかもしれない」

「中西さん」

石神は笑みを洩らした。「探偵小説の読み過ぎですよ」

被害者、三島良則の部屋を出た石神は、誰かと鉢合わせしそうになって、驚いた。明智のように若い娘と鉢合わせするのなら悪くはないが、相手は大男だった。身長が百九十センチ近くあるのではないだろうか。茶色の癖毛に、濃い青い眼をしている。

「すみません」

相手は、ラテン系らしく、大きな身振りで言った。

「いや、こちらこそ……」

石神は、相手の服装を見てわずかにたじろいだ。黒い詰め襟《えり》《つ》の服を着ている。別に相手が聖職者だからといってたじろぐ必要はないのだが、なぜか少しばかり後ろめたい気がしてしまう。

「ここは、三島良則さんの部屋ですね？」

神父の恰好をした巨漢は、尋ねた。石神を見つめるその眼がまるでガラス細工《ざいく》のように美しい。欧米人特有の訛《なまり》があったが、滑らかな日本語だった。

「そうですが……」

「あなたは、警察の方ですか？」

「いいや、私立探偵です。刑事なら中にいますよ」

「私立探偵？　殺人事件を捜査しているのですか？」

「そうじゃありません。人探しをしているのです」

「人探し？　誰を探しているのです？」

石神は、なぜ自分が見知らぬ相手に余計なことをしゃべっているのか、不思議に思った。たぶん、相手の服装のせいだろう。聖職者に質問されると、話さなくてはならないような気がしてくる。

あるいは、この神父の持つ雰囲気だろうか？　濃い青い眼は、いきいきとしており、人を安心させるような表情を持っている。

後ろから中西の声が聞こえた。

「どうした、石やん」

「お客さんです。神父さんのようです。被害者は、キリスト教徒だったんですか？」

「そんな話は聞いておらんな……」

中西が、江梨子や明智の後ろから歩み出てくると、神父は自己紹介した。

「ペドロ・デ・ザリといいます。麻布にある教会の神父をしています」

「警視庁の中西です。仏さんはもうここにはいませんよ……。おっと、神父さんの前で仏さんというのもおかしいか……」

ペドロ・デ・ザリ神父はほほえんだ。

「日本の人が、死んだ方のことを仏さんと呼ぶことは知っています。私は、神父としてここに来たのではありません。三島さんの友人としてやってきたのです」

「友人……？」

中西はデ・ザリ神父を見つめた。その瞬間に刑事の顔つきになる。「どういったお付き合いですか？」

「ネット・フレンドでした。主に、ネット上でのお付き合いです。殺されたと聞いて、驚いてやってきたのです」

「ネット上でのお付き合い……？」

中西は、ぴんとこない顔をしている。石神も同様だった。どうやら、メールのやりとりをしたりといった、インターネット上での知り合いらしいが、それが実際にどの程度の人間関係なのか実感できないのだ。

デ・ザリ神父は言った。

「殺されたと聞いて本当に驚きました。犯人はわかっているのですか？」

中西は苦い顔になった。

「現在、捜査中です」

「三島さんの遺体は今どちらに……?」

「司法解剖に回されています。もうじき遺族の方に引き渡されるはずですが……」

デ・ザリ神父は何度かうなずいた。

「ぜひ、お別れを言いたいものです」

「遺族の方に連絡してみてください。連絡先をお教えします」

中西が言うと、デ・ザリ神父は丁寧に礼を言った。

そのとき、唐突に明智が言った。

「神父さん、東堂由紀夫って、知りませんか?」

石神は驚いた。

いったい、どういう脈絡《みゃくらく》でこういう質問を思いつくのだろう。

だが、デ・ザリ神父のこたえは、さらに石神を驚かせた。

「東堂由紀夫、知っています。彼がどうかしましたか?」

石神だけでなく、中西も江梨子も驚いた様子だ。それが当然の反応だ。

石神は、デ・ザリ神父に言った。

「ぜひ、話を聞かせてもらいたい。探している人というのは、東堂由紀夫なんだ」

「東堂由紀夫を探している？」

デ・ザリ神父は、戸惑った表情で石神を見返した。

すると、中西が言った。

「おっと、話を聞くのは私が先だ。神父さん、もしよろしければ、警察まで来ていただけませんか？　警察署は、ここから車で十分ほどのところです。お手間は取らせません」

「中西さん」

石神は言った。「神父さんに東堂由紀夫のことを質問したのは、うちの助手なんですよ」

中西は平然と言った。

「お手柄だ。だが、人探しよりまず殺人の捜査が優先だ」

中西は、デ・ザリ神父に言った。「どうです、神父さん。来ていただけますか？」

「私でお役に立てることがあれば……」

中西は満足げにうなずくと、神父と連れだってエレベーターに向かった。

二人が去ると、江梨子が腹立たしげに言った。

「あのまま行かせちゃうの？」

石神は、おそらく江梨子よりも自分のほうが腹が立っているはずだと思った。憤りを抑えて彼は言った。

「麻布の教会だと言っていた。神父というからにはプロテスタントではなくカトリック教会だろう。調べればすぐにわかる。あとで訪ねて行くさ」

石神は引き上げることにした。中西は部屋に鍵を掛けて行った。もう、三島の部屋には戻れない。どうせ、戻っても手がかりはすべて警察が持ち帰っているに違いないと思った。

私立探偵の権限のなさを思い知らされていた。

石神と明智は事務所に戻ったが、江梨子も付いてきていた。仕事はないのかと尋ねると、しばらくは暇だという。まだまだ売れっ子というにはほど遠いのかもしれない。明智によると、江梨子は話題になりはじめたばかりだから、そのうちにこうしていっしょに行動したことを自慢に思うほどに人気者になってしまうのかもしれなかった。

「それにしても、たまげたな」

石神は明智に言った。「どうして、あの神父が東堂を知っていると考えたんだ？　おまえ、ひょっとして超能力者か？」

「簡単な推論ですよ。あの神父は、三島良則とネット・フレンドだと言いました。そこで、三島良則と東堂由紀夫のつながりを推理したんです。東堂由紀夫は、超古代史やオーパーツなんかのことをホームページに書いていた。そして、三島良則も、ＵＦＯだとか、超常現象の本を書いていた。これ、分野的にかなり近いと思いませんか？　それで、二人はインターネットを通じて知り合っていたのかもしれないと考えたんです。本を読んで、著者に感想を送る、なんてことは、電子メールの世界では比較的頻繁に行われていることです。あるいは、どこかの掲示板で知り合ったのかもしれません。きっかけはそういうことだったと思います。二人はネットを通じて情報交換なんかをしていたんじゃないでしょうか。その情報交換の輪の中に、あの神父がいても不思議はありません」

石神は、目を丸くする思いだった。

インターネットというものが実感できないので、そういうものかと思うしかなかった。

「さすが、明智探偵ね」

江梨子が言って、石神は苦い顔をした。

「明智探偵なんて言い方はよせよ。こいつは探偵じゃない。あくまでも助手だ」

「でも、探偵らしい推理だわ」

たしかに、神父が東堂由紀夫と知り合いではないかと考えた点は褒《ほ》めてやってもいいかもしれない。

「だが、待てよ」

石神は、明智に言った。「ネット上の知り合いなら、互いに顔なんかは知らないはずだな?」

「そういう例が多いですね。顔どころか、性別や年齢なんかも知らずに、メールのやり取りやチャットを楽しんでいる場合もあります。ネット・オカマなんてのもいますし……」

「ネット・オカマ?」

「ネット上で女性になりすましている人のことを言うんです。そういうことも不可能じゃないんですよ」

「ならば、神父も実際の三島良則や東堂由紀夫には会ったことがないかもしれないな」

「オフ会で顔を会わせている可能性もあります」

「オフカイ……?」

「掲示板の主宰者などが、催《もよお》す会合です。まあ、だいたいが飲み会ですが……。普段、ネットで会話している人たちが、実際に顔を合わせることをいうんです」

石神はふうんと唸った。

「へえ」

江梨子が明智に言った。「インターネットのこと、詳しいのね。パソコンのことも詳しい?」

「DOS《ドス》/V《ヴィ》マシンだったらね」

「頼りになるわね。今度、困ったら教えてね」

この一言で、明智は天にも昇る気持ちになったのではないだろうか。石神は、好きにしろと言いたい気分だった。

「頼りになるだって？」

石神は江梨子に言った。「こいつは、普段はぼうっとしているんだよ」

「そうお？ ものすごく有能に見えるけど」

石神は、また唸った。

たしかに、明智は急に有能になったように感じられる。

これまで、無能だったとは言わないが、どう見てもすべてにやる気のない青年だった。

やはり、江梨子にいいところを見せようと張り切っているのだろうか？ だとしたら、石神はなめられていたことになる。

あるいは、扱う依頼内容のせいだろうか？

浮気調査や身上調査ではやる気が出ないのかもしれない。

石神は、机の上にある書店の袋に眼をやった。明智が買ってきた、三島良則の著書だ。

それを手にとって、中身を確かめた。

『謎のＵＦＯ調査機関を追う』

『ＵＦＯ、その隠された陰謀』

『ピラミッドとUFO』

いずれも、新書判だった。ぱらぱらとめくると、写真が豊富に掲載されている。石神は、UFOなどに興味はないので、読むのが苦痛かもしれないと思った。

「おまえ、こういうの興味はあるか?」

石神は、三冊の本を明智に示して尋ねた。明智に読んでもらって、概要《がいよう》を聞こうと思ったのだ。

「だめですよ」

明智は言った。「探偵でしょう? 先生が自分で読まなきゃ……」

石神は、『ピラミッドとUFO』という本を手にとって開いた。それが、東堂由紀夫に一番関わりがありそうだと思ったのだ。東堂はホームページにピラミッドのことを掲載していた。

どうやら、三島の言うピラミッドというのは、エジプトのピラミッドだけを指すのではないらしい。日本にもピラミッドと思われる山があり、その周辺ではなぜかUFOの目撃情報が多いというようなことが書かれてあるらしい。

それは、日本だけの現象ではなく、ピラミッド型をした巨大な建造物の周辺では、必ずUFOが目撃されているのだという。

石神は、目次や帯、裏表紙に書かれている文章などから、それだけのことを読みとった。あとがきのページを開いて眺めていると、最後にホームページのアドレスが書かれてあった。

「おい、明智。三島良則のホームページがあるらしいぞ」

石神は、あとがきのページを開いて明智に差し出した。明智はそれを受け取ると、自分の席に行ってパソコンを立ち上げた。

「アクセスしてみましょう」

江梨子が、すぐに明智の背後に立った。石神もディスプレイを覗くために移動した。

江梨子は興味津々《しんしん》といった顔つきだった。石神も手がかりを期待していた。

やがて、明智はつぶやいた。

「ノット・ファウンド」

「何だって？」

「ホームページにアクセスできません」

「どういうことだ？」

「サーバーにファイルがないようです。削除されていますね」

「削除？　東堂のホームページみたいに、誰かに悪さをされたのか？」

「どうでしょう……。自分でホームページを取り下げたということも考えられますが

……」

「ホームページを取り下げた……？」

石神は考えた。「自分の著書にアドレスを書いているのにか？」

明智は、椅子にもたれて肩をすくめた。

「どういうことなのかは、わかりませんね。確かな事実は、もうこのサーバーにはファイルはないということだけです」

「事件と何か関係あると思うか？」

「いつファイルが削除されたか、プロバイダーに訊いてみましょうか？」

「そんなことがわかるのか？」

「ええ。このURLのルートの部分は、プロバイダーのサーバーを示していますから、連絡先はすぐにわかるでしょう。ただ、プロバイダーは、加入者のプライバシーその他に神経質ですから、簡単に教えてくれるかどうか……」

「連絡先を調べてくれ」

石神は、明智の懸念などかまわずに言った。

明智は、長たらしい文字列の後半の部分を削り、エンターキーを叩いた。やがて、画面が現れた。プロバイダーのホームページのようだ。

明智が、画面の電話番号を指さした。

「これです」

石神は、受話器を取るとその番号に電話した。

ほどなく、若い女性が出て、ホームページに出ているプロバイダーの名前で応答した。

石神は言った。

「警視庁目黒署の中西と言います。お手数ですが、火曜日未明に起きた殺人事件に関連して、ちょっとうかがいたいことが……」

女性は戸惑ったように、お待ちくださいと言うと、男性に代わった。おそらく責任者だろう。

「お電話代わりました。どういったことでしょう？」

「三島良則さんは、お宅と契約されていましたね？」

「ええ。殺人事件のことですね。新聞で読んで驚きました」

「ほう……。契約者の方をすべて記憶なさっているのですか？」

「ええ、そう心がけています。契約されている方のホームページは常時チェックしていますから……。法律に違反するようなウェブページは自主規制することになっていますので……。それに、三島さんのページはなかなか人気がありました。ちょっとした有名人なので、よく覚えていました」

「そのページがなくなっているようですね？」

「ええ。現在はサーバーにファイルがありませんね」

「本人が削除されたのでしょうかね？」

「さあ……。当然、そうだと思いますが、厳密なところはわかりません」

「厳密なところはわからない？」

「本人のアカウントやＩＤ、パスワードを知っていれば、誰にでもできることですからね」

　アカウント、ＩＤ、パスワード……。

　石神は溜め息をつきたくなった。

「そのページがなくなったのは、いつかわかりますか？」

「ファイルが削除された日時ですか？　ええ、わかりますが、そういったことはあまりお教えしたくないんですよね」

「殺人の捜査のためです。何とかお願いできませんか？」

「こっちの信用もかかってますからねえ……」

「令状を取ってうかがうこともできるんですが、事を荒立てたくないんですよ。できれば、協力していただきたいんですがね」

　沈黙の間《ま》。

　やがて、相手は言った。

「わかりました。ちょっとお待ちください」

何かの記録を調べているようだ。

「ファイルがなくなったのは、日曜日の夜のようですね」

「日曜日の夜ですね。いや、どうもご協力を感謝します」

石神は電話を切った。

「ファイルが削除されたのは、日曜日の夜なんですか？」

明智が言った。「たしか、東堂さんと連絡が取れなくなったのもその頃じゃ……」

江梨子はうなずいた。

「そう。最後に電話で話をしたのは、日曜日。月曜日から行方がわからなくなったの」

「明智……」

石神は言った。「おまえ、ますます冴《さ》えてきたじゃないか」

7

仕事を命じた翌日には、もう最初の報告書ファイルが届いており、アレックス・ジョーンズ少将は、ドン・ミッチェル少佐の働きぶりに満足していた。

ファイルを開くと、まず、セクションOについての報告があった。調査の結果、軍にはセクションOという組織は存在していないことになっている。

この点は予想通りだった。セクションOは極秘に組織されているということだ。さらに、軍にはシド・オーエンという人物は、いないということだ。

ドン・ミッチェルは、さらにCIAを当たったが、CIAにもシド・オーエンという職員はいなかった。そればかりか、過去そのような人物がCIAに採用された事実もなかった。

これもある程度予想していたことだ。

CIAというのは、秘密の宝庫だ。記録されていないエージェントが世界中に何人いるかわからない。

しかし、そのような人物が、大手を振ってペンタゴンや空軍基地の中を歩き回っている事実は問題だと思った。

さらに、ドン・ミッチェルは、ライト・パターソン空軍基地を調査していた。しかし、かつてジョーンズ少将が見たような、研究施設など存在していなかったという。

ミッチェル少佐は、ペンタゴンのコンピュータの中を探し回り、セクションOやシド・オーエンという名を探し回ったが、結局何も発見できずにいた。

ジョーンズ少将のIDとパスワードを持っている限り、かなりのレベルの情報まで検索できる。にもかかわらず、何も発見できないということは、本当に存在していないのか、あるいは、ジョーンズ少将のレベルをもってしても触れることのできない機密であるかのどちらかだ。

ジョーンズ少将の手の届かない情報というのは、国家の最高機密を意味している。

ジョーンズ少将は、ファイルを閉じて、考え込んだ。

あの、若造はいったい何者なのだ？

国家の最高機密となると、ミッチェル少佐にとっては少々荷が重いかもしれない。だが、やれるところまでやってもらわねばならない。

ジョーンズ少将は、隣の部屋にいるミッチェルを呼んだ。ミッチェルは、すぐに現れた。

「報告書を読んだ」

ジョーンズ少将が言うと、ミッチェルは、即座に言った。

「申し訳ありません、提督。めぼしい成果が上げられませんでした」

「まだ、調査は始まったばかりだ。そうだろう？　最初の報告としてはこんなものだろうと思っていた」

「セクションOも、シド・オーエンという男も、軍のどこにも存在していません」

「だが、私は事実シド・オーエンという若者に会ったし、ライト・パターソン基地でセクションOの研究施設を見た」

「はい」

「あれは三年前だから、もしかしたら、セクション0は、廃止されたのかもしれない。しかし、私が見たところかなり大きなスペースを割いた研究施設だった。撤去されたにしても、何らかの痕跡やその際の工事の記録などは残っているはずだ」

「その点も調べてみました。ここ数年、ライト・パターソン基地で大がかりな工事が行われた記録はありません」

ジョーンズはうなずいて続けた。

「そして、シド・オーエンという人物はたしかに存在する。この私は彼と会って話をしているんだ。そして、ボブ・ショーターを責任者とする実働部隊を彼に預けたのだ」

ミッチェル少佐は、ふと表情を曇らせた。

「そのボブ・ショーター中佐ですが、現在は、高周波実験施設の警備責任者として登録されています」

「待て、今、君は中佐と言ったか？　ボブ・ショーターは少佐のはずだが……」

「記録によると、三年前に昇進しています」

三年前というと、ジョーンズ少将が実働部隊を組織させた頃だ。昇進の話は聞いていなかった。

単なる昇進なのだろうか？

ジョーンズ少将はいぶかった。

「その、高周波実験施設というのは何なのだ？」

「軍の実験施設です。空中に高周波を発射する実験を行っているとのことですが、目的は電離層を加熱したときの気象の影響を研究することだそうです」

「私は、ボブをそのような施設に送った覚えはない」

ミッチェル少佐の眼が少しばかり疑わしげになっているのに気づいて、ジョーンズ少将は、ふと不安になった。

三年前の出来事は、本当に現実だったのだろうか？　私は、夢を見てそれを現実だと思いこんでいたのではないだろうか……。

そんな思いが頭をよぎった。

ジョーンズ少将は、それを振り払った。

「私がもうろくしておかしくなったと思っているのか？」

ミッチェル少佐は、そう尋ねられて慌てて否定した。

「いえ、決してそのようなことは……」

「いいんだ。今、一瞬自分でも確信が持てなくなった。軍や政府の機密の恐ろしいところは、そこだ。機密を暴《あば》こうとすると、八方ふさがりになり、自分が考え違いをしていたのではないかという気になる。そのうちに、自分の存在すら怪しくなってくるんだ。だが、いいか？　セクションOもシド・オーエンも実際に存在した。それが、消えてなくなったとしたら、誰かが周到に消し去ったということだ。あるいは、誰にも見られないように隠したということなんだ。ボブ・ショーターに関しては、実際に兵員や武器、乗り物を運用しなければならないので、適当な役職が必要だったということなのだろう」

「私は提督を信頼しています」

「本気でそう思ってくれるとうれしいがな」

「誓って、本気です」

「よろしい。調査を進めてくれ。どんな小さなことも見逃すな」

「少々無茶なことをやることになるかもしれませんが……」

「無茶なこと？」

「その先は、お知りにならないほうがいいと思います」

「おい、ドン。見くびってもらっては困るな」

ジョーンズ少将は不敵な笑いを浮かべた。「トラブルが起きたときに、責任を部下に押しつけるような真似が、私にできると思うか？　どんなことでも知っておきたい。何をやろうというんだ？」

「ハッキングです」

「ハッキング？　コンピュータに侵入しようというのか？」

「おそらく、これだけ探して何の痕跡もないということは、かなり高度なレベルに属する機密だと思われます。それを覗き見るには、もはや非合法な手段しか残っておりません」

「軍の最高機密を覗き見るというのか？」

「軍だけではなく、ＣＩＡのコンピュータにも侵入する必要があるかもしれません。あるいは、ホワイトハウスのコンピュータにも……」

ジョーンズ少将は、しばらく考え込んだ。これは危険な行為だ。文字通り、命を懸けることになる。

「やれる者はいるのか？」

「心当たりがあります。私の責任でその者を管理します」

やがて、ジョーンズ少将はきっぱりとうなずいた。

「よろしい。やってくれ」

8

「昨日は失礼しました」

そう言って事務所に現れたペドロ・デ・ザリ神父を見て、石神は意外に思った。まさか、向こうから訪ねて来るとは思っていなかった。

「私は自己紹介もしていないし、名刺も渡していなかったはずです」

石神は言った。「どうしてここがわかったんです？」

「刑事さんが教えてくれました」

「刑事？　中西さんですか？」

「そうです。あなたに会いに行くように言われました」

さすがに、気がとがめたと見える。

「こちらのほうからお訪ねしようと思っていたんです。わざわざ来てくださって、感謝します。さっそくですが、東堂由紀夫さんとのことをうかがいたい」

石神は、神父をソファに案内して、明智にコーヒーを用意するように命じた。

「東堂さんとは、ネット上で知り合いました」

ソファに座ると、デ・ザリ神父は言った。

「具体的にはどういうふうに？」

「三島さんのホームページにあったBBSで知り合ったのです。東堂さんは、そこに何度か書き込みをしており、私も書き込みをしていました。そのうちに、直接メールの交換もするようになったのです。三島さんとも同じような関係でした」

「えー……。BBS？」

石神が、その言葉の意味を尋ねようとしていると、ちょうどコーヒーを持ってきた明智が言った。

「掲示板のことです。ホームページでは通常、情報は一方通行なんですが、CGIというソフトの助けを借りて、不特定多数の人が書き込みできるようにすることができるんです。そこで、自由に情報や意見の交換ができるんです」

石神はうなずき、デ・ザリ神父に尋ねた。

「東堂さんの行方について、心当たりはありませんか?」

デ・ザリ神父は、かぶりを振った。

「残念ながら……」

「東堂さんとは、普段どのようなことで情報をやり取りしていたんですか?」

巨漢の神父は、濃い青い眼にかすかな笑みを浮かべて言った。

「私たちは、いつも論争していました」

「論争していた? 何をテーマに?」

「神です」

石神と明智は思わず顔を見合わせていた。

デ・ザリ神父は、さらに言った。

「東堂さんや、三島さんの考える神の概念は、私にとっては認めがたいものでした。だから、私は真っ向から議論を挑んだのです」

神父を相手に、神の話をする。たいした度胸と言わねばならなかった。しかし、カトリックの神父が黙っていられないような神の概念とはどういうものなのか？

石神は、その話をぜひとも聞きたいと思った。

石神は、机に向かったまま話を聞こうか、それともソファのところに行こうか迷った。狭い事務所だ。どこにいても相手の話は聞こえる。

結局、石神は席を立ち、ソファに座った。ソファは低い小さなテーブルを前に、九十度の角度で置かれている。こういう配置が依頼人を安心させるのだ。

逆に、警察官などが取り調べや聞き込みなどを行うときは相手の正面に座る。心理的なプレッシャーをかけるためだ。

「東堂由紀夫さんは、奇妙な考え方をしていました」

デ・ザリ神父は話し始めた。「人間は、神が奴隷として創ったものだと信じているようでした」

「奴隷として……？」

「そう。労働力を必要とした神々が、そのために創りだしたと考えていたようです」

「えーと……」

石神は、戸惑いながら言った。「キリスト教でも、神様が人類を創ったと教えているのでしょう？　たしか、アダムとイブでしたっけ？」

「神は人類だけでなく、すべてのものを創造なさいました」

「それ、東堂由紀夫が言ったことと、それほど違うとは思えないのですが……」

デ・ザリ神父は、穏やかにほほえんだ。

「神は奴隷として利用するために、人類を創られたのではありません」

「あー、そりゃそうでしょうが……」

「東堂さんの考え方が問題なのは、この地に降り立った神が、互いに利権争いをして、戦争までしたと主張していたことなのです」

「神々が戦争？」

「そう。そして、神は人類を自分たちの戦争に巻き込んだとまで言っていました」

「それは、神父さんとしては認めがたいでしょうね。第一、キリスト教では、神様はただ一人なのでしょう？　戦争などできるはずがない」

「そうです。神は聖なる存在です。人々を導く存在であって、決して利用しようなどとお考えにはならない」

「東堂由紀夫は、何を根拠に神様が戦争をした、などと言いだしたのでしょうね」

「彼は、神を宇宙から来た異星人だと考えていました」

「異星人？」

「そうです。どうやら、ゼカリア・シッチンの影響を受けているようでした」

「ゼカ……。何ですって？」

「ゼカリア・シッチン。ユダヤ系アメリカ人の学者です。古代メソポタミアの言語に詳しく、シュメールの粘土板の解読に関しては、権威者と言われています」

「そのシッチンが、神は異星人だと言っているのですか？」

「そうです。人類の文明の源はシュメールにあり、それは、異星人が残した文明の恩恵にあずかった人類が築いたものだと主張しているのです」

石神は、どこまで本気で聞くべきか考えていた。

殺された三島良則は、ＵＦＯライターだったという。異星人の存在を本気で信じていたのかもしれない。そして、東堂は、人類の文明が、宇宙人によってもたらされたものだと信じていたようだ。

三島良則と東堂をつなぐ要素は、今のところ、そうした与太話とも言える話題しかないのだ。

石神は、まだ三島良則の本を読んではいない。昨夜、開いてみたのだが、興味がないせいかちっとも頭に入らず、すぐに閉じてしまったのだ。

ＵＦＯだ、宇宙人だという話に、東堂由紀夫の行方や殺人事件に関する手がかりがあるとは思えない。しかし、彼らが何を考えていたかのヒントにはなるかもしれない。とにかく、話だけは聞いておこう。石神はそう思った。

「その、シッチンや、東堂由紀夫が主張していた神様の話ってのを、詳しく教えてもらえませんか?」

デ・ザリ神父は、大げさに肩をすくめて見せた。

「彼らが考える神というのは、私の神の概念とはまったく違うものでした。まず、それを理解してください」

「わかりました」

そんなことはどうでもいい。キリスト教の神の概念も、宇宙人説も理解などできないに違いないのだ。

「東堂さんは、シッチンの主張をほぼそのまま受け入れているようでした。シッチンは、シュメールの神々の故郷は、ニビルという惑星で、これは、大きな楕円軌道を持っており、三千六百年に一度、地球に接近するのだと言っています。これは、シュメールの粘土板にある太陽系の図に十二番目の惑星として描かれている星だそうです」

「太陽系の図? 待ってください。シュメールの粘土板というのは、おそろしく古いものでしょう?」

「その図は、四千五百年前に描かれたものだとシッチンは言っています」

「それに太陽系の図が描かれているのですか? それは信じられないな……」

「私もその図を見たことがあります。たしかに、太陽と思われる大きな輝きの周囲に、十一個の小さな円が描かれていました」

「水、金、地、火、木、土、天、海、冥……」

石神は指を折って数えた。「太陽系の惑星というのは、九つじゃないですか？　十二番目というのはどういうことです？」

「シッチンによると、シュメールでは、太陽と月も惑星に数えたそうです」

「シュメールの人は地球も惑星だということを知っていたというのですか？　そいつは信じられないな。昔の人は、この世が真っ平らな円盤だと信じていたと思っていましたがね……」

「シュメールに降り立った異星人がそういう知識を与えたのだと、シッチンは考えているようですね。たしかに、粘土板には、その図が描かれている。とにかく、ニビルから地球に降り立った異星人がいたとシッチンは言うのです。その異星人たちの指導者の名は、エンキ。これは、シュメールの神の名です。エンキは、メソポタミア地方の治水工事を始め、そこに植民地を造ります。ニビル星から来た人々、つまり神々はアヌンナキと呼ばれます。これは、一般には、神々の会議と訳されますが、シッチンは、『天より降りてきた者』が、もともとの意味だと言っています」

「ほう……」

石神は、メソポタミアだとかシュメールだとかいう世界にまったく縁がない。古代史の知識もない。だから、シッチンの言っていることが、どこまで信憑《しんぴょう》性があるのかまったく判断がつかなかった。「つまり、地球に降りてきた異星人は一人ではなく、何人かいたということなんですか？」

「シッチンは、一度に五十人ほどの集団でやってきたと言っています」

「神様が五十人もやってきたわけですか……」

デ・ザリ神父は、また肩をすくめた。

「私の神の概念と違っているというのは、そのあたりのことです。彼らは、実に現実的な目的で地球にやってきたとシッチンは言います」

「その現実的な目的というのは？」

「故郷の星であるニビルに危機が訪れたというのです。惑星ニビルの大気が減少しはじめたのです。その大気の減少をくい止めるためには、黄金の粒子でシールドを作る必要がありました。エンキは、地球で黄金を採掘するために降りてきたのです」

「金を掘りに……？」

何だか、このあたりから現実味が失《う》せてきたような気がした。

「当初は、進んだ科学力で海水から金を分離していましたが、そのうちにそれではとても間に合わないということになり、アフリカ大陸にある金の鉱脈を採掘しはじめたということです」

「神様がやってきた理由が、金だというのですか……」

「そう。そして、人類が創造された理由も金鉱にあるというのですよ」

「どういうことです？」

「金の採掘をやらされていたアヌンナキが、その過酷な労働に耐えかねて暴動を起こしたというのです。そこで、エンキはアヌンナキの評議会に、進言します。地球上には、自分たちに比較的近い猿人がいる。遺伝子操作を行って、労働力として使用できる生物を創り出そうと。アヌンナキの評議会はそれを受け入れ、実際に遺伝子を操作して新しい生物を創り出しました。それが人類の祖先です」

「えーと……」

石神は、片手を上げてデ・ザリ神父を制した。「そのエンキとかいう神が地球に降りてきたのは、人類がまだ猿人だった時代のことなんですか？」

「シッチンによると、最初のアヌンナキが地球に降り立ったのは、大洪水の四十三万一千年前、そして、大洪水は、紀元前一万一〇〇〇年のことだと言っています」

「四十三万年……」

人類の文明が発生したのは、早くても紀元前三〇〇〇年代だったはずだ。石神にもそれくらいの知識はあった。

ゼカリア・シッチンは、それをはるかに超える過去の話をしているわけだ。

「そう。そして、シッチンは言います。紀元前一万一〇〇〇年の大洪水の後に、神々は、居住区を四つに分け、それぞれに統治者を置きました。これが、メソポタミア、インド、エジプト、そして、シナイ半島です。そのうちのシナイ半島は、アヌンナキの専用の土地となり、残りの三つは人類に与えられたというのです。すなわち、三つの古代文明の発生です。シッチンは、旧約聖書の創世記に書かれた、ノアの息子、ハム、セム、ヤペテから世界に人類が広がったという記述は、このことを指しているのだと言っているのです」

「旧約聖書ですか……」

「シッチンによると、旧約聖書に書かれている神は、四つに分けられた居住区の一つを担当する神、つまりアヌンナキの一人に過ぎないというのです。しかも、彼は異母兄弟と常に戦争をしているというのです」

ようやく、話が核心に近づいてきたという気がした。石神は、シッチンという学者の話に真剣に耳を傾けていたわけではない。

デ・ザリ神父が何を問題にしているのかが知りたかったのだ。話が旧約聖書に及んで、ようやくキリスト教の神との関わりが出てきたという気がしたのだ。

「あなた方が、唯一絶対だと信じている神が、言ってみれば一地方の統治担当者でしかないとシッチンは言っている。しかも、その統治担当者同士は互いに争っているというわけですか。神様がよその神様と戦いを続けているわけだ。それは、ちょっと認めがたいでしょうね」

デ・ザリ神父は、嘆かわしげに溜め息をついた。

「たいへん残念なことに、東堂さんは、すっかりシッチンに影響されているようでした。シッチンの主張は、エジプトやギリシャ、インドの神話、そして旧約聖書の内容にも合致していると主張されるのです。面倒なことに、シッチンというのは、先ほども言ったとおり、シュメールの粘土板解読に関しては権威者です。こと、粘土板解読の正確さだけを取れば、まず最高峰の学者なのです」

「最高の学者にしては、突拍子もないことを言いだすものだという気がしますね」

「シッチンは、彼の述べる内容がすべてシュメールの粘土板に記されていると主張するのです。それがまた面倒なことで、解読する上でシッチンを言い負かすことができる人はまずいないでしょう。正規の学会は、彼の突飛《とっぴ》な解釈を無視するのが精一杯です。その学会ですら、シッチンが持っている中近東の言語の知識だけは認めざるを得ないのです」

石神は、思わず眉をひそめた。

「シッチンというのは、いかがわしいエセ学者ではないのですか?」

「エセ……?」

「ああ、つまり偽物《にせもの》の学者ということです」

「違います。何度も言いますが、れっきとした、言語学者なのです」

「その立派な学者が、粘土板に宇宙から神が金を掘るためにやってきたとか言うわけですか」

「それは、シュメール語のやっかいさなのです」

「それはどういうことですか?」

「シュメール語というのは、絵文字なのです。例えば、神を表す言葉は、まるでロケットのような先のとがった形で表されている。それでシッチンのような解釈が可能になってしまうのです」

「シッチンの言うことは、こじつけだとおっしゃりたいのですか?」

「当然でしょう。あなたは、人類が宇宙人の遺伝子操作によって生まれたなどという話を信じますか?」

「そりゃあ、信じるかと言われれば首を傾げざるを得ないですがね……」

石神は、慎重になった。

いかんな……。シッチンとやらの話は、意外と説得力があり、ひょっとしたら、という気になってしまう。悪い癖が出た。俺は、すぐに誰かの言うことを信じてしまう……。

「シッチンは、シュメールの古代都市が、すべて宇宙船の着陸のために作られたと言います。発着基地であったり、誘導のためのビーコンを発する場所であったり……。それは、ランドマークであるチグリス・ユーフラテス河とペルシャ湾、そしてアララト山を基本として作られたと……。紀元前一万一〇〇〇年、氷河期が終わり、大洪水がシュメールを襲うと、これらの都市の機能は失われました。地形も変わってしまった。そこで、新しい宇宙船の基地が必要になった。アヌンナキは、新たなランドマークをエジプトに作ったのです。それが、ギザの大ピラミッドだとシッチンは言うのです」

「あー、つまり、ギザの大ピラミッドというのは、宇宙人が作ったと……」

「そうです。アヌンナキ、つまり、ニビル星からやってきた神々自身が作ったのだと主張しています。これは、古代エジプトの人々の叡智《えいち》と努力に対する冒瀆《ぼうとく》ではありませんか？」

「それで、東堂由紀夫はホームページにピラミッドのことを書いていたわけですね？」

「そうです。紀元前二世紀に、ギリシャの数学者フィロンが、大ピラミッドを世界の七不思議の一つに数えてから、現在に至るまで謎と神秘に包まれている。今でも、新たな発見が発表されています。そうした研究は、真面目なものから、単なる思いつきや偶然としか思えないものまでさまざまです。東堂さんは、シッチンの説を信じていたので、ピラミッドの不思議さも、きわめて進んだ科学力を持つアヌンナキが作ったということで、説明しようとしました」

「不思議な出来事や、説明のつかないものを宇宙人がやったことだと考える人は少なくないようですね。例えば、殺された三島良則……」

デ・ザリ神父は、表情を曇らせた。

「三島さんの死は、不幸な出来事でした……」

「あなたは、三島良則のホームページで東堂と知り合ったと言っていましたね？　三島良則のホームページに興味を持ったのは、なぜなのですか？」

「神に仕える立場から反論するためです。三島さんは、奇跡の数々をやはり宇宙人の仕業《しわざ》と考えているようでした。聖書に記述されている出来事を、ＵＦＯや宇宙人と関連づけて論じた本を過去に出したことがあり、その主張は変わっていないようでした。それで、私は、それが考え違いであることを知らせようとしたのです」

「それを、三島良則さんのホームページに書き込んだのですね？」

デ・ザリ神父はうなずいた。

「はい。掲示板に書き込みました。すると、三島さんの側に立って、私に反論をする人が現れたのです。その中の一人が、東堂さんでした。東堂さんは、なかなか手強《てごわ》い相手でした」

デ・ザリ神父は、にっこりと笑った。

「つまり、あなたは、三島良則や東堂由紀夫の敵だったというわけですね？」

「警察でも同じ質問をされましたよ」

デ・ザリ神父の笑みは消えない。「私と三島さんが対立していたかどうかを知りたいのですね？」

石神はかぶりを振った。

「別に私は、殺人事件の捜査をしているわけではありません。人間関係を整理したいのです」

しかし、正直に言うと三島良則の殺人事件に興味がないわけではなかった。まだ、刑事の習性が体に染みついている。

デ・ザリ神父は、ほほえみながら言った。

「最初は、聖職者の義務として掲示板に意見を書きました。しかし、いつしか、あの掲示板での意見のやり取りは私の楽しみの一つになったのです。三島さんと東堂さんは特に仲のいい友人でした」

「汝《なんじ》の敵を愛せ、というわけですか？」

デ・ザリ神父は、首を横に振った。

「主の教えに従うまでもありません。三島さんも、東堂さんも理性的で勉強家でした。彼らとの意見のやり取りは本当に楽しかったのです。いつしか、私も彼らの主張する宇宙考古学というものに詳しくなりました」

「宇宙考古学？」

「そう。この地球には、どうしても説明がつかない不思議な遺跡や古代の出土品があるというのです。それを地球の外からもたらされたものと考えて研究する学問です。この学問に携わる学者の多くはアマチュアです」

「それはオーパーツを研究するということですか？」

「ほう。オーパーツという言葉をご存じですか」

「東堂由紀夫に関する調査を始めて、まず最初にぶち当たった言葉が、オーパーツでしたよ」

「オーパーツには、宇宙に関係したものが多く見られると、彼らは言います。ピラミッドはその代表的なものでしょう。ギザの大ピラミッドには、さまざまな幾何学的な工夫《くふう》がこらされています」

石神はうなずいた。

「そのことは、東堂由紀夫のホームページで見たので知っています」

「ギザの大ピラミッドだけではありません。メキシコの古代遺跡である、テオティワカンの太陽と月の二つのピラミッドも謎に満ちています。太陽のピラミッドの底面の面積はギザの大ピラミッドにほぼ等しい。巨大な石の建造物です。この太陽のピラミッドは、エネルギーの貯蔵庫だったという説を唱えた宇宙考古学者がいました」

「エネルギーの貯蔵庫？」

「そう。ゲラルド・レベットという名のメキシコの技師です。彼は、地球を取り巻くエネルギーを研究しました。そして、活火山などでは、常に磁気の渦が生じていることを知りました。テオティワカンは活火山の近くにあり、こうしたエネルギーを貯蔵するために作られたものだろうと彼は推論したのです。太陽のピラミッドの中から、大量の頁《けつ》岩《がん》や雲母板が見つかっていますが、これらは絶縁体としてよく知られています。レベットは、エネルギーを貯蔵するためにこれらの大量の絶縁体を必要としたのだろうと言っています」

「それがどういうものかイメージできないんですが、宇宙と関係あるのですか？」

「活火山によって生じたエネルギーを貯蔵するなど、今なお実現していない科学技術です。それを実際に行っていたということは、これは地球の外から来た、進んだ科学力を持った存在が作ったものだということになる。宇宙考古学者は、そう主張するわけです」

「効率が悪いからじゃないんですか？」

突然、明智が言った。

デ・ザリ神父は、驚いたように明智のほうを見た。石神は振り向いて聞き返した。

「効率が悪い？　そりゃどういうことだ？」

明智は、のんびりとした口調で言った。

「たかがエネルギーを蓄えるのに、そんなでかいものを作らなきゃいけないなんて……。それ、科学が進んでいるとは思えないんだけどな……。宇宙考古学とやらをやっている人は、その技術が現在の人類も持っていないって言ってるんですか？　そりゃ違いますよ。そんなエネルギーの貯蔵庫なんて必要ないから作らないんですよ。石油を燃やしたり、発電所を作ったりしたほうが火山のエネルギーを蓄えるよりずっと効率がいいじゃないですか」

「これまではそうでしたね」

デ・ザリ神父が穏やかに言った。「しかし、そういう人類の文明は行き詰まっています。石油を大量に消費したおかげで、人類は地球の環境を破壊してしまった。いずれ、石油はなくなるでしょう。資源には限りがあるのです。原子力は、放射能の危険を否定できません。核廃棄物の問題もある。いずれにしろ、環境に多大な影響を及ぼします。人類は、今までの科学技術を見直さなければならないところに来ているのではないでしょうか」

「神父さん、宇宙考古学を弁護するんですか？」

「そういうわけではありません。ただ、宇宙考古学にも認めるべき点はあります。それは、環境破壊に批判的だということです。人類は、資本の論理を追求するために、環境を犠牲にしてきました。それが、じきに致命的な結果を招くかもしれません。私たちは謙虚にならなければなりません」

「それは、個人的な意見ですか？　それとも神父さんという立場での考えですか？」

デ・ザリ神父は、この明智の質問に、ちょっと考え込んだ。

何だか、明智のほうが俺より鋭い質問をする。石神はそんな気がして、少しばかり面白くなかった。

「今では、個人的な考えと、主に仕える立場を分けて考えることはできませんね」

「何だか、さっきから聞いていると、神父さん、宇宙考古学とかシッチンの話を信じているような気がするんですけどね……」

「なぜそう思うのです？」

「妙に詳しいじゃないですか。興味がなければ、普通そんなに細かく覚えていないはずですよ」

「興味はありますよ。私は、議論するために勉強しました。三島さんや東堂さんが、どうして宇宙考古学やら、シッチンやらを信じるのか、それをまず理解しようとしました。そうでなければ、反論することはできません」

「相手の考えを理解した上で反論するというわけですか？」

「そうでなければ、話し合いにはなりません」

「僕の考えを言っていいですか？」

「もちろんです」

デ・ザリ神父は、楽しそうに言った。どうやら、この神父は議論が好きなようだ。石神は、明智にしゃべらせることにした。宇宙人だの古代史だのといった話は苦手だ。へたな質問を続けるより、明智とデ・ザリ神父のやり取りを聞いていたほうがいい。

明智は言った。

「僕、そのシッチンとかいう人の説のほうが納得できるような気がするんですけどね……」

デ・ザリ神父は、どこか浮き浮きした調子で訊いた。

「それはどうしてです？」

「日本には神様がたくさんいます。八百万《やおよろず》の神といいましてね。そして、神様同士の戦いも珍しくはない。だから、神様が戦争をすると言われても、それほど違和感がないのかもしれませんね」

「日本の神話の幾つかは知っています。しかし、歴史学者によると、その神というのは古代の氏族や部族を象徴しているというじゃありませんか。つまり、日本の神話の神々の戦いというのは、部族や氏族の間の戦いの話だというのが定説になっているのではありませんか?」

「日本だけじゃありません。インドの神話でも神様同士が戦争をして、何やら核戦争を思わせる記述があるそうじゃありませんか」

「『ラーマーヤナ』に書かれている戦争ですね。あれも、何かの象徴として解釈できると、私は考えています」

「インドだけではありません。ギリシャ神話でも神々は戦争をするし、北欧の神話でも戦いが描かれています。むしろ、唯一神や絶対神というほうが、世界の神話の中では少数派なのではないですか?」

「たしかに大昔の人々は、多くの神々を信じていたかもしれません。しかし、それは原始的な宗教観と言わねばなりません。アニミズムです。原始の世界では、自然界のあらゆる事象に精霊や神の姿を見たのです」

「たしかに、ギリシャ神話でもインドの神話でも、神々は自然現象と結びついています。しかし、そうでない側面もあるんじゃないですか? つまり、神々に人格があるんです。パーソナリティーが描かれているんですよ。ギリシャ神話もインドの神話もすべてシュメールの神話の影響を受けているとシッチンが言っているんですよね?」

「そうです。その点はシッチンだけでなく、多くの学者が指摘しています。いわば、定説ですね」

「そうした、神々が戦うという神話の原型が、シッチンの言うように、実際に宇宙人が戦った記録だったとしても不思議はないでしょう」

「それは飛躍があるでしょう。たしかにシュメールの神話は、多神教に影響を与えました。しかし、それが宇宙人の戦いだったという根拠は何もないのです。日本の神話同様に、神は部族や氏族の象徴であり、その戦いが神話化されたと考えたほうが理論的ではないですか？」

「根拠は、シュメールの粘土板なんじゃないですか？　膨大な量の粘土板。シッチンはそれを解読したわけでしょう？」

「神話の解釈としては魅力的です。しかし、私は神話のことを考えているのではありません。神が選ばれた人に与えた預言と、それを現実のものとされた主、イエズス・キリストの教えについて考えているのです」

「何か変だなあ……」

明智は、独り言のように言った。

「何が変なのです？」

「話が嚙み合わないような気がする。神父さん、わざと話を逸らしてませんか？」

「そんなことはありません」

「そうかなあ。これ、あくまでも僕の印象ですけどね、神父さん、本当はシッチンの説を信じているんじゃないですか？　いや、信じていないまでも、かなりの信憑性があると思ってる。だから、立場上危険だと言っているような気がするなあ」

石神は驚いた。

たしかに、デ・ザリ神父の話にはどこか矛盾するようなところがあるように感じていた。違和感があるのだ。それが何なのかわからなかった。

明智がそれを指摘したのだ。

俺は明智という若者を見くびっていたのかもしれない……。

石神は思った。

若者と見れば、やる気がなく、ものを知らないと思いこんでしまう。それも、年を取ったということなのかもしれない。

デ・ザリ神父は、穏やかな表情を変えなかった。

「それは、あなたの勘違いでしょう。私は、シッチンの説を信じているわけではない」

「でも、その説を信じる人がいるというのは、納得できるんじゃないですか？」

「どうでしょうね」

神父の口調がわずかだが、曖昧になった。「私はそういう考え方をしたことがありません」

「三島さんのホームページって、どんなことが書いてあったんですか？」

明智は突然話題を変えた。

デ・ザリ神父も一瞬戸惑ったようだった。

「三島さんのホームページですか……。そうですね。彼の著書の紹介と、その内容のサマリーが中心でしたね。最新の情報として、著書の中から幾つかの事例を取り上げて詳しく解説していました。それと、掲示板ですね」

「著書の内容というと、UFOなんかに関することですか？」

「それが、中心でした。しかし、三島さんは世間でよく見かけるUFO信者ではありませんでした。多くのUFO情報には批判的でした。信頼できるデータだけを取り上げて、UFOの存在を証明しようとしていたのです。どちらかというと、消去法の論法でしたね。それは、真面目な態度だと、私は思います」

「何か危険な内容が書かれてはいませんでしたか？」

「その点についても、警察で訊かれました。しかし、私は気づきませんでしたね。少なくとも、誰かの不利益になるとか、他人から恨まれるような内容はなかったはずです」

「誰か特定の人のUFO情報を批判したりはしてませんでしたか？」

「三島さんは、そういう点については慎重な人でした。特定の人が傷つくようなことはなかったと思いますね」

「特定の組織はどうですか？」

「組織……？」

デ・ザリ神父は、虚をつかれたように濃い青い眼を明智に向けた。

石神は、その態度が少しばかり気になった。何か思い当たり、それを気づかれまいとした人間は、しばしばこういう仕草をする。

「いいえ」

デ・ザリ神父は、すぐに穏やかな表情を取り戻して言った。「そういうこともなかったと思います」

「三島さんのホームページは、日曜の夜に廃止されているようなのですが、それがなぜだか知りませんか？」

「日曜の夜にですか？　いいえ。何も知りませんね」

「東堂由紀夫さんがいなくなったのも、その頃らしいんですけど……」

神父はうなずいた。

「そのことについては、私も心配しています」

「神父さん、東堂さんのホームページを見たことあります？」

「もちろんあります」

「東堂さんは、自分のホームページが書き換えられたと言っていたそうですが、そのことは知っていましたか？」

「ホームページが書き換えられた？　いいえ、知りませんでしたね」

「誰がどういう目的で、東堂さんのホームページを書き換えたのでしょうね？」

「さあ、私にはわかりません」

「神父さんは、書き換えられる前のホームページを見ている可能性がありますね」

「そうですね。しかし、私が見たページが書き換えられた後のものか、書き換えられる前のものか、判断することはできません。そう頻繁に見ていたわけではありませんから……」

「何か問題になるような表現や内容はなかったですか？」

デ・ザリ神父は、真剣な表情になって考えていた。しばらくして神父は言った。

「いいえ。なかったと思います」

彼は、また肩をすくめた。「東堂さんは、シッチンの主張をずいぶん引用していたようですから、シッチンの信奉者がやったのかもしれませんね。ネットの世界というのは、一般の世界よりも陰湿ですからね」

デ・ザリ神父は、三島のホームページにも東堂のホームページにも、特に問題になりそうな点はなかったと言っている。

彼は、書き換えられる前のページを見ていたのだろうか。それとも、書き換えられた後のページを見ていたのだろうか……。

石神は、明智に言った。

「おい、東堂由紀夫のホームページにつないで、神父さんに見てもらったらどうだ？」

明智は、すぐにその言葉に従った。コンピュータに向かい、マウスをクリックする。

「神父さん、見てもらえますか？」

明智は、場所をあけて言った。「これが、あなたの見たページと同じかどうか」

デ・ザリ神父はうなずいてコンピュータの前に立った。

彼は、マウスを手に取り、ページを進んでいった。

「失礼……」

長い間、画面を切り替えてしきりに眺めていた。やがて、デ・ザリ神父はかぶりを振って言った。

「わかりません。私が見たものと同じような気もしますが、もしかしたらどこか書き換えられているのかもしれません。すべてを正確に覚えているわけではありませんから……」

明智が石神のほうを見ていた。石神はうなずき、尋ねた。

「神父さんは、東堂由紀夫と三島良則に会ったことがあるのですか？　つまり、ネット上の付き合いだけではなく、実際に会ったことが……」

デ・ザリ神父はうなずいた。

「何度か会ったことがあります」

「三人いっしょに会ったこともあるのですか？」

「いいえ。東堂さんは、オフ会にも出席なさらなかった。三島さんと会うときは、何人かといっしょのこともありましたが、東堂さんと会うときは必ず二人きりでした。東堂さんは、パーティーなどが嫌いなのです」

石神はうなずいた。東堂由紀夫は、小学生の頃、対人恐怖症で病院だか施設だかを出たり入ったりしていたと言っていた。対人恐怖症というのは、治るものではないというのを聞いたことがある。自分で折り合いを付けるしかないのだ。

支障なく社会生活を送れるようになった今でも、東堂由紀夫は人の集まるところが嫌いなのだろう。

「あなたは、三島さんのオフ会とやらに出席されたことがあるのですね」

「あります」

「そのときのメンバーを、教えてもらえますか？」

デ・ザリ神父は、にやりと笑った。いたずらっ子のような笑顔だった。

「それも警察で訊かれました。あなたは、まるで警察官のようだ」

石神は、小さくかぶりを振った。

「昔、警察にいたことがあります」

「やはり、殺人事件に興味がおありなのですね？」

「違います。東堂由紀夫の行方を知っている者がいるかもしれないと思っているだけです」

「オフ会に必ず現れるのは、吉丸栄吉さんに西崎祥司さん。私が覚えているのはそのお二人です。吉丸さんは、アマチュアのＵＦＯ研究家で、西崎さんは大学生です」

「その人の住所か連絡先はわかりますか？」

「電話番号なら……」

デ・ザリ神父は、手帳を取り出して開いた。石神は、神父の言う電話番号をメモ帳に控えた。

それから、石神は訪ねてきてくれたことと、調査に協力してくれたことに対して礼を言った。

デ・ザリ神父は、言った。

「私にできることがあれば、いつでも言ってください」

石神は言った。

「東堂由紀夫から連絡があったら、すぐに知らせてください」

「それも警察で言われましたよ」

「警察に連絡した後でも結構ですが、その前ならなおさらありがたい」

デ・ザリ神父は肩をすくめて見せただけで、何も言わなかった。

神父が出ていくと、石神は明智に何か言ってやらなければならないような気分になった。だが、どうも褒め言葉というのは照れくさい。

「明智」

「何ですか？」

「おまえ、なかなか頼りになるな」

「先生が頼りないんですよ」

言わなければよかったと思った。

9

調査を依頼した翌々日にも報告書が届き、アレックス・ジョーンズ少将は、ミッチェル少佐の真面目さにあらためて驚かされる思いだった。

二度目の報告ファイルは、最初のものよりも厚かった。

ジョーンズ少将は、報告を聞こうと午前十時にミッチェルを呼んだ。その朝はまだミッチェルに会っていなかった。ジョーンズ少将のオフィスに現れたミッチェルは、明らかに寝不足の様子だった。

「ドン、寝る間を惜しんで調査をする必要などないんだぞ」

「そう見えますか？」

「眼が赤いし、顔色がよくない。徹夜で報告書を書いたわけではあるまいな。私はそんなことまでは要求していない」

ミッチェルは力なくほほえんだ。

「報告書を書いていたわけではありません。コンピュータをいじっていると、つい時間がたつのを忘れてしまうものです」

ジョーンズ少将は、報告書を読みながら言った。

「年を取ると、目が霞んでな……。書類を読むのが億劫《おっくう》になってくる。口頭で報告してくれるとありがたいのだがな」

「もちろんです。それは、報告を補足する資料です」

「シド・オーエンは見つかったのかね？」

ミッチェルは、首を横に振った。

「残念ながら、まだ見つかっておりません」

「ならば、この分厚い資料は何なんだ？」

「提督は、ライト・パターソン空軍基地でセクション0の研究施設をご覧になったと言われました。そこで、UFOやら宇宙人の死体やらの映像をご覧になったのでしたね」

「そうだ」

「そこで、私はライト・パターソン基地に置かれていたという軍のUFOの研究機関について調べてみました」

「ミッチェル……」

ジョーンズ少将は、目を上げた。「的はずれな調査のために、君が睡眠時間を削っているとは思いたくないのだが……」

「必要な調査だと確信しております」

「その根拠は？」

「シド・オーエンやセクションOの扱いは、明らかに不可解です。どんなに秘密の研究施設だといっても、これだけ調査して痕跡も出てこないというのは妙です。セクションOに関係する事柄で、見つけることができたのは、たった一つ。ボブ・ショーターの名前だけです」

ジョーンズ少将は、癇癪《かんしゃく》を起こしたくなるのを抑えていた。

「そんなことは、君に言われるまでもない」

「そして、提督のお話だと、セクションOは、UFOや宇宙人に関する研究を行っているようでした。たしかに、そうした研究施設は極秘扱いされてきました。セクションOというのは、仮の名前で、現在では別の名の組織になっている可能性もあります。これまでのＵＦＯ研究機関を洗い出せば、何か手がかりがあるかもしれないと考えたのです」

ミッチェルの考え方は正しい。ジョーンズ少将はそう判断した。

「よろしい。その軍のＵＦＯ研究機関とやらの話を聞こうじゃないか」

ミッチェルは、手にした書類を見ながら報告を始めた。彼が持っているのは、おそらくジョーンズ少将の手元にあるのと同じファイルに違いなかった。

ミッチェルの説明は、簡潔で要領がよかった。おかげで、ジョーンズはほとんど手元の資料を熟読する必要もなく理解することができた。

ミッチェルによると、軍とＵＦＯとの本格的な関わりは、一九四七年までさかのぼるという。

その年の七月二日、ニューメキシコ州ロズウェルに、ＵＦＯが墜落したのだという。

その当時はまだＵＦＯという呼称はなく、ようやく〝フライング・ソーサー〟と呼ばれはじめていた。

発見したのは、近くの牧場主のウィリアム・Ｗ・ブレーゼル。ブレーゼルは、現場を見に出かけ、七月七日に保安官に連絡をした。保安官は、異常な事態に気づきすぐにロズウェル空軍基地に通報したのだった。

ロズウェル空軍基地は、現在はウォーカーフィールド基地になっている。

通報を受けて、第8航空隊509爆撃大隊情報部のジェシー・A・マーセル少佐がCIC（対敵情報部隊）を引き連れて現場に赴いた。

現場には、不可思議な金属が散乱していた。その金属は異常に軽く、曲げてもすぐに元の形に戻ったという。それを軍に持ち帰り分析。基地司令官ウィリアム・ブランチャード大佐は、これらの金属片を〝フライング・ソーサー〟の破片であると断定、広報官のウォルター・G・ハウト中尉を通じて、マスコミに「軍は、墜落した〝フライング・ソーサー〟の破片を回収した」と発表した。

七月八日、地元のロズウェル・デイリーレコードが、一面でこれを報じると、全米で大反響を巻き起こした。

事態の重大さを悟った当局はその日のうちに会見し、前日の発表は間違いだったと訂正。金属片は、気象観測用のラジオゾンデのものだとあらためて発表した。

一九四八年には、またも軍を巻き込む事件が起きた。一月七日午後二時半、ケンタッキー州ゴドマン基地上空に、アイスクリームコーン型の巨大飛行物体が出現した。トーマス・マンテル大尉とその部下がロッキードP51でスクランブル発進し、飛行物体を追跡した。

飛行物体は急上昇し、それを追ったマンテル大尉の機は、なぜか墜落してしまった。あまりの急上昇に耐えきれず、マンテル大尉は失神してしまい、墜落したのだというのが大筋の見方だった。

軍は巨大な飛行物体のことを否定。最初、マンテルたちは金星を追ったのだと発表し、後に海軍の気象観測気球を誤認したのだと訂正した。

この時期に〝フライング・ソーサー〟の目撃情報が急増し、軍もついに正式の研究機関を設けることにした。一九四八年一月二十二日のことだ。

そのコードネームは、『プロジェクト・サイン』で、オハイオ州デイトンのライト飛行場に置かれた。後のライト・パターソン空軍基地だ。

これが軍による、史上初の公式UFO調査機関だ。

だが、これは結果的には、〝フライング・ソーサー〟が、異星人の乗り物であるという風説を否定するための組織となった。

もし、〝フライング・ソーサー〟が異星人の乗り物だとしたら、軍はやすやすと領空侵犯されたことになる。軍としては、それを認めることはできないのだ。

翌二月、〝フライング・ソーサー〟などは存在しないという公式発表をして、わずか一年足らずで『プロジェクト・サイン』は解散した。

しかし、マスコミをはじめとする世論はこれを受け容れなかった。〝フライング・ソーサー〟ブームはさらに加熱した。

そこで、軍は、一九四九年、新たな研究機関を作った。コードネームは『プロジェクト・グラッジ』。〝フライング・ソーサー〟目撃情報の再調査を行い、結局、すべてを否定した。

だが、公的な研究機関が否定すればするほど、〝フライング・ソーサー〟熱は高まっていく。

一九五一年、さらに軍は、『新プロジェクト・グラッジ』を発足する。このプロジェクトによって、初めて目撃情報は公式にファイルされることになった。また、〝フライング・ソーサー〟という呼び名を、正式に〝未確認飛行物体〟すなわち、UFOと改めたのは、この『新プロジェクト・グラッジ』の責任者、エドワード・ルッペルト大尉だった。

そして、一九五二年には、『新プロジェクト・グラッジ』は組織を一新して、『プロジェクト・ブルーブック』と改称された。

『プロジェクト・ブルーブック』は、UFOに関するデータをCIAに提出し、CIAも独自の調査を開始した。

『プロジェクト・サイン』以来、『ブルーブック』に至るまで、顧問を務めたのは、天文学者のジョセフ・アレン・ハイネック博士で、彼は当時強固なUFO否定論者だった。

『プロジェクト・ブルーブック』が扱ったUFO事件は、一万二千六百十八件。そのうちのほとんどは、何らかのトリックや金星、車のライトなどの誤認であると認められたが、七百一件だけは、説明がつかなかった。

そこで、空軍はＵＦＯ問題に決着を付けるべく、一九六六年に委員会を組織した。委員長には、コロラド大学のエドワード・ウーラー・コンドン教授が任命された。コンドン教授は、マンハッタン計画のメンバーの一人で、レーダー開発を行った科学者だ。委員会は、彼の名を取り『コンドン委員会』と名付けられた。

『コンドン委員会』に招集された専門家は、四十人で、彼らは五十万ドルの費用をかけてＵＦＯの情報を分析した。

彼らが扱ったのは、『ブルーブック』において最終的に説明がつかなかった事件だ。その結果、コンドンは、「ＵＦＯ事件を調査しても何の意味もないし、科学的な調査の意味があるＵＦＯ事件は、一つもない」と断言した。

これを受けて、空軍はＵＦＯ調査の終了を決定した。ロバート・シーメンス空軍長官は、一九六九年十二月十七日、『プロジェクト・ブルーブック』の閉鎖を宣言。軍による公的なＵＦＯ調査プロジェクトはすべて終了した。

ミッチェルは、以上がＵＦＯ研究機関の概要だと言った。

ジョーンズ少将は、手元の資料を眺めながらミッチェルの説明を聞いていたので、完璧に理解した。

「つまり、軍では完全にＵＦＯを否定して、研究プロジェクトを解散したということなんだな?」

「公式にはそういうことになっています」

「公式にはか……」

ジョーンズ少将は、考え込んだ。「では、私が見たものは何だったんだ?」

「軍の調査機関は、『プロジェクト・ブルーブック』が最後でした。しかし、UFOに関しては、常に秘密がつきまといます。提督がご覧になったフィルムに関連していると思われる記事が、一九八七年五月三十一日に、イギリスの新聞、オブザーバー紙に掲載されました」

「オブザーバー?」

ジョーンズ少将は、その新聞の名をもちろん知っていた。イギリスの日曜紙の中でも歴史があり、いわゆるイエロージャーナリズムとは一線を画している。

「はい。四十年前にアメリカ軍は墜落したUFOから異星人の死体を回収し、極秘裏に調査をしたという極秘文書があることを、社会面に掲載したのです」

「そんなことがあったような気がする……」

ジョーンズ少将はうなずいた。「たしかに、イギリスの新聞記事が元でちょっとした騒ぎになったことがあったな……」

「当時のことを、詳しく覚えていらっしゃいますか?」

「いや。海軍にはあまり関係のないことだったし、くだらないUFO騒ぎに過ぎないと思っていたからな……」

「それで、オブザーバー事件と、セクションOが、提督の頭の中で結びつかなかったのでしょうね」

「私がライト・パターソン基地で見たフィルムは、その記事が報じる、円盤墜落事件のときの記録かもしれないというわけだな?」

ミッチェルは、直接その問いにはこたえなかった。

「この記事は、世界中で話題となりました。今でも、合衆国政府は、墜落したUFOと宇宙人の死体を保管していると信じている人々がいますが、そのきっかけとなったのが、この記事だったのです」

「ハリウッドの映画をおおいに儲けさせたというわけだな」

「その記事のもとになった文書のコピーを添付しておきました」

ミッチェルに言われて、ジョーンズ少将は、手元の資料を見た。

それは合計八枚の書類だった。最初のページは表紙で、それには、「OPERATION MAJESTIC 12」の文字が見える。これが、どうやら、レポートをまとめた集団らしい。

そして、その八枚の紙には、いずれもTOP SECRETと、EYES ONLYのスタンプが押してある。つまり、「極秘」「記録不可」ということだ。それは、正式の政府の文書に見えた。

そして、七枚目には、誰かのサインがあったが、仔細に眺めていたジョーンズ少将は、やがてそれが、トルーマン大統領のサインであることに気づいた。その内容を読んで、ジョーンズ少将は、ミッチェル少佐が、UFO研究機関について詳しく調べはじめた理由が納得できた。

『オペレーション・マジェスティック12』という作戦名がついたこのレポートを書いたのは、ロスコー・ヒレンケッター海軍少将。ジョーンズ少将は、その名を知っていた。大先輩だ。このレポートを書いた頃は、CIAの長官だったはずだ。

レポートの宛先は、次期大統領ドワイト・アイゼンハワーとなっている。日付は一九五二年十一月十八日となっており、アイゼンハワーは、選挙に勝利したものの、まだ大統領に就任はしていない。

レポートは、いくつかのUFO事件とともに、ロズウェル事件に触れていた。墜落したのは、明らかに宇宙人の乗り物であり、その際に軍は破片とともに、搭乗員と思われる四体の遺体を回収したと記されている。

その遺体は、人間に似ていたが、明らかに人間ではなかったという。墜落した乗り物は地球上のものではなく、四体の搭乗員は地球人類とは違う進化の過程を経ていると、レポートは告げている。

「やはり、私が見たフィルムは、このロズウェル事件のときのもののようだな」

「そうかもしれません」

ミッチェル少佐の言葉は曖昧だった。彼は報告を続けた。「この文書によれば、『マジェスティック12』という機関を作ったのは、トルーマン大統領だということになっています。この組織は大統領の特別秘密指令によって、一九四七年九月二十四日に発足したと書かれています」

「ロズウェル事件が起きた翌々月だ。公式のUFO研究機関である『プロジェクト・サイン』ができるより、四ヶ月近くも早い」

「そうです」

「その『マジェスティック12』の調査内容を隠蔽するために、『プロジェクト・サイン』をはじめとするUFO研究機関が作られたということか？」

「そう考えられなくはないですね」

「控えめな言い方をするな。そうとしか考えられないじゃないか」

「非公式な報告はまだまだあります。『プロジェクト・ブルーブック』の公式の報告書には通しナンバーがふってあり、最後のファイルはナンバー十四です。これらのファイルは、ワシントンDCの国立図書館やシンプソン歴史センターに保管してあります。我々は、情報公開法によってこれをいつでも見ることができます。しかし、十三番目のファイルが欠落しているのです」

「欠落……?」

「公的には最初からなかったことになっているのですが、この十三番目のファイルを見たという人がいます。その人物の名は、ミルトン・ウィリアム・クーパー。元海軍軍曹で、太平洋艦隊司令部の情報部の所属でした。彼は言います。十三番目のファイルには、異星人と合衆国政府の密約について書かれていたと」

ジョーンズ少将は、言葉を失った。

墜落したUFOから、その搭乗員の遺体を収容したという話なら、まだついていけないことはない。何より、実際にそのときのものらしいフィルムを見せられているのだ。しかし、そのクーパーとやらの話はあまりに荒唐無稽《こうとうむけい》だ。ジョーンズ少将が、黙っていると、ミッチェルは、続けて言った。

「さらに、『マジェスティック12』のメンバーの一人といわれている、ネイサン・トワイニング空軍大将に宛てた文書が、公文書館で発見されました。差出人は、アイゼンハワー大統領の特別補佐官、ロバート・カトラー。この文書は、『カトラー文書』と呼ばれています。内容は、『マジェスティック12』の会議の招集を知らせるものでした。つまり、『マジェスティック12』の実在を裏付ける、物的証拠が発見されたというわけです」

ジョーンズ少将は、大きく溜め息をついた。彼は、多くの軍人がそうであるように、現実主義者だ。

しかし、ミッチェルの調査がいい加減なものであるはずがない。その点も認めざるを得なかった。

「では、こういうことだろうか……」ジョーンズ少将は言った。「私が見たセクションＯというのは、その『マジェスティック12』とやらを引き継いだ組織だと……」

「あるいは、その延長線上にある拡大された研究機関」

ジョーンズ少将は力なくかぶりを振った。

「私にはとうてい受け入れられないな。合衆国政府が、異星人と密約を交わしていただって？」

「ミルトン・ウィリアム・クーパーは、エイリアンには、四つのタイプがあると語っています。リトル・グレイ、ラージノーズ・グレイ、ノルディック、オレンジ・タイプ。この四タイプです。一九五四年一月に、クリルという名のリトル・グレイと軍司令官が、ニューメキシコ州のホロマン空軍基地でファースト・コンタクトをし、その後、アイゼンハワー大統領とカリフォルニアのエドワード空軍基地で密約が交わされたということです」

「ライト・パターソン基地ではないのだな?」

「違います。ライト・パターソン基地は、『ブルーブック』終了後、UFO関連の施設は置かれていません」

「私が見たものは何だったのだろう?」

「今はまだ何とも申し上げられません。その代わりに、異星人が住んでおり、軍が作った円盤があるといわれている基地があります」

「どこだ?」

「エリア51と呼ばれています。ネバダ州グルームレイク一帯の軍事施設です」

「聞いたことはあるが、少なくとも、海軍の施設ではないな。私はその施設のことをよく知らない」

「一九八九年に『ラザー事件』と呼ばれる事件が起きました。ラスベガスのテレビ局が、特別番組を組み、ロバート・ラザーという物理学者が、デニスという偽名で登場しました。ラザーは、エリア51で、アメリカ製UFOの推進装置の開発に携わっていたと語りました。そして、そこでまた、合衆国政府と異星人の密約があることが語られたのです」

「テレビでかね?」

「この番組は大反響を呼び、テレビ局は続編を放送しました。ロバート・ラザーという人物は、カリフォルニア工科大学とマサチューセッツ工科大学で物理学を学び、修士号を取っています。国立ロスアラモス原子力研究所に勤務し、その後エリア51に赴任しました。このテレビ番組の放映前には、ロスアラモス原子力研究所にたしかに彼の記録がありました。しかし、放映後には、すべての記録が消え去ったのです。それだけではありません。大学の在学名簿も出生した病院の名簿もすべての公的な名簿から彼の名が消えてしまったのです」

ジョーンズ少将は、眉をひそめた。

「それはどういうことかね?」

「存在が抹殺されたのです。それが本当だとしたら、そんなことができるのは、ただ一つ……」

「合衆国政府だけということか?」

「はい」

少将は唸った。

これまで、軍人をやってきて、こんな事実はまったく知らなかった。セクション0で見せられたフィルムも信じがたかったが、事実はそれをはるかに超えているということだろうか?

いや、これが事実だとは受け入れがたい。何かがおかしい。

「エリア51上空では、しばしばUFOと思われる発光物体が現れることが知られています」

ミッチェル少佐が言った。

ジョーンズ少将はぴんときた。

「もしかしたら、セクションOは、そのネバダ州のエリア51に置かれているのではないか？　シド・オーエンという男は、本当のセクションOを私に見られたくなくて、ライト・パターソン基地に映画のセットのようなものを組んだのだ」

少将は考えながら言った。「つまりだな、シド・オーエンは私に力を借りたかった。しかし、本物のセクションOを知られるわけにはいかなかった。それで、昔のフィルムなど見せて芝居を打ったというわけだ」

「私もそう考えました。しかし、なぜそんな手の込んだことをやったのでしょう？」

「どういう意味だ？」

「提督は、国防長官からシド・オーエンに会うように言われたのでしたね？　そして、国防長官が、彼に協力するように言われたのでしょう。つまり、シド・オーエンは国防長官のお墨付《すみつ》きということです。ならば、セクションO版のメン・イン・ブラックとかいう組織も、国防長官の権限で用意すればいいと思うのですが……」

少将はまた考え込んだ。

「たしかに、そうかもしれない。しかしな、軍や政府というのは、それほど簡単じゃない。マスコミや議会が常に監視している。特に軍事関係は最近旗色が悪い。軍以外の誰もが予算を削りたがっている」

「はい」

「国防長官といえども、おいそれと秘密の組織など作れない。もし、それが議会にばれたら、厳しく追及されるだろう。議会を納得させる必要がある。そして、ペンタゴンの中でその役割を担っているのは私だ」

「間違いなくそのとおりです」

ミッチェルはことさら律儀《りちぎ》にそう言った。次に反論を述べるための準備だろう。「しかし、もしセクション0が、『マジェスティック12』を引き継いだものだとしたら、それは大統領直属の組織のはずです」

「大統領といえども、例外ではないのだ。緊急時でもなければ、議会を敵に回すわけにはいかない。それにだ、セクション0が、もし大統領直属の組織だとしても、大統領が直接運営に口を出すわけではない。誰かがやるんだ。その誰かが、シド・オーエンであり、彼は、自分の仕事をやるために私のところに来た。そういうことかもしれない」

「提督のおっしゃるとおりかもしれません」

ジョーンズ少将は、腹が立ってきた。シド・オーエンという若者に虚仮《こけ》にされたと感じたのだ。そして、同時にそれを認めた国防長官にも腹が立った。

「だが、私にはどうしても信じられない。どんな証拠があろうと、誰が証言しようと、合衆国政府がエイリアンと密約を交わしているなどと……」

「当然です。私も信じてはいません」

ジョーンズ少将は、ふとミッチェルの顔を見た。彼の言葉は、ジョーンズ少将が言ったことと、少しばかりニュアンスが違うような気がした。

少将は、事実をとても受け容れる気になれないという意味で言った。しかし、ミッチェル少佐は、事実そのものを信じていないようだった。

「報告にはまだ先があるんだな……」

ジョーンズ少将は油断のない目つきになってミッチェル少佐を見た。

ミッチェルはうなずいた。

「はい、提督。実は、『マジェスティック12』の報告書や、その実在を裏付けている『カトラー文書』などは、現在では偽物であると考えられています」

「偽物……?」

「はい。まず、『マジェスティック12』のレポートですが、記されている大統領命令のナンバーが大きすぎることに注目した者がいました。それをきっかけに七ページ目の、トルーマン大統領のサインを調べたところ、別の書類から巧妙にコピーされたものであることがわかったのです。さらに、『カトラー文書』ですが、記録番号が不自然だったり、用紙に透かしがなかったり、疑わしい点が見つかりました。さらに調査の結果、文書が作成された一九五四年七月十四日には、カトラー補佐官は、海外に出張していたことがわかったのです」

ジョーンズ少将は、さらに困惑した。そうした工作ができるのも政府内部の人間に違いなかった。

極秘や記録不可のスタンプを持っているのは政府のしかるべき人間だけだろうし、それが偽造であっても、実物を見たことがある人間が作ったに違いない。ジョーンズ少将の眼にも、それは本物と映ったのだ。

「誰かが、偽造をしてまで事実を知らせようとしたということか……」

「どうでしょう。私には、逆のような気がします」

「逆？」

「つまり、ありもしないことをでっち上げたということです。ラスベガスのテレビ局に出演して、エリア51の内容を暴露《ばくろ》したロバート・ラザーは、実ははめられたのだという説もあります」

「はめられた？」

「ラザーは、エリア51にスカウトされる前、ロスアラモス原子力研究所に勤務していました。このロスアラモス研究所というのがどういうところかご存じのことと思います」

ジョーンズ少将はうなずいた。

「原爆や水爆を開発した研究所だ。マンハッタン計画はそこで推進された」

「はい。そして、その後もSDI構想など最新軍事技術の研究が行われているのはご存じのとおりです。ロスアラモス研究所の中心人物に、エドワード・テラー博士がいます。マンハッタン計画にも参加し、水爆の父と呼ばれる有名な科学者です。彼はSDI計画でも中心的な役割を果たしました」

「そのエドワード・テラーがどうかしたのか？」

「ラザーは、ロスアラモス研究所で開かれたパーティーに参加した際に、そこにエドワード・テラー博士が来ていることに気づいたのです。国家プロジェクトを推進する大物科学者に挨拶をすることにしました。すると、テラー博士はラザーのことをよく知っていました。そればかりか、彼をヘッドハンティングしたのです。まず、軍の関連会社に就職させると、すぐにエリア51に赴任させたのです。その時点から、ラザーのリークは仕組まれていたと考える者もいます」

「それもまた、ややこしい話だな。誰がそんな計画を練るというのだ」

「そういうことを専門にやっている連中がいますよ」

「ＣＩＡか……」

「あるいは、もっと上の組織……。例えば、ＮＳＡ……」

「おい、滅多なことを言うもんじゃないぞ」

「もちろん、証拠は何もありません。しかし、一部のＵＦＯ研究家たちは、そう信じているようです。つまり、『プロジェクト・サイン』に始まり『プロジェクト・ブルーブック』に至る公的なＵＦＯ研究機関も偽情報なら、マスコミにリークされた『マジェスティック12』やエリア51の内実も茶番だと……」

「つまり、公式、非公式を問わず、政府のＵＦＯ情報というのは、すべてでたらめだというのか？」

「情報操作です。そう考えると辻褄《つじつま》が合います」

ジョーンズ少将は、話が俄然現実味を帯びてきて、体に力がみなぎってくるのを感じていた。

「いいぞ。ようやく面白くなってきた。しかし、空軍や政府は何のためにそんな情報操作をするのだ？」

「それはまだわかりません。しかし、何らかの新兵器に関係あるのではないかと考えております。エリア51やエドワード・テラー博士が関わっているのがその根拠です。テラー博士は、マンハッタン計画をはじめ、ＳＤＩ構想に至るまで、一貫して新兵器の開発に従事していました。また、エリア51は、新しい軍事技術の実験場だと言われています」

「いったい、どんな新兵器なのだろうな……?」

「まだはっきりしたことは何も言えないのですが、それが高周波に関係しているのではないかと思います」

「高周波?」

「そうです。ボブ・ショーター中佐は、高周波実験施設の警備責任者になったのです」

「そうだったな……」

ジョーンズ少将は、考えた。

何かが進行している。それも、彼のまったく知らないところで。それにまんまと利用されたのだ。

このまま、忘れてしまえば、平穏な日常生活が送れるのかもしれない。しかし、気に入らなかった。

「調査を進めてくれ」

ジョーンズ少将はミッチェル少佐に言った。「わかったことは、細大洩らさず私に報告するんだ」

「了解しました。ただし、今後は、ファイルは作成できないと思います。今回までは、誰でも見られる資料でした。しかし、これから先は……」

「わかっている。文書に残すとやっかいなことになるかもしれないというわけだな。けっこうだ。すべて口頭で報告してくれ」

敬礼して部屋を出ていくミッチェル少佐を見て、ジョーンズ少将は、たいしたものだと思っていた。

よく一両日でこれだけのことを調べだしたものだ。

だが、本番はこれからだ。

へたをすれば、ジョーンズ少将とミッチェル少佐二人の立場が危うくなるかもしれない。いや、それ以上の危険があるかもしれないのだ。

ミッチェルがくれぐれも慎重に事を運んでくれることを祈った。

10

ピラミッドだの、UFOだのに気を取られていないで、少しは探偵らしい仕事をしなければならない。

土日は、明智が休みなので事務所を閉めて、石神は聞き込みに回った。東堂由紀夫の実家は、静岡県富士市にあった。まず、両親に会って話を聞かなければならない。

富士ならば、余裕をもって日帰りができる。新幹線で出かけて、住所を頼りに訪ねていった。木造二階建ての一軒家だ。父親は中学校の教師だということだ。

午後二時過ぎに訪ねると、両親とも家にいた。二人ともぴりぴりとしている。無理もないと石神は思った。

刑事が家の周辺で張り込みをしている。石神は、一目で彼らがわかった。

おそらく、両親は何度か刑事の訪問を受けている。

息子が殺人事件の参考人だと聞いて、平気でいられる親はいない。最初、母親は玄関の戸を開けようとしなかった。石神は、ガラス戸越しに話をしなければならなかった。

殺人の捜査とは関係なく、依頼を受けて息子さんの行方を探しているだけだと告げたが、両親にはそんな言い分は通用しなかった。

当然だ。東堂由紀夫を発見するということは、警察に身柄を確保されるということだ。おそらく、警察は石神の動きもマークしている。

「頼まれたって、誰に頼まれたんですか？」

母親にそう問われて、一つだけルール違反を犯すことにした。依頼人のことは、一切口外しないというのが、探偵のルールだが、石神は言った。

「高校時代の友人の、高園江梨子さんです」

しばらくの沈黙の後に、ようやく玄関の鍵が外された。ガラスのはまった引き戸が開き、憎しみとも恐れとも取れる緊張しきった母親の顔が現れた。

憔悴《しょうすい》しきっている。夜も眠れないのだろうと石神は思った。

ようやく、玄関の中に入ることができたが、そこまでだった。奥から、父親が出てきた。母親同様に疲れ果てた様子だった。髪に白いものが混じっている。きちんと櫛《くし》を通しているところが、いかにも教師という感じだった。

石神は通り一遍の質問をした。行く先に心当たりはないか。彼が立ち寄りそうな知り合いはいないか。何か知らせはないか……。

いずれも、おそらくは刑事たちが質問したことに違いなかった。返事は、予想どおり。何も知らない、わからない。

富士市内の友人のことを尋ねたが、特に親しい者はいないということだった。父親が、口ごもるように言った。

「幼い頃、ちょっと特殊な環境にいまして……」

石神はうなずき、対人恐怖症のことは知っていると言った。

高校時代は、ほとんど友人と付き合うこともなく、むしろ東京で一人暮らしを始めてからのほうが、人との付き合いが増えたようだと、父親は言った。

ほとんど受け答えは父親のほうがしている。母親は、その後ろで心配そうに小さくなっている。

何だか懐かしい臭いがした。家の臭いだ。人の生活の臭いがする。木造の二階建て。

かつては、都内もこういう家が多かった。どこの家を訪ねても、その家独特の臭いがあった。石神は、質問に対するこたえより、そんなことが気になっていた。

「高園のお嬢さんが、どうして由紀夫のことを……」

父親が疑わしげな眼でそう訊いた。

「あちらで友達付き合いをされているようですよ」

石神は、なるべく意味ありげに聞こえないように気をつけて言った。

「友達付き合い……？」

「ええ。高校時代に同級生だったのでしょう？　東京で再会なさってから、親しくされているようです。息子さんは、コンピュータに詳しいそうですね。高園江梨子さんが、コンピュータを買ったときに、あれこれ世話をしたのが、きっかけのようです」

「由紀夫が高園のお嬢さんと……」

高園のお嬢さんという言い方が気になった。

「ご近所ですか？」

「はあ？」

「高園さんのお宅です」

由紀夫の父親と母親は、そろって怪訝そうな顔をした。

「近所は近所ですが……」

「どのあたりです？」

「この前の道の突き当たりがそうです。富士市内では、高園と言えば知らない者はいません。古くからこの町で大きな個人病院を経営していらして、由紀夫もその病院で世話になりました」

あいつめ……。

石神は、江梨子のことを思い出していた。そんなことは一言も言わなかった。

必要と思えることを一通り質問し終えると、石神は、両親に礼を言っていとまを告げた。玄関を出ようとする石神に、母親が声を掛けた。

振り向くと、母親は、すがるような悲しげな眼で尋ねた。

「あの……。由紀夫を見つけたら、どうなさるおつもりですか？」

正直に言うと、質問されるまでそのことについて考えていなかった。石神はこたえた。

「依頼人に、居場所を教えます。私の仕事はそこまでです」

「警察に知らせるのでしょうね……」

石神は、首を横に振った。

「私は知らせません。私はあくまでも依頼された仕事をやるだけです。依頼人がどうするかは知りません」

そこで、石神は言葉を切った。「しかし、警察に連絡するのが一番でしょうね。息子さんは容疑者ではない。もし、息子さんが犯人だと考えているのなら、警察は容疑者として追うはずです。そのほうがずっと捜査がしやすいですからね」

言いながら、これは単なる慰めかもしれないと思っていた。

中西係長は、東堂由紀夫が限りなく容疑者に近い参考人であることを臭わせていた。余計なことを言ってしまったかもしれないと思いながら、石神は東堂由紀夫の実家を後にした。

高園江梨子の実家を訪ねてみようかと思い、教えられた道を進んだ石神は、唖然とした。その道は土塀に突き当たった。その土塀がどこまでも続いている。果てがないのではないかと思ったほどだ。その塀の上からは、立派な松の枝が伸びている。

ようやく正門とおぼしきところに出たが、その門からの奥行きがまたすごかった。おそらく玄関へと続く道だろうが、玉砂利を敷きつめた一本道が、松林の中に消えている。

表札にはたしかに高園とあった。

思わず気後れしてしまう。江梨子が、稼ぎもあまりなさそうな新人タレントのくせに、ぶらぶらしていられる理由がようやくわかった。

インターホンで来意を告げた。かつて入院していた患者のことについて尋ねたいと言うと、病院のほうに行ってくれと言われた。

この広大な敷地を持つ屋敷の他に、病院を持っているのかと驚いた。病院の場所を聞いて行ってみることにした。

高園病院は、屋敷からそれほど離れてはいなかった。歩いて十分ほどの距離だ。こちらは、鉄筋コンクリートの四階建てだ。屋敷よりも明らかに敷地面積は小さい。

病院では、たいしたことは聞き出せなかった。由紀夫を担当したという医者に会えたが、守秘義務を楯《たて》に取られた。だが、守秘義務など持ち出さなくても、聞き出せることはあまりなさそうだった。ここ何年も会っていないということだ。

ついでに江梨子の父親である院長に会ってみようかと思ったが、それはばかげた考えだと思い直した。何も、関係ない人物を刺激して歩くことはない。

石神は、いつ職務質問をされるかと身構えて歩いていた。東堂由紀夫の家を訪ねてから尾行がついているのは明らかだったが、結局、刑事は声を掛けてこなかった。

めぼしい収穫はない。だが、収穫と思わなかったことが収穫であることもある。石神はそう思って、富士市を後にし、東京に戻った。

日曜は、東堂のアパート周辺で聞き込みをやったが、これもたいした収穫はなかった。アパートの住人たちは互いのことをほとんど知らなかった。

夜の八時過ぎに、事務所に立ち寄った。事務所は乃木坂《のぎざか》にある。代々木上原の自宅にまっすぐ引き上げればいいものを、石神はなんとなくその気になれなかった。一人暮らしで、自宅へは寝に帰るだけだ。

むしろ誰もいない事務所のほうが落ち着ける。事務所に置きっぱなしだった、三島良則の著書を持って帰りたいという気持ちもあった。

机の一番下の引き出しを開けると、ウイスキーのボトルを取り出した。これも、アメリカの映画を真似たのだ。ショットグラスに注いで、一口で飲み干す。二杯目は、ゆっくりとすすった。

腹の底で、火が燃え上がる。その熱さは、肩や背中のこわばりを少しばかりほぐしてくれたような気がする。窓の外を見る。

乃木坂通りが見えるのだが、ただそれだけのことで、周りは同じようなマンションに囲まれている。

このあたりは、日が暮れれば人通りが少なくなる。日曜の夜ともなればゴーストタウンのような淋しさだ。

乃木坂に事務所があると人に言うと、必ずいいところにありますね、と言われる。だが、このあたりは思ったほど家賃は高くはない。決して楽ではないが、何とかやっていける。探偵という商売もイメージが必要だ。事務所を置く場所で実入りも違ってくる。見栄《みえ》やはったりも必要なのだ。

石神は、二杯のウイスキーを飲み干すと、ボトルをそっともとの位置に戻し、事務所を出た。脇に、紙袋に入った三島良則の本を抱えていた。

少しは勉強しないと、いいところを明智にもっていかれっぱなしだ……。

そんなことを思いながらエレベーターに乗った。古いエレベーターで、ひどくゆっくりと動く。ドアが開くときには、大きな音がする。

一階に着いて、エレベーターを降り、玄関を出る。いつもの行動だ。石神の足は自動的に動き続ける。

狭い玄関の脇は、駐車場になっている。六台の車が停まれるようになっているが、すべて埋まっていた。

その車と車の間から人影が飛び出してきたときも、石神は気づかなかった。いつもと同じ行動パターンで動いているので、ことさら周囲に気を配ってはいなかった。

気づいたときには、顎に一発食らっていた。がつんというショックが脳天まで突き抜け、目の前がまばゆく光った。

その光が無数の星となって視界の四方へ散っていくと、地面がせり上がってくるように感じられた。

傾いているのは地面ではなく、自分の体のほうだと気づいたのは、がっしりと受け止められてからだった。

そのまま、駐車場の暗がりの中に引きずり込まれた。

顎がじんとしびれており、足がふらつく。石神は、頭を振って視界の中に残っている金色の星を追いやろうとした。そのとたん、後頭部がずきんと痛んだ。

次の一撃は、腹に来た。

正確に鳩尾を打たれた。突き上げるようなボディーブローだ。

衝撃は背中まで達した。息が止まる。横隔膜《おうかくまく》が呼吸を拒否していた。石神は、顎を突きだし、鯉《こい》が餌《えさ》を求めるように空気を求めて口をぱくぱくさせた。

体が自然に丸くなるが、相手はそれを許さなかった。恐ろしい力で、胸のあたりをつかまれ、ぐいと引き上げられた。

石神の喉《のど》がひゅうと鳴った。息を吸い込んだとたん、粘っこい唾液が喉に絡まり、激しく咳き込む。

そのせいで、また肺の中の空気が追い出され、苦しさに失禁しそうになった。睾丸《こうがん》が縮み上がるのが自分でもわかる。

相手は、石神の衣服の胸のあたりをつかんでいるが、その拳で顎を上に向けさせた。

駐車場は暗く、相手はわずかな明かりを背負っている。顔が見えない。しかし、巨漢であることはわかる。石神より上背も肩幅も一回り大きい。

警察では柔道をやらされ、それなりに自信もあったが、これではどうしようもなかった。

日曜の夜の乃木坂通り。人通りは極端に少ない。そして、相手は巧妙に人目に付かないところで襲撃をしてきた。誰かが助けに来る望みはない。

石神は、背筋に冷たいものが忍び寄ってくるのを感じた。寂寥感《せきりょうかん》だ。腰が浮き、膝が笑う。

鳩尾へのダメージは去ったが、それでも呼吸が苦しかった。絶望感のせいだ。知らないうちに、情けない声を洩らしていたかもしれない。

相手が言った。

「余計なことに、首を突っ込むな」

その言葉は、どこか不自然な響きがあった。外国人が日本語をしゃべっている感じだ。

石神は、声が出るかどうか自信がなかった。だが、何か言い返さなければならない。

「何のことだ?」

意外にしっかりとした声が出て、石神は、少しだけ自信を回復した。

しかし、相手の次の一撃でその自信はまたしても微塵《みじん》に砕かれてしまった。相手は膝を腹に飛ばしてきた。今度は肝臓だった。

重苦しい衝撃に、体の力が抜けていく。どんよりとした嫌な痛みだ。

「おまえは邪魔だ」

再び、男は言った。

石神の思考は、肉体的な衝撃と突然襲われた恐怖で、麻痺していた。

「何のことだ？　俺はおまえなんか知らない」

相手は、胸のあたりをつかんだまま激しく石神の体を揺さぶった。後頭部がコンクリートの支柱に打ち付けられ、また目の前で火花が散った。

鼻の奥がきな臭くなる。

「ただの脅しではない。これ以上、余計なことを調べ回ると、もっとひどい目にあうことになる」

俺はいたぶられている。

石神は、そう思ったとたんに、最初のパニックの波から抜け出し始めた。恐怖に代わって、新たな感情がやってきた。それは恐怖よりずっと速いスピードでやってきて、たちまち石神の胸を満たした。

怒りだった。

体が熱くなり、ダメージが徐々に引いていく。耳のあたりがじんじんする。アドレナリンが体中に行き渡りはじめたのだ。

このままいいようにされてたまるか。どこまでできるかわからない。だが、反撃を試みることにした。

その隙《すき》をうかがうために、石神は、会話をすることにした。

「何のことかわからんと言っているだろう」

「余計なことを調べるな」

男は同じようなことを繰り返すだけだ。

「調べるなだと？　生憎《あいにく》だが、調べることが俺の仕事なんだ」

男は、また膝を腹に飛ばしてきた。肝臓。さきほどと正確に同じ位置だ。しかし、今度は一度目ほど痛みを感じなかった。

石神はパニックから脱した。恐怖は痛みを倍増させる。怒りは痛みを軽減させる。

「ふん……」

石神は笑って見せた。精一杯の強がりだが、そうすることで、ますます自信が回復してきた。「おおかた、ヤクザ者かなんかの女に手を出して、それがばれるのがまずいんだろう。てめえ、どこの国から来た？　よそ者に日本人の女を寝取られるのは、俺も我慢ならねえな」

石神は当てずっぽうでしゃべっていた。

図星《ずぼし》なら相手は動揺する。動揺しないまでも、腹を立てるはずだった。

しかし、相手はあくまで冷静なようだ。冷ややかな声でこたえた。

「三島の件に首を突っ込むな」

「三島だって……？」

この男は勘違いをしている。

だが、勘違いをするだけのことは知っている。つまり、石神が三島良則の殺害現場に出向いたことを知っているのだ。

「てめえ、何者だ？　何で三島のことを気にするんだ？」

相手がまた動く気配がした。膝を叩き込もうとしているか、あるいはまたパンチを見舞おうとしているのか……。

いずれにしろ、好き勝手にやらせておくわけにはいかない。

石神は突然動いた。今度はこちらの膝を相手の股間に飛ばした。

相手は、ぐうというくぐもった声を喉の奥から洩らし、体をくの字に折った。胸をつかんでいた手が緩む。

ここしかチャンスはない。

石神は相手を激しく突き飛ばすと、相手の顔面に右の拳を飛ばした。大振りのフックだ。

したたかな手応《てごた》えがあった。拳が相手の頬骨を捉えた。こちらの拳もじんと痛んだ。

相手はのけぞった。石神は、さらにストレートを相手の鼻めがけて叩き込んだ。身長差があるので、突き上げる形になる。

男が咄嗟《とっさ》に顔を背《そむ》けたので、鼻を折るのは失敗した。石神の右拳は再び、相手の固い頬骨に当たった。

巨漢は、よろよろと後退した。そのとき、街灯の淡い光が彼の顔をぼんやりと照らし出した。

砂色の髪に、淡い茶色の眼。スラブ系の特徴が見て取れる。

ロシア人か……？

石神は思った。警察時代にいろいろな外国人犯罪者を見ていたおかげで、だいたいどの人間か見当が付くようになっていた。

相手が何者でもかまわない。とにかく、ここで一気に形勢逆転といきたい。

ひるんだ相手を得意の柔道で投げ飛ばしてやろうと思った。地面はコンクリートだ。投げ技は、どんなパンチやキックより効果を発揮する。

石神は、相手の右袖《そで》、左襟を取りに行った。得意の組み手だ。

そのとたん、前屈みになっていた相手がさっと顔を上げた。相手の右拳が石神の両腕の間から突き上げられた。

予備動作の一切ないアッパーカットだった。あやうく顎を痛打されて、一巻の終わりだった。

石神は、顔をのけぞらせ、辛うじてそれをかわした。しかし、鼻先をかすめられた。それだけで、鼻の奥がじんとして、涙が滲《にじ》んできた。

金的に膝を見舞い、顔面に二発のパンチをぶちこんだにもかかわらず、相手は反撃してきた。よほど鍛えているのだろう。

しかも、体格の差が大きい。体格差は、そのままダメージの差となる。

相手は肩で息をしている。それが疲労のせいでなく、怒りのせいだということがわかる。石神はぞっとした。

相手が、左のパンチを飛ばしてくる。そのパンチが風を切る音がする。

石神はさがらざるを得なかった。さらに左が来る。そして、すかさず、右のストレート。訓練された動きだ。ただのゴロツキではない。

柔道の技は使えそうになかった。石神は、身構えた。こうなれば、体がもつ限りどつき合いをやるだけだ。

そう覚悟を決めた。

勝ち目はなさそうだ。しかし、むざむざやられるわけにはいかない。

相手が動いた。その瞬間に、石神も左足を前に進めて、左のパンチを出した。ボクシングや空手の経験などない。殴り合いになれば不利であることはわかっている。それでも、殴り合いで勝負しなければならなかった。

左は難なくかわされた。すぐさま右を出す。それもかわされた。

まるで、影を殴っているような気がしてくる。

さらに左のパンチを出す。それをかわしざま、相手は右のボディーブローを打ち込んできた。

再び息がつまる。しかし、今度はこらえることができた。次にきた顔面へのフックをなんとかかわした。

そして、すぐに右のフックを出す。それが、相手の顔面を再び捉えた。やったと思った瞬間、また、激しい衝撃がやってきて、目の前がまぶしく光った。

相手のパンチを顔面に食らったのだ。足がもつれる。鼻の奥が熱くなったと思ったら、さらさらした液体が鼻からしたたってきた。風邪《かぜ》を引いたときに鼻水が垂れるような感じだ。

その液体は、自分の服に黒々とした染みを作りはじめた。鼻血が出たのだ。

その瞬間から、あとは自分でも何をしたか覚えていない。拳が相手を捉えたこともあるし、相手の拳が体のどこかに叩き込まれたこともあった。

そして、息が上がってきた。格闘というのはとにかく疲れる。たちまち体力を消耗してしまうのだ。

警察時代、捕り物などで格闘をしたことがある。その時に感じた。犯人を追っかけて何百メートルも走り続けるより、たった三十秒の格闘のほうが息が上がってしまうのだ。

息が切れ、肺が痛んだ。腕が重くなり、思うように動かない。それでも、パンチを繰り出さなければならなかった。

口の中はずたずたで、唇も切れているようだ。鉄と塩の味がする。頬が腫《は》れてきて、視界を下からふさぎはじめた。

もう、限界が近づいてくる。

だが、相手は平気だった。余力を充分に残している。

へたな戦い方だったな……。

遠くなりかけた意識の片隅で、そんなことを考えていた。

そのとき、小さな金属音がした。見ると、相手はナイフを握っている。細身の刃渡りが長いナイフだ。そのブレードが淡い光に青白く光っている。

相手は、俺を殺す気だ。

石神は思った。恐怖が腹の底から喉元にせり上がってくる。

立っているのがやっとだ。もう抵抗できるとは思えない。

ナイフに気を取られていた石神は、相手の動きに反応できなかった。その巨漢からは信じられない素早い動きで、蹴りを飛ばしてきたのだ。

それを、腹に食らってしまった。すさまじい衝撃だ。石神は後方に吹っ飛んで、駐車場の車の一台に背を打ち付けた。そのままずるずると崩れ落ちるしかなかった。

なんとか、立ち上がろうともがくのだが、体全体から力が失われてしまったようだ。もう、痛みも感じていない。ただ、ひどい脱力感があるだけだ。

ふと見上げると、目の前に巨漢が立っていた。ナイフを右手に持っている。

殺されるのか……。

石神は、思った。あまりの恐怖に悲鳴も出なかった。

やがて、ゆらりと巨漢が動いた。目をつむることもできない。石神はただ、相手のやることを見ているしかなかった。

目の前にナイフが迫る。頸動脈を切ろうとしているようだ。

なぜ……。

殺されようという瞬間に、石神の頭に浮かんだのはその一言だった。

その時、別の影が飛び込んできた。その影も、相手の男に負けないくらいの巨漢だった。影は、ナイフを持つ男に体当たりをした。

相手は、新たな男の出現に少しばかり慌てているようだった。ナイフを構える。

二つ目の影は、石神をかばうように立ちふさがった。

二人は対峙している。

石神には何が起きたのかわからなかった。やがて、足音が聞こえた。走り去る靴音だ。

その音が聞こえなくなると、聞いたことのある声が石神に話しかけた。

「だいじょうぶですか?」

石神は顔を上げた。遠くなりそうな意識を無理やり呼び戻した。

「神父さん……」

石神を助けたのは、ペドロ・デ・ザリ神父だった。

「危ないところでした。今、救急車を呼びましょう」

石神は、静かに右手を動かしてみた。それから、左手。何とか動く。痛みはあるが、耐え難いほどのものはない。

続いて、右足、そして左足を動かした。それから、背後の車にしがみつくように立ち上がった。

「いや、救急車は必要ありません」

「でも、傷の手当てをしないと」

「事務所に、救急箱があります」

戦いが終わると、急に全身が痛み出した。よろけると、デ・ザリ神父が手を貸してくれた。

「じゃあ、とにかく事務所まで戻りましょう」

石神は、何とか毅然とした態度を保とうとしていた。デ・ザリ神父の助けを、片手を上げて断ると、玄関に向かって歩きだした。

地面に、三島良則の本が入った紙袋が落ちている。それを拾おうとして、また全身の筋肉が悲鳴を上げた。

洗面台がたちまち赤く染まった。うがいをするたびに口から赤い水が出る。全身の痛みやうずきはますますひどくなってくる。

それでも、冷たい水で顔を洗うと少し気分がよくなった。首がひどく凝っていた。何度頭を回しても、そのこわばりはいっこうによくならない。

両手の甲が紫色に腫れ上がり、拳の皮がむけて血が滲んでいる。殴り合いをすると、こんなに拳を傷めるものなのかと、驚いた。

「本当に、救急車は呼ばなくていいのですね？」

洗面所の外から、デ・ザリ神父が声を掛けてきた。

「いいです。その代わり、机の一番下の引き出しに、薬が入っているので出していただけませんか？」

デ・ザリ神父は、机の向こうに行くと怪訝そうな顔で尋ねた。

「薬というのは、これのことですか？」

ウイスキーのボトルを手にしている。

「そう。日本では、百薬の長と言います。つまり、どんなものよりもすぐれた薬という意味です」

デ・ザリ神父はかぶりを振り、ショットグラスにウイスキーを注いだ。

「本当は、酒は傷に悪いのですが……」

「気付け薬ですよ」

石神は、デ・ザリ神父が持ってきてくれたショットグラスを一気に干した。口の中の傷にしみて、飛び上がるほど痛かった。その刺激のおかげか、気分がしゃんとした。

「まだ、礼を言ってませんでしたね。助かりました。あなたは命の恩人です」

デ・ザリ神父は、肩をすくめて見せた。先日話を聞いたときに気づいていた。これが、彼の癖なのだ。

「どうです？　神父さんも一杯。それとも、神に仕える身では、酒は飲めませんか？」

神父はほほえんだ。

「私がミサで毎日何を飲んでいると思っているのです？　いただきましょう」

石神は、棚から新たなショットグラスを取り出して、机のところに持っていき、二つのグラスにウイスキーを満たした。

一つを神父に差し出すと、今度はなめるように飲んだ。

「しかし、驚きました。相手はナイフを持っていたのですよ。度胸がありますね」

石神が言うと、デ・ザリ神父は不敵ともいえる笑いを浮かべた。

「私たちイエズス会士は、神の兵士と呼ばれているのですよ」

この神父はただものではない。普通の人間なら、大声を上げるとか、もっと安全な方法を取る。彼はまったく無言で、相手に体当たりを食らわしたのだ。

第一、何でこんな時間にあんな場所にいたのだ？

石神は、襲撃してきた男のことも気になったが、同じくらいデ・ザリ神父のことが気になりはじめた。

11

体中の耐え難いうずきが、ウイスキーのおかげで和《やわ》らいだ気がする。だが、これはただ単に麻痺しているだけなのかもしれない。翌朝には、全身がこわばり痛みはいっそうひどくなることを、石神は知っていた。

格闘の興奮がまだ残っていた。拳が腫れあがって手を動かすたびに痛みが走る。擦過《さっか》傷《しょう》の血が固まり、ひきつる。

ペドロ・デ・ザリ神父は、ウイスキーをなめるように味わっていた。おそらくスペイン人と思われる神父の口にはワインのほうが合うに違いない。

怒りと恐怖が、発作《ほっさ》のようにぶり返してくる。腕が小刻みに震えているが、これは極度の筋肉疲労のせいだと思いたかった。実際、殴り合いというのは、筋肉を極限まで使うものだということがよくわかった。

腕が上がらないくらいに疲れていたのだ。石神は、刑事をやっていた頃、何度か格闘を経験している。犯人を検挙する際には荒事が避けられないこともある。

だが、そういう場合はたいてい、刑事たちが数人がかりで犯人を取り押さえるのだ。警察官が、術課と呼ぶ、柔道、剣道の激しい稽古《けいこ》も経験している。

しかし、死にものぐるいで殴り合いをしたことはなかった。しかも、相手は殺意を持っていた。ナイフを手に迫ってきたのだ。あの恐怖の瞬間は忘れられない。おそらく、何度も夢に見ることになるだろう。

その恐怖をなだめすかすためには、合理的なことを考えるのが一番だ。最大の疑問は、あのスラブ系は何者かということだ。

そして、彼は三島の殺人事件とどう関わっているのか？

心地よい春の夜だ。しかし、事務所の中は寒々とした感じがした。

石神は一度小さく身震いすると、デ・ザリ神父に尋ねた。

「あの男が何者か知っていますか？」

神父は、驚いた顔で石神を見た。それから、苦笑とも取れる笑顔を浮かべ、あきれたように何度か首を横に振った。

「日本に来ている外国人が、皆知り合いだとでも思っているのですか？」

石神は、同じことをもう一度訊いた。

「あの男を知っているのですか？」

神父の顔から笑みが消えた。

「私が知るはずがありません」

石神は、手を伸ばしてウイスキーのボトルを取ると、もう一杯グラスに注いだ。たったそれだけの動きで、脇腹や腕、拳に痛みが走り、顔をしかめた。

ウイスキーを少しだけ口に含み、なるべく傷にしみないように急いで飲み下した。

「あの男は、私に言いました。三島の件から手を引け、と……」

デ・ザリ神父は、肩をすくめた。

私には関係ないと言いたいに違いない。

「あいつは、私に怨みがあったわけでも、金が欲しかったわけでもない」

デ・ザリ神父は、ようやく真剣な表情になり、濃い青い眼でじっと石神を見つめた。

「脅しをかけるためだと？」

「そうでしょう」

「だとしたら、あまりうまいやり方とは言えませんね」

「そう」

石神はうなずいた。「しかし、けっこう効果があるんですよ。人間というのは、暴力には弱い。ヤクザがどうして金儲けできるか知ってますか？　彼らは、一般人が驚くほど脅しに弱いことを知っているからです」

「しかし、あなたは、脅しには屈しないでしょう？」

「そう思いたいですね」

「あなたは、かつて、警察官だったと言いましたね？　暴力で目的を果たそうとする連中のやり方をよく心得ているはずです。ならば、どうやって対処すればいいか知っているのでしょう」

「それは、相手によりけりですね。相手の正体や目的がわかっているときは、手も打ちやすい。しかし、相手が何者かわからないときは、不気味なものですよ」

石神は、デ・ザリ神父の態度を観察していた。

神父は、落ち着いていた。何か隠し事をしているような態度ではない。しかし、それは嘘をつくことに慣れているせいかもしれない。

石神は、嫌な気分になった。聖職者を疑うというのは、なぜか良心の呵責《かしゃく》を感じるものだ。

初めて会ったときにも、似たような気分になった。おそらく、その服装のせいだ。聖職者などという連中は、たいていはしたたかだということは、理屈ではわかっている。だが、その服装や雰囲気で、どうしてもこちらの後ろ暗いことを思い出してしまう。

信仰というものは、一般人に罪を意識させることで成り立っている。そういったことは心得ているつもりだ。

もし、相手がカトリックの神父ではなく、日本の坊さんならば、あるいは、新興宗教の教祖などならば、事情も違うのだろう。これまでに神父の知り合いなどいなかったせいもあるのだ。

「しかし、あなたは調べることが仕事です。暴力でそれをやめさせようなどと、考えるのは愚かです」

「だが、それが、襲ってきたやつらのやり方なんでしょうね。おそらく、それでこれまで実績を上げてきたんでしょう」

「何者か見当がついているような口振りですね?」

「まさか。一般論ですよ。しかし、想像はできますね。やつは明らかにスラブ系だった。真っ先に頭に浮かぶのは、ロシアン・マフィアですね」

デ・ザリ神父は、表情を曇らせた。

「ロシアン・マフィアが三島さんの事件とどう関わっているのでしょう」

「私が知るはずはありません。神父さんはご存じないのですか?」

「先ほどから、どうしてあなたはそういう質問を私にするのですか?」

石神は、体の中の血が熱くなってくるのを感じていた。先ほどまでの肌寒さを忘れた。格闘の興奮とは違っていた。

手がかりが何もなく、手探りで捜査をしているときに、突然、一筋の光明が見えることがある。そういうときに感じた興奮と同じものだった。

「神父さん」

石神は言った。「あなたは、私のことをばかだと思っているようですね」

「ばか……？」

デ・ザリ神父は、先ほどと同様の驚きの表情を見せた。「何を言いだすのです」

「あなたは命の恩人だ。助けてもらった義理があるので、こういうことはあまり言いたくありませんが、私は、どうしてあなたがあの場に居合わせたのか不思議に思っているのですよ」

「偶然ですよ」

「夜の八時に乃木坂にどんな用事があったというのです。あなたの教会は麻布でしたね。散歩にしては遠すぎる」

デ・ザリ神父はさっと肩をすくめて見せた。

「プライベートな用事ですよ」

石神には、この仕草の意味がわかりはじめていた。

たしかに、これはデ・ザリ神父の癖らしいが、何かをごまかそうとしたり、返事に困ったときによくやることがわかりはじめた。

「偶然に私の事務所の前を通りかかったときに、私が暴漢に襲われた。そう言いたいのですか？」

デ・ザリ神父は、また肩をすくめた。

「世の中には、信じられない偶然がいくらでもあります。そして、私はそれを偶然とは考えていません。すべて、主の思し召しなのです。私たちは、天の父の計画に沿って生かされているのですから」

いかにも神父が言いそうな台詞だ。

だが、石神は煙《けむ》に巻かれたりはしなかった。

「三島良則のマンションで、私たちに出会ったのも、偶然ですか？」

デ・ザリ神父は、心外だと言わんばかりに目を見開いた。

「もちろんです」

「神父さんには、どうも偶然がつきまとうようですね」

「そうかもしれません」

「三島良則のマンションで出会った翌日、神父さんは、この事務所を訪ねてくれました。私は、教会を訪ねようと思っていたのです」

「その手間を省いて差し上げたのですよ」

石神はうなずいた。

「そう。人がいい私は、あのとき、うかつにもそう思ってしまいました」

神父は表情を曇らせた。

「どういうことです？」

「神父さんは、私の行動を予測された。きっと教会を訪ねるに違いないと考えたのでしょう。それで、先手を打ったというわけです」

デ・ザリ神父は、悲しげにかぶりを振った。

「あなたが何を言おうとしているのか、私には理解できません」

石神は、グラスに残ったウイスキーを喉に放り込んだ。食道から胃に下っていく、燃えるような感触が収まるのを待って、言った。

「そう。実は、私にもよくわかっていない」

「私は、刑事さんに言われて、善意でこの事務所を訪ねて来たのです。そういう言われ方は不愉快ですね」

「中西さんが、あなたに、ここを訪ねるように言った。あなたは、そう言いましたね」

「そうです」

「その時、気づくべきだった。刑事はそんなことは言わない」

「あなたが、どう思おうと勝手ですが、事実、あの刑事さんは、そう言ったのです。今日のことだって、本当に偶然なのですよ。私は、危険を承知であなたを助けた。なのに、あなたは、まるで、私があなたを襲った男と仲間のような言い方をする。まったく、不愉快です」

石神は、腹を立てはじめた様子のデ・ザリ神父を冷静に観察していた。相手を挑発して、本音《ほんね》を引き出すのも刑事時代に培ったテクニックだ。

「仲間だとは言っていません。あのスラブ系のことをご存じなのではないか、と言っているのです」

「そんなはずはないじゃないですか」

「どうでしょうね」

石神は、神父から眼をそらして言った。「まあ、調べればわかることです」

神父は、憤然とした。

「人を助けて、こんな扱いをされたのは初めてです」

石神は、少々心が痛んだ。

たしかに、俺はとんでもなく失礼なことをしている。そう思った。

しかし、神父の行動を考えれば、疑問がわくのが当然なのだ。

「私は帰ります」

デ・ザリ神父は言った。「傷の心配をしていたのですが、それも必要ないようですね。日本語では、大きなお世話というのでしょう?」

石神は、力なくかぶりを振った。

「助けていただいたことについては、心から感謝していますよ。本当に危ないところだった」

「あなたは、その恩人を怒らせるような振る舞いをしました」

デ・ザリ神父は、出口に向かって歩きだした。「失礼します」

石神はもう一度、礼を言おうかと思った。しかし、結局何も言えなかった。デ・ザリ神父は出ていき、再び、事務所をひんやりとした空気が支配した。

人を怒らせるのは、気持ちのいいものではない。世の中には、他人を挑発して喜んでいる輩《やから》が少なくないが、少なくとも、石神はそういうタイプではなかった。

少しばかり苦い思いが残ったが、それでも収穫はあったと思った。

デ・ザリ神父が腹を立てはじめたのは、もしかしたら演技かもしれない。痛くもない腹を探られて機嫌を損ねたということもあり得るが、そうではないことを、石神の勘が告げていた。

一人きりで事務所にいると、奇妙な感覚を味わうことがある。特に夜になるとそうだった。昼間は何の意味もない、ファイルのずれや、机の上のペン立て、コーヒーカップの位置などが、不意に何かを語りかけてくるような気分になるのだ。

そういうときは、落ち着いて物事が考えられる。

今がそうだった。

石神は、結婚したことがない。いつしか、恋愛が人生の最大の目標だった時期は過ぎ去った。一人でいることの最大のメリットは、考える時間がたっぷりあるということだ。

最初から、この件を思い起こしてみた。

高園江梨子が、事務所にやってきた瞬間からだ。すると、どうにも奇妙な違和感があるのだった。

ジグソーパズルの間違ったピースを無理やりにはめ込んでいるような違和感だ。

第一、自分自身の行動があまりにぎこちなかった。探偵を商売にしているからには、人探しなど手慣れたものだ。

だが、今回は、我ながらとてもプロの探偵とは思えない行動をとり続けているような気がする。

何かをしようとすると、必ず誰かに振り回される。それが原因のような気がした。

まず、高園江梨子の奔放な態度に振り回される。江梨子は、東堂が殺人事件に巻き込まれていることなど知らなかったと言ったが、今となっては怪しいものだ。

手がかりを求めて、東堂由紀夫の部屋に行けば、刑事が現れる。そして、中西にまた振り回されることになる。

三島のマンションに行けば、そこにまた中西が姿を見せ、さらにペドロ・デ・ザリ神父が唐突に現れて、また石神を混乱させた。

そして、今度は、謎のスラブ系だ。

調査を進めようとすると、それを引っかき回すやつが現れ、石神は関心を逸らされてしまうような気がした。

ピラミッドだの、UFOだの、オーパーツだのという話につい眼がいってしまう。それは、三島良則と東堂由紀夫をつなぐ共通項なのだが、探偵がそれにとらわれる必要などないはずだった。

どうやら、そっちの話は、明智向きのようだった。

石神には石神のやるべきことがある。

気持ちの整理がつくと、気が楽になった。

緊張感が去ると、恐ろしいくらいの虚脱感がやってきた。立ち上がるのも億劫だった。

だが、事務所に泊まる気にはなれない。

シャワーを浴びて、ベッドでぐっすり眠ったほうが傷にもいいに決まっている。まだ、開いている薬局はあるだろうから、湿布薬を買って帰ろうと思った。

事務所を出るとき、ふと不安を覚えた。

先ほどのスラブ系が、また玄関で待ち伏せをしているのではないか……。

おそらく杞憂だろうが、用心に越したことはない。石神は、事務所の中を見回した。

事務所には、湯を沸かすばかりの小さな台所が付いており、その棚に金槌が入っているのを思い出した。それを取り出して、ベルトに差した。その上からジャケットを羽織る。

エレベーターに乗り、一階が近づくと緊張感が高まった。駐車場の暗がりが恐ろしい。石神は、ジャケットの内側に手を差し入れ、金槌の頭を握っていた。

駐車場の前を通り過ぎて、乃木坂通りに出たときはほっとした。休日の夜の乃木坂通りはほとんど人通りがないが、それでも大通りは、路地に比べれば安全だ。

石神は、金槌など持ち出したことが急にばかばかしくなった。

交番の向こうに薬屋があったはずだ。重い足をひきずって、とにかくそこまで行こうと思った。しかし、薬屋は閉まっていた。日曜だったことを思い出して、情けなく苦笑するしかなかった。

虚脱感はますますひどくなってくる。冷や汗まで出はじめた。しかも、石神は自分がひどい顔をしていることを思い出した。頰が腫れて左目の視界がかなりふさがれている。試合後のボクサーのような顔をしているのだ。唇も切れている。その傷からは、まだ血が滲み出ている。鼻も腫れていた。

地下鉄に乗る気にはなれない。タクシーを拾って、代々木上原の自宅まで戻った。住宅街のマンションはやはり人通りが少ない。

こうしてみると、町中には危険な場所がいくらでもある。石神は、警戒しながらマンションの自分の部屋に向かった。

ふと、刑事時代を思い出した。刑事に怨みを抱く犯罪者は多い。夜道を一人で歩くときは気を付けろと教えられたことがある。それを石神に言ったのは、中西だったかもしれない。

何事もなく部屋にたどり着き、ドアを閉めて鍵を掛けたときは、全身の力が抜けて、汗がどっと噴き出してきた。

俺はびびっているわけではない。警戒しているだけだ。

石神は自分自身にそう言い聞かせた。むしり取るように服を脱ぐと、すぐにバスルームに向かった。熱い湯を浴びると、ようやく気分がほぐれてきた。だが、湯は傷にしみる。

たっぷりと湯を浴びて筋肉のこわばりが楽になったところで、湯の温度を徐々に下げていった。やがて、冷たい水になり、全身の打撲傷に心地よかった。

水を止めて、バスタオルで全身を拭うと、鏡を覗き込んだ。

左の頰骨のあたりが腫れあがり、目の周りに痣《あざ》ができていた。顔面を殴られると、目の周囲に鬱血が始まり必ずこの痣ができる。

唇は裂けている。口を開けると、頰の内側がずたずただった。さらに、顎の関節がどうもしっくりこない。殴られた衝撃でずれているのだ。

体の傷も点検した。鋭い痛みはないので、骨にひびが入ったりはしていないようだ。全身のいたるところに、赤黒い痣ができている。

いずれも放っておけば治る傷だ。しかし、その傷を見ているうちに猛然と腹が立ってきた。

あのスラブ系をこのまま放っておく気にはなれなかった。

全身の傷は恐ろしく体力を奪う。石神は、ベッドにひっくり返った。やがて、発熱したときのような重苦しい眠りがやってきたが、すぐに目が覚めた。スラブ系の顔が脳裏にちらついた。それからは、腹が立ってなかなか寝付けなかった。

12

朝十時に事務所に行くと、明智がすっとんきょうな声を上げた。

「どうしたんですか、先生」

ここに来るまでの千代田線の電車の中で、乗客の視線を気にしていた石神は、うんざりとした気分で言った。

「昨夜、ここの一階で襲われたんだ。おまえも気を付けろ」

明智は、恐れる様子もなく言った。

「どうして襲われたんです？」

「三島事件から手を引けと言われた」

「相手は何者です？」

「それを調べなきゃならない」

石神は、明智の危機感のなさにあきれた。本当に、明智も襲われる恐れはあるのだ。

「東堂由紀夫探しを放っておいてですか？」

「こいつも、東堂由紀夫探しの一環だよ。どうも、この件は最初からおかしかった」

「何がですか？」

石神は話すべきかどうか躊躇《ちゆうちよ》していた。助手の明智に何もかも話す必要はないのかもしれない。考えた末に、石神は、昨夜の出来事や、デ・ザリ神父と話し合ったこと、そして、一人になった事務所で考えたことを説明した。

明智は、まったく緊張感のない顔で聞いている。本当に理解しているのかどうか不安になってくる。

石神が話し終わると、明智は言った。

「先生は何を疑っているんです？」

「気に入らないんだよ。この事件は、何もかも。誰もが、腹に一物持っているような気がする。知ってるか？　高園江梨子は、故郷では、たいへんなお嬢様だ。古くから続く病院の娘で、実家はおそろしく大きなお屋敷だ」

「別に驚くほどのことはないですよ。金持ちの娘が美人なのは、一つの必然です。金持ちは美人と結婚できる。だから、美人の娘が生まれる確率が上がる」

「そんな話をしているんじゃない。東堂由紀夫が小さな頃入院していたのは、この高園江梨子の父親が院長をやっている病院なんだ」

それでも明智は平然としていた。

「その病院、大きいんでしょう？」

「ああ、立派な病院だった」

「なら、別に不思議はないじゃないですか。地方都市で、大きな病院がそうたくさんあるとは思えません。入院するとしたら、当然名の通った大きな病院を選ぶでしょう」

石神は、明智の言葉は理屈が通っていると思った。しかし、それは真実を言い当ててはいない気がした。

「いいか。探偵になりたいのなら、一つ教えておいてやる。何もかもが、当たり前だと理屈をつけてしまわないことだ」

「先生は、高園江梨子が怪しいと思っているんですか？」

「今回の件に関わっている人間は、誰もが怪しい。高園江梨子は、東堂由紀夫が、高園病院に入院していたなんて、一言も言わなかった」

「言う必要がないと思ったからじゃないですか」

「俺にはひっかかるんだよ。探偵は、心にひっかかるものを無視しちゃいけないと言ってるんだ」

「そうやって、デ・ザリ神父さんを怒らせちゃったんでしょう？」

「かまわないさ。怒り出したことが、何かを物語っているのかもしれない。俺はそう思っている」

「つまり、図星だったから、腹を立てた振りをしてごまかそうとした」

「あるいは、こちらの良心の呵責を利用して攻撃をかわそうとした……」

「先生こそ考え過ぎじゃないですか？」

「いいか？　もう一つ、教えておいてやろう。世の中に考え過ぎということはない。考え過ぎと言われるのは、たいてい考えが偏《かたよ》っている場合のことだ」

「高園江梨子も怪しい、デ・ザリ神父も怪しい……。僕のことまで怪しいなんて言いださないでくださいね」

「今のところはそうは思ってない。だが、警察は怪しいと思っている」

「どうかしちゃったんじゃないですか、先生。警察を疑ってどうするんです」

「警察は正義の味方じゃないんだ」

「先生、警察で殴られたりしたからそんなことを言ってるんじゃないんですか？」

「そうじゃない。俺は警察にいたから、あれくらいのことじゃ驚かない」

「警察のどこがどう怪しいんですか？」

漠然とした違和感でしかなかった。石神は、その違和感の理由を考えた。

「まず第一に、中西さんの態度だ。警察ってのは、秘密主義が徹底している。捜査の内容を決して第三者に洩らしたりはしない。だが、中西さんは、俺にいろいろなことを教えすぎるような気がする」

「中西さんて、警察では先生の先輩だったんでしょう？　身内だと思って安心しているんじゃないですか？」

「あの刑事はそんなタマじゃない。見かけよりずっとしたたかなんだ。それに、警官は警察をやめた人間を身内とは考えない。おそろしく閉鎖的な組織なんだよ」

「じゃあ、中西さんが、情報を洩らすのはなぜなんですか？」

「こちらの動きを追っているんだ。もしかしたら、俺たちが東堂について何か知っていると考えているのかもしれない」

「だったら、もっと厳しい取り調べをされるんじゃないですか？」

「俺が怪しいと言っているのは、そこんところだよ。捜査本部のやり方っていうのはこんなに生ぬるいはずはない。話を聞いたあとは、ガサを入れる。それが普通だ。俺は、当然、この事務所もガサ入れされるものと思っていた」

「これから来るのかもしれませんよ」

「もしそうだとしたら、タイミングをいっしている。本当に俺が何かを隠しているとしたら、とっくに隠蔽工作を終えている」

「何か隠しているんですか？」

「ばか、ものの喩《たと》えだ」

「要するに、捜査のやり方が警察らしくないと……」

「殺人事件の捜査なんだ。もっと殺気立っていてもよさそうなもんだ。第一、手際が悪すぎる。東堂由紀夫が怪しいとなれば、さっさと指名手配すればいいんだ。そうすりゃ、たちまち燻《いぶ》り出されてくる」

「そんなもんですかね……」

「捜査本部の動きも、なぜかぎこちなく見える。本気で東堂由紀夫を追っているのかどうか疑問に思えるほどだ」

石神は、明智の相手をするというより、自分の考えをまとめるためにしゃべっていた。明智はそんな石神の様子に気づいたのか、相づちも打たなくなった。

石神は、あらためて明智に向かって言った。

「そういうわけで、俺はいろいろと調べたいことができた。ＵＦＯだ、ピラミッドだといった話に付き合っている暇がない。そっちのほうはおまえに任せる。三島良則の本を読んで、どんなことが書かれているのか把握しておいてくれ。後で、簡単に説明してくれ」

明智は返事をしなかった。何か言いたげな顔をしていたが、石神はかまわず、さらに命じた。

「三島良則の本を読み始める前に、頼みたいことがある」

「何ですか?」

「薬屋に行って、湿布薬とビタミンBの入った薬を買ってきてくれ」

明智が出かけると、石神は目黒警察署に電話を掛けて、三島良則殺害事件の捜査本部にいる中西を呼び出してもらった。

幸い、中西は捜査本部にいた。会って話がしたいと申し入れると、午後二時に捜査本部に来てくれと言われた。

相手の縄張りにのこのこ出かけていく気にはなれない。重要な情報があるからと、適当なことを言い、事務所に来てもらうことにした。

中西は承諾し、午後二時にそちらの事務所を訪ねる、と言った。

明智が、薬局から戻ってくると、石神は服を脱いで、湿布薬を貼りはじめた。傷はうずき、動くたびに痛む。はげしい筋肉痛と打撲傷が入り交じって全身を責め苛《さいな》んでいる。

ひんやりした湿布薬は心地よく、何とか動き回れそうな気がしてきた。

チャイムが鳴り、返事をする前にドアが勢いよく開いた。石神は、上半身裸のままだった。

入ってきたのは、高園江梨子だった。いつものように、野球帽をかぶり、サングラスをかけている。ジーパンにジャンパーというでたちで、ジャンパーの袖を肘までめくっていた。

高園江梨子は、冷めた声で言った。

「なんて恰好なの？」

石神は、ゆっくりとシャツを着た。

「いきなりドアを開けるからいけないんだ」

「そうじゃなくって、その傷のことよ」

「誰かが、俺と遊びたくて待ち伏せしていた。それだけのことだ」

「オヤジ狩り？」

「相手は一人だったよ。それにガキじゃなかった」

「ひどい顔」

「悪かったな」

「だから、傷のことだってば」

「何が目的で、ここにやってくるんだ？」

高園江梨子はサングラスと帽子を取って、石神を見つめた。その視線がまぶしく、石神は思わず眼をそらしてしまった。

「東堂君のことが気になるからに決まってるじゃない」

「あんた、東堂由紀夫とは、高校の同級生だと言ったな？」

「そうだよ」

「もっと前から知り合いだったんじゃないのか？」

「どういうこと？」

「東堂由紀夫は、あんたの実家が経営している病院に入院していたんだろう？」

「それが？」

「その頃からの知り合いか？」

「東堂君は、あたしんちの病院の近所に住んでいた。それだけのことよ」

「どうして、最初にそのことを言わなかった？」

「言う必要なんてないと思ったからだよ。そうでしょう？　小さな頃にどこに入院していたかなんて、たいしたことじゃないでしょう？　東堂君の行方を探すのに、そんなこと、関係ある？」

「どんなことが手がかりになるかわからないんだ」

「ふーん。別に隠していたわけじゃないよ。訊きたいことがあるんなら、訊いてよ。知ってることは何でもしゃべるから」

石神は、江梨子を観察していたが、隠し事をしているかどうかは、まったくわからなかった。

疑えばきりがない。しかし、たしかに、何かひっかかる。

「まあいい。今日は、午後から客が来る。忙しいんだ」

「あたしの相手をしている暇なんてないってこと？」

「まあ、そういうことだ」

「むかつく。せっかく、耳寄りな情報を持ってきたのに……」

「耳寄りな情報？」

「そう。ネット仲間の掲示板なんかで、訊いて回ったんだ。東堂君のホームページに何が書いてあったか覚えている人、いないかと思って」

石神は、思わず江梨子を見つめていた。

「わかったのか、何が書いてあったか……」

「数字が羅列してあったんですって」

「数字？　どんな数字だ？　電話番号か何かか？」

「そんなんじゃないよ。いろいろな数字がたくさん並んでたって」

「その数字を覚えていたやつはいないのか?」

「教えてくれた人、コピーを取っていたそうよ。これがそれ……」

江梨子は、紙を取り出した。パソコンのプリントアウトのようだ。

3.1415
1.41421356
1.7320508
2.2360679
1.61803398
2.7182
19.5
72
36
108
4320
25920

1959552000000

たしかにただの数字の羅列だ。

石神は、しばらくそれを睨み付けていたが、さっぱり意味がわからず、明智に手渡した。

「おまえ、これが何だかわかるか？」

明智は即座に言った。

「最初の四つは、明らかですね」

「何だ？」

「円周率と$\sqrt{2}$、$\sqrt{3}$、$\sqrt{5}$ですよ」

石神は、紙を脇から覗き込んだ。たしかにそのとおりだ。

さらに、明智は言った。

「72や36という数字は、何か丸いものに関係しているかもしれない」

「どうしてそう思うんだ？」

「36ってのは、三六〇度の十分の一でしょう。そして、72って、その倍です。108は、その両方を足した数字だけど……」

「煩悩の数でもあるな」

「ああ、除夜の鐘の……」

「19.5ってのは、何だ?」

「さあ、わかりませんね」

「4320っていうのは?」

「これが、四千三百二十なのか、単に、四、三、二、〇なのか、それすらもわかりません」

石神は、江梨子のほうを見た。

「君は何かわかったか?」

「わかるわけないよ」

江梨子は言った。「教えてくれたネット友達も、何のことかわからないと言ってたよ」

「この数字だけが、ただ何の説明もなしに羅列してあったんだろうか?」

「神々の正体をこの数字で解き明かしたと、書いてあったそうだよ。でも、どういうふうに解き明かしたのか、までは書いてなかったんだって」

「この数字で神々の正体を……?」

石神は、明智から紙を取り戻すとしげしげと眺めた。

明智が言った。

「これだけじゃ、何のことかわからないな。他に手がかりがあるといいんだが……」

江梨子がうなずいた。

「ネットでの調査を続けてみるよ」

石神は、ふと昨夜のスラブ系のことを思い出した。

「探偵ごっこはほどほどにするんだ。あとは、俺たちに任せて、おとなしくしていてくれ」

「手がかりを持ってきたんだよ。そんな言い方ないでしょう」

石神は、頰の痣を指さして言った。

「危険なんだよ。俺一人ならなんとかなるが、君たちのことまでは手が回らない」

江梨子は、ふと真剣な眼差しになった。

「その怪我、東堂君のことと関係あるの？」

「ないとは言えない」

「警察に言ったら？」

「考えてみるよ」

江梨子は、唇を嚙んで何事か考えていた。やがて、彼女は言った。

「わかった。おとなしくしてるよ。でも、家でパソコンをいじっているくらいならいいでしょう？」

石神は、考えた。スラブ系のやつは、「三島良則の件から手を引け」と言ったのだ。

東堂については何も言っていない。

「まあな」

石神はそれだけ言った。

「静岡まで行ったの？」

江梨子は、不意に話題を変えた。

「土曜日に、東堂の実家とおたくの病院に行ってきた。だが、手がかりはなしだ」

「ふうん……。で、これからどうするの？」

「まあ、いろいろとやることはある」

「とりあえず、お昼ご飯食べにいかない？」

そういえば、そろそろ昼食の時間だ。しかし、全身が痛んで外に食事に行く気がしない。

「この顔じゃ、外に出る気がしないな」

「じゃあ、何か買ってくるから、いっしょに食べようよ」

石神はかぶりを振った。

「明智、おまえ、いっしょに行ってこい」

それくらいの役得はあっていいだろう。

「あたしは、石神さんと行きたかったんだけどな」

「事務所内に波風を立てるような発言は慎んでくれよ」

「明智さん。いこっか？」

「おい、明智。依頼人に余計なことはしゃべるなよ」

「わかってますよ」

明智は嬉々として出かけていった。

石神は、また数字が並んでいる紙を見つめた。江梨子は、この数字を本当にネット友達から手に入れたのだろうか。だとしたら、デ・ザリ神父もこの数字を手に入れる可能性はある。

この数字が神々の正体を語っているのだという。デ・ザリ神父なら、何かわかるかもしれない。

訪ねて行ったら、機嫌を損ねている神父に、けんもほろろに追い返されるかもしれない。それを覚悟の上で訪ねてみる必要があるのではないかと石神は思った。

約束の午後二時に、中西はやってきた。

昼飯から帰ってきて、ずっと幸福そうな顔をしている明智が、茶をいれた。江梨子は食事を終えるとそのまま帰ったということだ。

中西は、笑顔で事務所に入ってきたが、石神の顔を見ると、さっと顔色を変えた。

「どうしたんだ？」

すでに、この反応には慣れっこになりはじめていた。

「探偵稼業に危険は付きものでしてね」

「誰にやられたんだ？　被害届は出したのか？」

「探偵が警察に助けを求めるんですか？　そいつは願い下げだ」

「それがまっとうな手続きだよ」

「被害届を出したところで、書類に拇印《ぼいん》を押して、それで終わりですよ。事件になどしてくれない。そうでしょう」

「私が調べてもいい」

「ほう。そいつはありがたいですね」

「どこで、誰にやられたんだ？」

「このマンションの玄関を出たところでやられました。相手は、スラブ系の大男です」

「スラブ系……？」

「砂色の髪。淡い茶色の眼。黒っぽいズボンに白っぽい薄手のジャンパー」

中西は、ちょっと待てと言って、手帳を取り出し、メモを取り始めた。

「この辺も物騒になったもんだな。物取りかね？」

「三島の件に首を突っ込むなと言われました」

中西は、手帳から顔を上げて、驚いた表情で石神を見つめた。

「三島の件に……？」

「そうです。重要な情報というのは、そのことですよ」

「相手に心当たりはないのかね？」

「ありませんね。中西さんはどうです？」

「三島の件で、そんな男が関わっているという話は聞いたことがないな」

「たぶん、ロシア人だと思います」

「ロシア人ねえ……。ますますわからんな。被害者がロシア人と付き合いがあったという情報は得ておらんよ」

「危ないところでしたよ。相手はナイフを持っていた。もう少しで殺されるところでした」

「ナイフを……？　この程度の怪我で済んでよかったというべきかな……」

「助けてくれた人がいるんです」

「ほう……」

「デ・ザリ神父ですよ」

「あの神父さんが……」

中西は、またしても驚きの表情になった。人のいい中年男といった顔つきだ。石神はそれが演技のような気がしてきた。

「そうです。偶然通りかかったのだと言っていました」

「ほう、そりゃ運がいい」

「運がいい？」

「そうだよ。デ・ザリ神父が通りかからなかったら、殺されていたんだろう？」

石神はうんざりとした。傷のせいで、短気になっているのかもしれない。

「いい加減にしてください」

中西は目を瞬《しばたた》いた。

「いい加減にしろ？　どういう意味だね？」

「あの神父さんから何を聞き出したんです？」

「被害者との関係とかをいろいろとな……」

「教会を訪ねましたか？」

「その必要はないよ。本部までご同行願ったんだ」

「警察も甘くなったもんですね」

「待てよ、石やん。あの神父さんは、善意の第三者なんだぞ」

「捜査本部は、あの神父に関して何かをつかんでいる。しかし、私に話すことはできない。そうでしょう」

「何を言いだすんだ」

中西は苦笑した。

「捜査本部は、本気で東堂由紀夫を探す気でいるんですか?」

「当たり前じゃないか。重要参考人だよ」

「東堂由紀夫がどこにいるか、知っているんじゃないですか?」

「まさか……」

「でなければ、すでに見当をつけている。しかし、直接手を出さずにいる。そんな気がするんですがね……」

「何をばかなことを言ってるんだ」

中西はちらりと、パソコンの前にいる明智を見た。

石神は、その意味を悟った。

「おい、明智」

石神は中西を見据えたまま言った。「おまえ、ちょっと席を外《はず》してくれ。一時間ばかり外で時間をつぶしてきてくれよ」

明智は、すぐに席を立って出ていった。

二人きりになったところで、石神はあらためて言った。

「捜査本部の手際がずいぶんと悪いような気がするんですがね……。殺人事件でしょう？もっと思い切った捜査をしてもよさそうなもんです。それに、中西さんは、私にしゃべり過ぎじゃないですか？」

中西は、眼をそらして、一つ大きく溜め息をついた。

「俺も、そのロシア人と同じことを言いたくなったよ。捜査のやり方が甘《あめ》えって？余計なことに口出しするなよ、石やん」

「利用しておいて、核心に近づいたら、口出しするな、ですか。それは通りませんよ」

善人そうな様子はなりを潜《ひそ》めていた。中西は油断のない目つきで石神を見つめた。刑事の鋭い眼だった。

「そんな目にあっても、まだ懲《こ》りないのか？」

「暴力を恐れていては、探偵など勤まりませんよ」

「引かねえつもりだな、石やん」

「もちろんですよ。脅されて手を引いたなんて噂が広まったら、探偵を続けていけませんん」

中西は、何度かうなずいた。

「知っての通り、刑事が捜査上の秘密を洩らすのは御法度《ごはっと》だ」

石神は何も言わず、先を促した。中西はしゃべる気になっている。

「だが、実を言うと私も、警察の外に味方がほしい」

「やはり、時間稼ぎをしていたのですね？」

中西は、再びうなずいた。

「いいか、石やん。あくまでも、捜査本部は、東堂由紀夫を探し出して、三島良則殺害の容疑を固める方針で動いている。そういう絵を描いたやつがいる」

「上層部ですか？」

「どこから来た話かは知らない。知ってのとおり、捜査員は将棋の駒みたいなもんだ。捜査本部の方針に従って動くしかない。しかしな、捜査員は、誰かが絵を描いたってことに薄々気づいている。それで、私は東堂由紀夫を探しつつ、一方で、真相をつかもうとしているわけだ」

「東堂由紀夫の居場所は本当につかんでいないのですね」

「私はそれほど人は悪くないよ」

「しんどい戦いですね」

石神は言った。

「そうだ。骨が折れる」

「だから、私みたいに、自由に動ける人間を利用しようとした」

「私の手駒として使えれば、と思ったんだよ。取調室でおめえさんを見たとき、しめたって思ったね」

「それで、私にいろいろと情報を洩らした理由がわかりましたよ。餌を与えれば、勝手に動くと思ったわけだ」

「そうつっかかるなよ。だが、やっぱり私の考えが甘かったよ。やっぱり、石やんは捜査本部の手際の悪さに気づいちまった」

「だませると思っていたんですか？　なめられたもんだな……」

「三島殺しのホシだがね」

中西は、いっそう声を落として言った。「現場で石やんが言ったとおり、私はプロの手口だと睨んでいる」

「私を襲ったやつと関係ありますかね？　やつは暴力に慣れていた。おそらくプロです」

中西はかぶりを振った。

「わからんな。手配してみるよ。何者か調べてみる」

「私も調べますよ。この傷の借りは返したい」

中西は、反論しかけて、あきらめたように目を伏せ、そのことについては何も言わなかった。

石神は尋ねた。

「あのデ・ザリ神父というのは、何者です？　ただの神父じゃないでしょう？」

「どうして、そう思う？」

「おそらく、あの神父は、私たちの誰かを尾行していたのです。そうでなければ、タイミングよく、三島良則のマンションで鉢合わせするはずがない。そして、私が襲われたときに偶然居合わせたというのも不自然だ」

「当然、私たちは徹底的に、あの神父のことを洗ったよ。公安にまで問い合わせた。あれは正真正銘の神父だが、同時に物騒なプロでもある」

「どういうことです？」

「バチカンのスパイらしい」

「バチカンのスパイ……？」

「諜報員だ。バチカンには、さまざまな秘密があるんだってな。それを守るための実働部隊がいるんだそうだ。その連中は、ローマ法王や位の高い聖職者が外遊するときなんかは、ボディーガードの役もやるそうだ」

「どうりで……。あの神父、ナイフを持った暴漢に迷わず体当たりを食らわせたんです。素人にできる真似じゃない」

「だが、あの神父がいてくれて助かったのは事実だろう？」

「中西さんは、あの神父が三島殺しの容疑者だと思っているのですか？」

「怪しいとは思ってるよ。だが、まだ容疑者かどうかはわからない。そのロシア人らしい大男という、新しい情報も入ったことだしな……」

「何だか、面倒な事件になってきたじゃないですか……」

「面倒じゃない事件なんてないよ」

「スラブ系にバチカン……。UFOにピラミッド……」

石神は、かぶりを振った。「いったい、どういうことになっているんでしょうね」

「被害者は、アメリカと頻繁に連絡を取っていたようだ」

「アメリカと?」

「メールの記録が残っていた。内容は当たり障りのないものだが、かなりの頻度でやりとりをしていた時期がある」

「当たり障りのない内容でも、暗号が隠されているという可能性もありますね」

「今、相手の特定と、内容の分析を急いでいる」

「私は今までどおり、好きにやらせてもらいますよ」

「いいさ。だが、連絡を絶やさないでくれ。この事件の後ろで何が起きているにしろ、関わっているやつらは本気だ。事実、三島は殺され、おめえさんは怪我をした。今度は怪我じゃ済まないかもしれない」

「がつんとやられて、ようやく目が覚めましたよ。楽な仕事ばかりやっていて、気が緩みきっていたらしい」

「気をつけるこった」

「わかってます」

「さて、俺は引き上げることにする」

中西は腰を上げた。石神は、出口に向かう中西の後ろ姿に、刑事時代と同じ親しみを感じていた。

中西は出口で振り返り、言った。

「本庁の公安に知り合いはいるかい？」

「ええ」

「スラブ系のことを調べたいんだったら、公安に訊いてみな」

「そうします」

中西は、ほほえむと事務所を出ていった。

13

アレックス・ジョーンズ少将は、月曜日の午前九時に、ドン・ミッチェル少佐をオフィスに呼んだ。

前の報告から、四日たっている。

ミッチェルが現れると、ジョーンズ少将は、しばらく面会も電話も取り次がないようにと命じ、席を立って来客用のソファに移った。そして、ドアを閉めて鍵をかけさせ、ミッチェルもソファに座らせた。

ミッチェルは、日に日に疲れていくように見える。おそらく、この週末や日曜日も調査に費やしたのではないかとジョーンズ少将は思った。

「ちょうど、お知らせに上がろうと思っていました」

疲労の色は濃いが、ミッチェルは活力に満ちていた。何か新たな事実が見つかったに違いない。

「軍やCIAの記録には、シド・オーエンの名前はありませんでした。しかし、ついにある組織の記録にその名前を見つけたのです」

「もったいぶるな、ドン。どこで見つけたのだ?」

「NASA《ナサ》の記録です。シド・オーエンは、一九九三年から、NASAで火星に関するプロジェクトに参加しています。驚いたことに、そのとき、彼はまだ二十歳だったということです」

ジョーンズ少将はうなずいた。

「私が見た記録では、十七歳でエール大学を卒業したことになっていた。その点は嘘ではなかったようだな。しかし、NASAとは妙だな。彼は、理工学系の技師ではなかったはずだ」

「言語学を専攻していたそうです」

「NASAで言語学かね……」

「彼の経歴にはまだ先があります。その後、NASAに関連する民間の企業にヘッドハンティングされたのですが、それもごく短い期間でした」

「どんな企業だね？」

「ケイソン・プロダクツです」

「国防総省とも関係の深い企業だ。有《あ》り体《てい》に言えば、軍需産業じゃないか」

「そうです」

「ますますわからんな。軍需産業が、どういう理由で言語学の専門家を必要とするのだ？」

「シド・オーエンには、言語学だけでなく、別の才能もあったのかもしれません」

「別の才能？」

「提督をペテンにかけたような才能です」

ジョーンズ少将は苦い顔をした。

「まあいい。ケイソン・プロダクツの誰かが何かの理由で、シド・オーエンを必要として、ヘッドハンティングをした。わかっているのは、その事実だけなのだろう？」

「その後のシド・オーエンの経歴はまったくわかっていません。しかし、社会保険番号などを当たって、奇妙な事実を突き止めました」

「何だね？」

「シド・オーエンは、現在、軍の高周波研究所に勤めていることになっています」

「それは、ボブ・ショーターが赴任したのと同じ施設かね？」

「そうです。しかし、その研究施設の記録を見ると、シド・オーエンの名前はありません」

ジョーンズ少将は、眉をひそめた。

「なるほど……」

「何者かによって、巧妙に身分を秘匿されているとしか思えません」

ジョーンズ少将は唸った。

「こうなったら、直接、国防長官に尋ねてみるしかないかな。彼は、直接国防長官に電話をできる権限を持っていた」

「教えてくれるとは思えませんね。たぐってもたぐっても、どこかでぷつりと糸が切れてしまいます。深い謎が横たわっているのです。これは、国家レベルの機密事項なのかもしれません」

「ＮＡＳＡというのは、不思議なところだな。軍人と科学者がいっしょに働いているが、組織の性格はそのどちらでもない」

「最新の技術には、常に秘密がつきまといます。科学技術というのは、そのまま軍事力を意味しますから」

「シド・オーエンは、火星に関するプロジェクトにいたと言ったな?」

「はい」

「火星人でも探していたのか? ならば、言語学の専門家が必要な理由もわかるがな……」

ジョーンズ少将は皮肉な口調で言った。もちろん、冗談のつもりだった。

しかし、ミッチェル少佐は生真面目な態度でその言葉を受けた。

「あながち、その推論は外れていないかもしれません」

ジョーンズ少将は、驚いてミッチェルを見た。

「おい、まさか、火星人がいたなどと言いだすんじゃないだろうな。私が見た宇宙人は、実は火星人だったとでも言うのかね?」

「NASAの火星に関するプロジェクトという言葉に出会って、ぴんときたことがあります」

「何だ?」

「提督が、ライト・パターソン基地でご覧になったフィルムの内容をもう一度詳しくお教え願えませんか?」

「そのことは、なるべく思い出したくないのだがな……」

「その中に、シド・オーエンの正体を推理するヒントがあるかもしれないのです」

「まずは、墜落したUFOだ。そして、気味の悪い宇宙人の解剖風景を見た。さらに、建造中のUFO、そしてその前をゆっくりと横切る、生きた宇宙人。そして、エジプトのピラミッドだ。ピラミッドには、数々の幾何学的な数字が盛り込まれており、それはきわめて正確で、古代の人類にはとうてい知り得なかったような知識であり、また、ピラミッドの建築技術自体も、古代の人々には不可能なものだと説明された」

「しかし、ピラミッドは現実に存在しています」

「そう。それ故に、ピラミッドは、史上最大のオーパーツなのだという説明を受けた。それは、人類以外の文明を示唆しているようだった」

「たしか、ギザの台地全体の説明もあったのでしたね?」

「そうだ。ギザのピラミッドは、実に正確に配置されているということだ。それは、オリオン座の三つ星とまったく同じ配列だ。星の明るさに三つのピラミッドの大きさもぴたりと対応している。しかも、ナイル河が銀河の位置と重なり、スフィンクスは獅子座に当たるのだそうだ」

ミッチェルはうなずいた。

「それは、ロバート・ボーヴァルが発見した事実ですね」

「何だって？」

「ロバート・ボーヴァル。アレキサンドリアで生まれ育った、ベルギー国籍の天文学者です。彼は、ギザの建造物全体を調べ、その配列が、きわめて正確に空の星座の配置を再現していることを突き止めました。しかも、その配列は、紀元前一万四五〇年の星座の配置に完全に一致していることを発見したのです」

「歳差運動か？」

「そうです。星座は、歳差運動によって少しずつその位置を変えます」

「私も船乗りだからな。それくらいのことは知っている。しかし、ギザのピラミッドが建造されたのは、紀元前二〇〇〇年とか三〇〇〇年とかだろう」

「正統派の学者は、紀元前二五二〇年と考えています」

「ならば、その何とかいう学者は、何か勘違いをしていることになる。紀元前一万四五〇年の星座など意味がない」

「ところが、ギザのピラミッドやスフィンクスが、紀元前一万年より前に作られたと主張する学者たちがいるのです。フランスの数学者、シュワレ・ド・リュビク、エジプト研究家のジョン・アンソニー・ウエスト、ボストン大学の地質学者、ロバート・ショックらは、スフィンクスの浸食の跡に注目しました。それは大量の水によってしかできない跡だったのです」

「砂漠の中にあるスフィンクスが、水で浸食されたというのか？」

「それが、彼らの根拠です。さまざまな検証の結果、あの土地は紀元前一万年頃までは、雨の降る実り豊かな土地だったことがわかってきました。そして、紀元前一万五〇〇〇年から紀元前九〇〇〇年にかけて、恐ろしい洪水に何度も見舞われたことがわかってきたのです。さらに、中近東の古代語の権威である、ゼカリア・シッチンも、古文書の解読をもとに、すでに紀元前一万一〇〇〇年には、ギザの大ピラミッドが存在していたと主張しています」

「なるほど、それは、歳差運動を考慮に入れた、先ほどの説とも一致するというわけだ」

「これらの説は、最近のベストセラーによって、紹介されて、広く世に知られることになりました。グラハム・ハンコックの『神々の指紋』という本です。ハンコックは、紀元前一万一〇〇〇年という時代に注目しました。この年代は、世界中の神話に刻まれた大洪水の時代なのです」

「大洪水？　ノアの洪水か？」

「それも、数ある神話の中の一つです。大洪水の伝説は、中近東、エジプト、中南米、アジアなどありとあらゆる土地の古代の神話に痕跡を残しているのです」

「それが、その紀元前一万一〇〇〇年という時代を示しているのかね？　その時代に何があったんだ？」

「氷河期が終わりを迎えます。それも、急激に。ハンコックの書物によると、氷河の溶解は、今から一万七千年前に始まり、一万三千年前と、九千年前にそれぞれピークを迎えたのです」

「ギザのピラミッドやスフィンクスは、それ以前に建造されたものだというのかね？」

「そう考える根拠がたくさんあるのです。そして、火星です」

「火星？」

「火星にもピラミッドがあるのです」

「何だって……？」

ジョーンズ少将は思わず声を上げ、目の周りに隈《くま》ができたドン・ミッチェル少佐の顔を見つめた。

「それは、何か象徴的な意味で言っているのかね？」

ミッチェルは、かぶりを振った。

「違います、提督。建造物のピラミッドです」

ジョーンズ少将は、ふと不安になった。

ドン・ミッチェルも、シド・オーエンとともに、私をペテンにかけようとしているのではあるまいな……。シド・オーエンの正体を突き止める振りをして、巧妙にこの私を何かの罠にかけようとしているのでは……。

ミッチェルが、シド・オーエンと同じ側にはいないという保証はない。

腹心の部下で、ジョーンズ少将はミッチェルを信頼しており、気に入っていた。だからこそ、個人的に調査を命じたのだ。彼自身のアクセス・コードも与えた。これは、本来なら厳罰に処せられる行為だ。

それほどミッチェルを信用していたのだ。しかし、国家規模の機密となると、そのミッチェルすら信用できない。

いや、国家規模の機密など本来ないのかもしれない。ジョーンズ少将に手の届かぬ秘密だと思わせて、これ以上の追及を断念させる目論見《もくろみ》だということも考えられる。

ジョーンズ少将が何も言わずにいるので、ミッチェルは説明を続けた。

「一九七六年に、バイキング1号によって撮影された火星の地形の中に、巨大な顔があるというので、話題になったのを覚えてませんか?」

「そんなことがあったな。新聞で見た気がする。しかし、あれは、単に光と影の悪戯《いたずら》だとNASAが正式にコメントしたはずだ」

「しかし、そうではないと信じている人々がいるのです」

ジョーンズ少将はいっそう警戒しはじめた。ミッチェルを疑うのは嫌だったが、まんまとペテンにかけられるのは、もっと嫌だった。

「そりゃ、UFOを信じたり、心霊現象を信じる連中はいくらでもいる」

「火星の顔が、人工的な建造物だと考えているのは、狂信的な素人ではありません。かつて、NASAの研究センターで働いていたコンピュータ技師や、画像処理の専門家などが、それを主張しているのです」

「科学者が？」

「そうです。メリーランド州のゴダード宇宙飛行センターと契約していた、ロッキード社のコンピュータ技師、ビンセント・ディピートロとその同僚のグレゴリー・モレナール。そして、科学ジャーナリストのリチャード・ホーグランド、コンピュータ画像処理の専門家のマーク・カーロットといった面々です。ディピートロとモレナールの勤めていたゴダード宇宙飛行センターというのは、NASAの研究センターです。彼らは、一九七九年に、公表されたのとは別の、もう一枚の火星の顔の写真を、NASAデータ・センターの中から発見したのです。さらに、その写真には、五角形の建造物らしいものが映っていました。これは、今では、二人の頭文字を取って、D&Mピラミッドと呼ばれています」

「五角形？　それは、火星のペンタゴンか何かかね？」

ジョーンズ少将は、またしても皮肉な口調で冗談を言った。

決して、だまされまいという意志の表れだった。

「もちろん、NASAは、このD&Mピラミッドも、自然の風化現象の結果であり、偶然そういう形になったと発表しています」

「ならば、そうなのだろう」

「ところが、D&Mピラミッドが自然にできたものでないことを検証したのは、ほかでもない軍の関係者だったのです。国防地図作成局のシステム・アナリストを務めていたエロール・トーランは、五角形のピラミッドが自然界で作られるプロセスを検証しましたが、水、風、火山活動、重力による崩壊、いずれの浸食作用でもそういう現象が起こり得ないことを確認したのです」

疑いながらも、ジョーンズ少将は、話に引き込まれずにはいられなかった。

「ピラミッドに顔……。しかし、火星は死の星だ。マリナーやバイキング、それに続く多くの火星探査衛星がそのことを告げている。火星に生命は存在しない。そうだろう」

「現在はそうです。しかし、多くの科学者は、そうでなかった可能性もあると考えています。その一つの証拠は、火星に残ったおびただしい水の浸食の跡です」

「水……?」

「たしかに、火星には大量の水によってできたとしか考えられない浸食の跡があるのです。それを認めたのは、ほかでもないNASA本部の宇宙生物学計画オフィスのチームなのです。チームには、NASAエームズ研究センターのデビッド・デ・マレー博士、国立地質調査所のマイケル・カー博士、NASA本部のマイケル・メイヤー博士、そして、有名なカール・セーガン博士などが、名を連ねていました。もしかしたら、大昔には、火星は今よりずっと住みやすい環境だったのかもしれません」

「だからといって、ピラミッドを建設するような文明が火星にあったとは思えない」

「私もそう思います。しかし、火星には何かがあるのです。NASAは、火星に関する情報を、意図的に隠していると信じている人々もいます」

「何のために？」

「それは、わかりません。しかし、そうしたNASA陰謀説は、長い間、消えることなく語られているのです。そして、シド・オーエンはそのNASAの火星プロジェクトの一つに名を連ねていました。私には、これが無関係とは思えません」

ジョーンズ少将は、あくまでも真摯《しんし》な態度のミッチェルを見つめながら、しばらく無言で、今までの話を検証していた。

たしかに信じがたい点はいくつかある。だが、明らかにシド・オーエンのペテンとは質が違うという印象があった。

ミッチェルを疑う理由などないのだ。慎重になるのはいいが、疑心暗鬼はいけない。

「一つ、確かめたいのだが、君がいま私に教えてくれた事柄は、誰でも知ることができるのだな？　決して怪しげな秘密というわけではなく……」

「もちろんです。すべて、出版されていたり、雑誌に発表された事実で、さきほど申しましたグラハム・ハンコックの新しい本にも多くのことが紹介されています」

「ならば、ＮＡＳＡがいくら秘密にしようとしても意味がないな。すでに世界の人々は、そうした学説なり見解なりを知っているということになる」

「ところが、正統派の学者はそれを認めていません。ハンコックの著書は、ちょっと珍しい学説や異端の学説を集めて、センセーショナルな仮説を立ててみせ、しかも何の結論も出していないというのが、正統派の評価ですから……」

「世間の人々は、面白い読み物としてしか考えていないということか？」

「それが、一般的な評価だと思います」

「しかし、異端や珍説の中に真実が隠れていることがある……。本当の秘密を持っている者は、そうしたセンセーショナルな書物を隠れ蓑《みの》に利用することを考えるかもしれない」

「私が、シド・オーエンに感じたのは、まさにその点です」

「どういう意味だ？」

「提督がライト・パターソン基地でご覧になったフィルムです。そのフィルムの内容をうかがうと、明らかに二種類の内容が含まれています。一つは、明らかな嘘。つまり、

ＵＦＯや宇宙人の映像です。そして、いくつかの真実。それは、ピラミッドに関する情報です。こうして、嘘と真実を織り交ぜて示すことによって、何が本当で何が嘘なのかわからなくさせるのです。巧妙なカムフラージュです」

ジョーンズ少将はうなずいた。

「ギザのピラミッドと、火星のピラミッド。ＮＡＳＡは何かを知っていて隠しているのかもしれない」

「ＮＡＳＡは、九〇年代に入って五機の火星探査衛星を打ち上げました。しかし、九三年のマーズ・オブザーバー、九九年九月のマーズ・クライメート・オービター、十二月のマーズ・ポーラー・ランダーと失敗が続いています。特に、オブザーバーとランダーはいずれの場合も、探査衛星が火星に近づいて本格的なミッションが始まる直前に、連絡を絶ったというものです。これにも何かあるという気がしてきますね」

「つまり、ＮＡＳＡは何かの情報をすでにそれらの衛星から得ていて、それを秘匿するために事故に見せかけたというわけか？」

「そう考える者もいます」

「それはかわいそうというものだ」

ジョーンズ少将は言った。「ＮＡＳＡというのは、純粋な科学者と技術者の集団だ。彼らは熱意にあふれており、毎年削減されようとする予算の中で奮闘しているのだ」

「それはよくわかっております。しかし、NASAは、合衆国政府と軍に対して最優先に情報を提供する義務を負っています。その部分で秘密主義がはびこる余地が充分にあります。しかも、NASAというのは、活動を複数の研究センターに振り分けます。それぞれのセンターは、競争心もあるでしょうし、そこにも秘密が介在するらしいのです」

「わかった。いずれにしろ、シド・オーエンの件は、NASAと火星のことを抜きには考えられんということだな」

「はい」

「火星のことを調べてくれ。実をいうと、個人的にも興味が湧いてきた。本当に火星にピラミッドがあるのかどうか。合理的で説得力のある説明が聞きたい」

「シド・オーエンとボブ・ショーターの現在の足取りがまだつかめていませんが……」

「それくらいは、私がやる。なに、電話で済むことだ」

「わかりました」

ジョーンズ少将は、ふと気になって尋ねた。

「ハッキングをやってくれる君の協力者だが、信用できるのだろうな？」

「はい。もちろんです」

「実をいうとな、私はさきほど、一瞬君のことさえも疑った。君がシド・オーエンたちに抱き込まれていないとは限らんからな」

ミッチェルは力なくほほえんだ。

「だいじょうぶです。もっとも、私をお疑いだというのなら、いたしかたありませんが」

「心配するな。疑ったのは、ほんの一時のことだ。しかし、私はそのハッカーにまだ会っていない」

「もう会われていますよ」

「いつのことだ？」

「今も会っています。私自身がハッキングをやっているのです」

ジョーンズ少将は、自分の勘の鈍さを呪った。彼は一声唸ると言った。

「今日は、午後五時に何としても帰宅するんだ。そして、調査のことは忘れろ。一日でいいからぐっすりと眠るんだ。仕事はそれからだ。わかったな」

ミッチェルはこたえた。

「アイ・サー」

ミッチェル少佐が部屋を出ていくときに、ジョーンズ少将は、高周波研究施設とやらの電話番号を調べてつなぐように言った。

しばらくして電話が鳴り、出るとミッチェル少佐の声が聞こえてきた。

「申し訳ありません、提督。該当する研究施設の電話番号が見つかりません。その施設に関する連絡は、空軍の情報センターが受け付けているということなのですが」

「飛行機乗りどもめが……」

ジョーンズ少将は、憎々しげにつぶやいた。「その情報センターとやらにつないでくれ」

「承知しました。そのままお待ちください」

ややあって回線がつながり、東部訛の男の気取った声が聞こえてきた。

「こちらは、米国空軍情報センターです」

「高周波研究施設とやらについて聞きたいことがある」

「失礼ですが……？」

「国防総省のアレックス・ジョーンズ海軍少将だ」

「ご用件は？」

「研究施設の者に直接話す」

「しばらく、お待ちください」

ジョーンズは、相手が電話をたらい回しにして煙に巻くつもりだと思った。

「待て、君の氏名と階級を聞いておこう」

「は……？」

「君の名前と階級だ。こちらが名乗っているのだから、名乗るのが礼儀だろう。それとも、空軍ではそういう礼儀を教えないのかね？」

「失礼しました。ジム・ウォルター空軍少尉です」

「わかった、ウォルター少尉。いつだったか、ある基地に電話をしたときのことだ。最初に出た若い将校が、あちらこちらに電話を回し、結局目的の相手と話ができなかったことがある。その若い将校は、アラスカの基地でつらい任務につくことになった。いいかね？　君がそのような目にあわないことを祈っているが……」

「すぐに担当者におつなぎします。お待ちください」

ウォルター少尉は、かなり慌てた様子だった。何かの陰謀があるとしても、彼が片棒を担いでいるとは思えない。ウォルター少尉は、任務として交換業務を行っているだけだ。しかし、この先を円滑《えんかつ》に進めるには、これくらいの脅しをかけておく必要がある。

しばらくして、別の男の声が聞こえてきた。

「ジョーンズ少将。こちらは、高周波研究所の広報担当官、リック・エイムズ少佐です。電話を切ってしばらくお待ちください」

「エイムズ少佐。それはどういう意味だ」

「確認を取って、こちらからかけ直します。通常の安全措置です」

「ずいぶん、秘密めいているじゃないか」

「それがルールですので」

ジョーンズ少将は、言われたとおりにすることにした。

電話を切ると、一分後に電話が鳴った。ミッチェル少佐の声が、相手はエイムズ少佐であることを告げた。

外線につながり、エイムズ少佐の声が聞こえてきた。

「失礼しました、提督。ご用件をうかがいます」

「君のところは、誰からの電話でも、こんな回りくどいことをするのかね？」

「確認を取る必要がある場合だけです」

「いいだろう。いくつか訊きたいことがある。まず、最初の質問だ。君のところではいったい何をやっているのだね？」

「高周波の電磁波に関する、いくつかの研究を行っています」

「具体的には？」

「第一に、エネルギーの伝達について。もう一つは、電離層に高周波の電磁波を照射してその影響を研究しております」

「空軍がそんな研究をして、何の役に立つのだ？」

「航空機を安全に飛ばすためのデータを集めているのです。さらに具体的に申しますと、気象と無線などのコミュニケーションに関するデータ収集が目的です」

「アラスカに、ずいぶん大がかりな研究施設を持っているそうだな」

「ＨＡＡＲＰ《ハープ》ですね。あれは空軍の所有ではありません」

「だが、そこで実験を行っているだろう？」

「気象に関する実験です」

紋切り型の返答だ。

まあ、仕方がない。電話でぺらぺらしゃべるはずもない。ひょっとしたら、この電話も録音されているのかもしれない。ジョーンズ少将はそう思った。

「次の質問だ。こちらの調べで、ある人物がそちらの研究所に所属していることになっているのだが、今どこにいるか教えてくれるかね」

「名前をどうぞ」

「シド・オーエンとボブ・ショーターだ」

「少々お待ちください」

何度この言葉を聞かされるのだろう。ジョーンズ少将は苛立った。

「シド・オーエンという人物は、こちらの記録にはありません」

そう言われるのはわかりきっていた。問題は、ボブ・ショーターのほうだった。ショーターは、ジョーンズ少将が直接セクションＯに送り込んだ男だ。

「ボブ・ショーターはどうだ？　そこの警備責任者だったはずだが」

「ショーター中佐は、現在日本におります」

「日本？　日本のどこだ？」

「横田基地に滞在しています」

「基地に赴任しているのか？」

「詳しいことは、私ではわかりかねます」

「もともとは海軍特殊部隊にいたんだ。それが、何で空軍の基地に赴任しなければならないんだ」

「ですから、私にはそういうことは……」

「ならば、わかる人間につないでくれ。私はこのまま待っている」

相手は、わずかの間躊躇していたが、やがて言った。

「研究所の責任者につなぎます」

今度はたっぷりと三分は待たされた。じっと待つ三分というのはおそろしく長い。

「お待たせしました」

ようやく電話の向こうから声が聞こえてきた。「エドワード・モリスです」

「国防総省のアレックス・ジョーンズ海軍少将だ。そちらの身分は？」

「物理学博士。専門は電磁波で、この研究所の責任者です」

「モリス博士。そこの保安責任者のボブ・ショーターについて訊きたい。今、日本の横田基地に赴任しているようだな？　何で、海軍中佐が、空軍の基地に赴任しなければならないのだ？」

「赴任ではありません。比較的長期の出張です。一ヶ月ほど滞在する予定です。行き帰りに軍用機を使用しますので、便宜上横田基地に滞在してもらったのです」

「出張？　研究所の警備責任者がどんな用事で日本に出張したのだ？」

「実を言うとボーナス出張でして……」

「何だそれは」

「ショーター中佐は、しばらくアンカレッジのほうで仕事をしておりまして、辛い冬を過ごしたので、その見返りとして日本に立ち寄らせたというわけです。日本へ行くことは本人の希望でした」

「休暇を与えたということかね？」

「出張扱いにしておりますので、おおっぴらに休暇と言うわけにはまいりません」

「それは、明らかに納税者に対する裏切りであり、不正だ」

「はい。だから、申し上げたくなかったのですが……」

広報担当官のエイムズ少佐が言葉を濁していた理由も、それで一応は説明がつく。しかし、単に休暇で日本に行ったというのは、どうにも納得がいかない。

相手は、頭をひねって言い訳を考えたに違いない。

モリス博士が言った。

「今度はこちらから質問させていただきたいのですが」

「何だ？」

「提督は、国防総省でどんなお仕事をされているのですか？」

「情報局の特殊任務担当だ」

「高周波研究所に興味をお持ちのようですが、情報局においでならば、すぐに資料が手に入るはずです。この研究所は、国防総省に管理されているのですよ」

「一般的な情報ならいくらでも手に入る。ここにいれば、軍のあらゆる施設の情報がすぐに手に入る。しかし、高周波研究所だけは例外だ。そこにはこの私ですら触れることのできない秘密があるような気がする」

「ばかばかしいと言わねばなりませんな。失礼ですが、提督は、UFO信者たちに影響されているのではありませんか？」

「UFOが、その研究所と何か関係あるのかね？」

「高周波の電磁波に関する実験をしていると、しばしば発光現象が起こります。正体は、高周波同士の干渉によるプラズマなのですが、それをUFOだと信じている人々がいるのです」

ジョーンズ少将は、ミッチェル少佐が言っていたエリア51のことを思い出した。ペンタゴンはおそろしく大きな組織だ。おそらく、この建物の中には、エリア51についてよく知っている者が何人もいるに違いない。しかし、ジョーンズ少将は知らなかった。情報局にいながら、知らないことがある。それが腹立たしかった。

ひょっとしたら、自分は議会やマスコミに近すぎるのかもしれない。そう思うとますます腹が立った。張り子の虎に過ぎないということだ。

軍やペンタゴンは、必要なときだけ自分を利用するだけで、本当の機密事項は知らないところでやり取りされている。そんな気がしたのだ。それは、シド・オーエンのやり方そのものだ。

「私はUFOなどに興味はない。ボブ・ショーターのことを尋ねているんだ。私は三年前、ボブ・ショーターに、ある組織の特殊な任務を与えた。しかし、それは高周波研究所ではない」

「どこの組織です？」

「セクションOという名だった」

「聞いたことがありませんね。三年前と言われましたか？　ならば、もう解散したセクションなのかもしれません。部署の解散によって任務がなくなったショーター中佐は、その後、この研究所に配属されたのではないでしょうか？」

「私は何も聞かされていなかった」

「通常の人事です。些細《ささい》なことですよ。いちいち提督に知らせる必要などありません」

話の筋は通っている。

しかし、やはり事実の上に一枚ベールがかかっているような感覚がある。

「ショーター中佐はいつ戻るのだ？」

「二週間後の予定です。しかし、提督……。なぜ、そんなにショーター中佐のことを気になさるのですか？」

ジョーンズ少将は言った。

「セクション０という名を騙《かた》って、私をペテンにかけたやつがいる。私は、そういう真似を決して許さないのだ。また電話するかもしれない」

相手の返事を待たずに電話を切った。

気に入らない。

ジョーンズ少将は思った。

秘密は新たに別の秘密につながっていく。軍の秘密主義は、これまでさまざまな厄災を生み出してきた。それがまた繰り返されそうな気がしていた。

14

梶孝三は、変哲のない白いワゴン車の運転席にいた。

彼は、石神とは初任科の同期で、現在は警部補だった。警視庁の公安部外事一課にいる。昔から虫の好かないやつで、できれば会いたくないが、ロシアの情報を聞き出すのに、これほど都合のいい相手はいない。

石神が助手席の窓をノックすると、梶はちらりと横目で見て、小さく頭を傾けてみせた。中に入れという仕草だ。にこりともしない。

石神がドアを開けて助手席に座ると、梶は正面を見たまま言った。

「忙しいんだ。用があるなら手短に頼む」

梶というのはこういうやつだ。

石神も旧交を温める気などなかったが、挨拶くらいはするつもりだった。だが、その必要はなさそうだった。

「スラブ系。身長一九〇センチ、筋肉質。砂色の髪に薄い茶の眼」

梶はあらためて、石神のほうを見た。だが、関心のかけらもなさそうな態度だった。

「それがどうした?」

「そういう男が、東京をうろついている。心当たりはないか?」

「ばかか、おまえは。そんなやつはごまんといる」

「おそらくプロだ」

「何のプロだ?」

「おまえたちが扱う類のプロということだ」

「それで、俺にどうしろというんだ?」

「その男の正体が知りたい。できれば、居場所も」

「何で俺がそんなことを教えなきゃならんのだ? 同期のよしみ、なんて言わないでくれよ」

「心当たりがあるんだな?」

「何だと?」

「俺は、目黒区のマンションで起きた、フリーライターの殺人事件に関連した、ある人物を追っている。すると、そのスラブ系が現れて、俺を痛めつけ、その事件から手を引けと言った」

「俺には関係ない」

「その言葉が怪しいと言ってるんだ。いいか? 外国人が、殺人事件に関わっている可能性があるんだ。外事一課のおまえに関係ないはずはない。もう、その男の動きは公安の網にひっかかっているんだろう？　だから、しらばっくれようとするんだ」

「殺人事件は刑事部の仕事だ」

「その殺人事件には、バチカンのスパイも絡んでいる。さらに被害者は、アメリカと頻繁に連絡を取っていたらしい。そんな事件に公安の外事課がノータッチのはずはない」

能面のようだった梶の顔にようやく表情が浮かんだ。彼は、しかめ面をしたのだ。

「そのロシア人の正体を知ってどうしようというんだ？」

石神は、かすかに笑った。

「何だ？」

「俺はロシア人だとは一言も言っていない」

梶の顔がさらに苦々しげに歪んだ。

石神は、畳みかけるように言った。

「俺が特徴を言ったとき、おまえが知っているロシア人の特徴と一致した。しかも、その男が、殺人事件に関連していることを、おまえは知っていた。だから、隠そうとしたんだ」

「だから、そいつの正体を知ってどうしようというのだ？」

「この傷の借りを返すのさ。そして、どうして俺を襲ったのか理由を聞き出す」

「しゃべりゃしないさ」

「やってみなけりゃわからん」

梶の表情がわずかに変わり、抜け目ない印象が強まった。

「おまえが接触する日時、場所を俺に教えるんだ。それを条件に、教えてやる」

おそらく、梶は、そのロシア人と接触する方法を苦慮していたに違いない。できれば、検挙して取り調べたいと考えていたのかもしれない。

石神が、リターンマッチに持ち込めば、暴行傷害などの名目で検挙できる。公安の連中は面が割れるのを極端に恐れるので、自分自身で喧嘩をふっかけるわけにはいかないのだ。

「いいだろう」

石神は言った。「いつ会いに行くか、教えるよ」

「名前はセルゲイ。それしかわからない。本名ではなく、おそらくコードネームだ」

梶は事務的に説明した。「元ＫＧＢの少佐だ」

「今はどんな身分なんだ？」

「ミハイロフ研究所という民間の研究施設の警備担当だということだが、このミハイロフ研究所というのは、ＦＳＢ《フェー・エス・ベー》所属だと我々は考えている」

「フェー・エス・ベー？　何だそれは」

「ＫＧＢの後継組織だ。正体はＫＧＢそのままだ」

「つまり、セルゲイという男もそのFSBの所属ということか？」

梶はうなずいた。

「それで、どこに滞在している？」

「セルゲイ・オロノフという名で、広尾にあるロシア大使館所有のマンションの一室に滞在しているはずだ」

「そのマンションの名は？」

梶は、皮肉な笑いを浮かべた。

「探偵だろう？　それくらい自分で調べたらどうだ？」

「俺にセルゲイと接触してほしいんだろう？　無駄な手間は省《はぶ》きたいんだよ」

梶はふんと鼻で笑った。

「広尾第一コートだ」

石神はうなずき、会ったときと同様に挨拶を省略して、車から出た。

石神は、ペドロ・デ・ザリ神父の教会に向かった。元麻布二丁目にあるカトリック教会だ。

瀟洒《しょうしゃ》なビルが多いこのあたりで、教会の建物は古めかしくこぢんまりとして見えた。

木造の白い尖塔の両脇に糸杉が植えられている。礼拝堂の向こう側は、神父の居住区になっており、さらにその向こうに幼稚園が併設されている。

門から礼拝堂に続く小道の両側の、糸杉のある庭は、広くはないが、芝生もよく手入れされていた。

このあたりは、さまざまな国の大使館や、その従業員の住居が集中しており、外国人の割合が多い。カトリック教徒も多いのだろう。教会は、ここでは、おそらくよその地域よりも重要な役割を果たしているのではないかと石神は思った。

居住区のほうを訪ねた石神は、教会の職員らしい中年男性に、神父は礼拝堂にいると教えられた。

礼拝堂のドアを開けると、神父が祈りを捧げている姿が見えた。

壁は、赤みがかった天然の板が張られている。膝を置く台のついたベンチが並んでおり、その材質も、壁と同様に見えた。

祭壇にはろうそくの火が灯り、祈る神父の姿はおごそかに見えた。石神は、声をかけるのをためらった。そのまま出入り口付近に立ち尽くしていた。

やがて、神父は十字を切ると立ち上がり、不意に振り返った。その眼に親しみは感じられない。

石神は言った。

「先日の男の正体がわかりました」

デ・ザリ神父は、眉をひそめた。

「ほう。何者です？」

「セルゲイと呼ばれています。おそらく、ＦＳＢの人間だろうということです。ＦＳＢはご存じですね？」

デ・ザリ神父は、その質問にはこたえなかった。

「それを知らせるためにわざわざいらしたのですか？」

「先日の失礼な態度を謝ろうと思って来ました。暴力を振るわれた直後で、私はどうかしていたようです」

デ・ザリ神父は、うなずいた。

「気になさらないでください。あんな目にあわれた後です。誰も信じられなくなって当然です」

言葉とは裏腹に、その眼はまだ冷淡な気がした。

「削除された、東堂由紀夫のホームページですが……。何が書いてあるかわかりましたよ」

「ほう……」

「多くの数字が羅列されていました」

「数字？」

デ・ザリ神父は、記憶をまさぐるように眉間にしわを寄せて考えていた。「そのようなものは見た記憶がありません。やはり、私が見ないうちに削除されたのでしょうね」

神父は興味をそそられたようだった。よそよそしさが薄らいだ。

「円周率、$\sqrt{2}$、$\sqrt{3}$、$\sqrt{5}$、その他、さまざまな数字が並んでいました」

「それに何か意味があるのでしょうか?」

「東堂由紀夫は、その数字で神々の正体を解き明かしたと言っていました」

「数字で……?」

その時、祭壇のほうで物音がした。

祭壇の脇のドアから、一人の男が姿を現した。背の高い、鍛え上げられた体格の白人だった。

その男は、デ・ザリ神父にうなずきかけた。デ・ザリ神父もうなずき返した。

その男は一目見たら忘れないような特徴があった。ブロンドだが、金というより銀に近い。ガラス玉のような青い無表情な眼をしていた。

顎ががっしりとしており、唇は真一文字に結ばれている。意志が強そうな印象があった。

その男は、祭壇の前の通路を通ると、デ・ザリ神父と石神の前にやってきた。

男とデ・ザリ神父は握手を交わした。それから、男は、石神に目礼をして教会を出ていった。

その姿勢のよさと、しっかりとした歩き方から、軍人ではないかと、石神は思った。

「今の方は?」

石神は思わずデ・ザリ神父に尋ねていた。

「今の方? ああ、ボブ・ショーター中佐のことですか? アメリカ海軍の方だそうです」

「カトリック信者ですか?」

「ええ。アメリカ人には珍しく、熱心なカトリック教徒です。告解をしてほしいと言われまして……」

「告解というと、罪を懺悔《ざんげ》して許しを乞《こ》うという……」

「そうです」

カトリック信者が、教会に来て神父に懺悔を行うというのは、不自然ではない。しかも、この元麻布や広尾といった地域は、外国人が多い。アメリカ人が教会を訪ねて来ても何の不思議もない。

にもかかわらず、石神は気になった。

ボブ・ショーターという男が持つ雰囲気のせいかもしれない。不気味な印象があった。あのガラス玉のような青い眼に表情が浮かぶことなどないような気すらした。

「あのドアの向こうには何があるのです？」

石神はボブ・ショーターが現れた、祭壇の脇のドアを指さして、つとめてさりげなく尋ねた。

「ああ、聖具室になっています。その脇に鐘楼に上がる階段があり、居住区へ行く廊下につながっています」

石神はうなずいた。

これ以上追及して、またデ・ザリ神父の機嫌を損ねたくはなかった。形の上だけでも、友好関係を保っていたほうがいい。

おそらく、デ・ザリ神父から聞き出せる事実がまだたくさんあるに違いない。

石神は、ボブ・ショーターという名前を記憶に刻んで、話題を戻した。

「東堂由紀夫のホームページに載っていた数字というのを、見ていただけますか？」

「ぜひ見せてください」

デ・ザリ神父は好奇心に目を輝かせた。

石神は、コピーを取り出し、デ・ザリ神父に差し出した。

デ・ザリ神父は、老眼鏡を取り出してかけると、眼を細めて紙を見つめた。しばらく、睨み付けていたが、やがて、何かを発見したようにやや興奮した面持ちで言った。

「たしかに、円周率や、$\sqrt{2}$、$\sqrt{3}$、$\sqrt{5}$といった数字はすぐにわかりますね。それと、最後の数字には見覚えがあります」

「ほう、それは何です？」

「おそらく、ニネヴェ常数《じょうすう》と呼ばれるものです」

「ニネヴェ常数？　それは何です？」

「古代アッシリア帝国の首都ニネヴェから、大量の粘土板が発見されました。いわゆる、シュメールの粘土板です。そこに刻まれていた楔形《くさびがた》文字の中に、含まれていた数字です。それゆえに、ニネヴェ常数と呼ばれています」

「このとんでもなく大きな数字が、古代の粘土板に刻まれていたというのですか？」

デ・ザリ神父はもう一度、コピーを見つめた。

「まず、私の記憶が正しいかどうか確かめなければなりません。居住区のほうにいらしてください。私は着替えてから、書物を調べてみることにします」

「その数字は神と関係あるのですか？」

「何か宗教的な意味合いがあって記録されたのかもしれません。しかし、その数字に進んだ科学の痕跡を発見した科学者がいたのです」

「進んだ科学の痕跡？」

「そう。この数字もオーパーツの一つということになっています。さ、居住区のほうに行きましょう」

神父は、聖具室のドアに向かった。

15

聖堂にも聖具室にも、独特のいい香りが満ちている。気持ちを鎮《しず》めるのに役立ちそうな香りで、おそらく香か何かだろうと石神は思った。聖具室の棚の向こう側にある、木製の階段が、鐘楼に昇るためのものだろう。

その階段の前から廊下が続いており、その先に木製のドアがある。合板にペンキを塗った、安っぽいドアだが、頑丈そうだった。その向こう側が、神父の居住区になっているようだ。

ペドロ・デ・ザリ神父に案内されて、居住区にやってきた石神は、そこにも、聖堂と同様の香りが漂っているのに気づいた。聖堂からの廊下は、玄関ホールにつながっていた。

部屋の中は整頓されている。リビングルームのテーブルに載っているのは、たぶんバチカン関係の雑誌だろう。その雑誌もきちんとそろえて重ねられていた。旧式のカラーテレビが窓の脇に置かれている。

その脇には小さな棚があり、たくさんの写真が飾ってあった。若い頃のデ・ザリ神父と思われる若者や、その家族らしい人々の集合写真があった。

ソファは古いが、しっかりした造りのものだ。石神はそこに座るように言われた。

デ・ザリ神父は、リビングルームに三つあるドアの一つを開けてその向こうに消えていった。

石神は、デ・ザリ神父以外に人の気配がないかどうか、探っていた。デ・ザリ神父がいる部屋以外の場所から何か物音がしないか、耳を澄ませる。

突然、玄関のほうのドアが開いて、石神は驚いた。石神にデ・ザリ神父の居場所を教えてくれた教会職員らしい初老の男が立っていた。

「おや、こちらにおいででしたか……」

彼は石神を見るとそう言った。

「神父さんに案内されまして」

その時、神父が書物を持って戻ってきた。

「ユウキさん。すみませんが、お客さんと私にカフェをお願いします」

ユウキと呼ばれた初老の職員は、台所とおぼしき、第三のドアの向こうに消えた。おそらく、結城という苗字で、神父の身の回りの世話をしているのだろうと、石神は思った。

「この本に出ています。もう一度、さっきの紙を見せてください」

石神は、数字が並んでいる紙を神父に手渡した。

「やはり、間違いはありませんでした」

デ・ザリ神父は言った。

それは、英文で書かれた本で、ペーパーバックの類だった。あまり、権威ある書物とは思えない。

石神はテーブルに置かれた紙を引き寄せ、最後に記されているその数字に人差し指をあてがって桁《けた》を数えていった。

「百九十五兆九千五百五十二億。このとんでもない数字は、何を意味しているのですか?」

「これは、太陽系のすべての惑星や衛星の周期を含む数字なのです」

「どういうことです?」

「この本によると、モーリス・シャトランという宇宙工学の技師が発見したということになっています。シャトランは、こう言っています。『太陽系に属する惑星、衛星、主要な長期周期を持つ彗星で、その公転・会合周期の小数点四桁までの数値が、ニネヴェ常数の正確な分数にならぬものは、一つとしてない』と……」

石神は、そのわかりにくい説明を、頭の中で何度か繰り返さなければならなかった。

「つまり、何と言いましたっけ……、公倍数ですか?」

「公倍数？　それは、コモン・マルティプルのことですか？」

「ええと、いくつかの数字すべての倍数になっている数字のことです」

デ・ザリ神父はうなずいた。

「そうです」

神父は、英語で書かれた本をめくり、表を見ながら言った。「この数字を試しに一日の秒数で割ってみます。つまり、六十掛ける六十掛ける二十四の八万六千四百で割るのです。すると、二十二億六千八百万ちょうどになります」

咄嗟にそんなことが計算できるはずがない。そうなんだろうなと思いながら、石神は説明を聞いていた。

「この数字を、二十二億六千八百万日と考えたとき、モーリス・シャトランは、次の閃きを得ました。彼は、できるだけ正確な惑星の公転周期で、この数字を割ってみました。周期には太陽日、つまり私たちが普段使っている二十四時間を一日とする時間を単位としました。例えば、水星の公転周期は、太陽日で数えて、約八十七・九六八五八五日になります。この数字で、二十二億六千八百万を割ってみたのです。すると、二千五百七十八万千九百三十一・一三。同様に、金星周期の約二百二十四・七〇〇六八九日で割ってみると、千九万三千四百二十六・九九。地球の周期、三百六十五・二五六三二八日で割ってみると、六百二十万九千三百三十八・〇〇七……」

「ちょっと待ってください。私は数字には強くない。それがどういうことなのか、さっぱりわからないのですがね……」

「小数点以下のプラス・マイナスが、ほとんどゼロに近いのです。公転周期の日数は、近似値を使っています。つまり、この小数点以下は無視することができる。モーリス・シャトランが言うとおり、ニネヴェ常数が、惑星の公転周期の整数倍になっていると考えていいでしょう。ちなみに、モーリス・シャトランという人物は、NASAの技師でした。彼は、無視していい数字とそうでない数字をちゃんと区別できる人間です。科学的に言って、この計算に出てくる小数点以下は無視してかまわない。いや、無視するべき数字なのです」

「シュメールの粘土板と言いましたね。それは、どのくらい昔のものなんですか？」

「シュメールは紀元前五〇〇〇年頃に生まれた世界最古の文明です。粘土板がさかんに作られたのは、紀元前三二〇〇年頃だというのが、一般的な学説だと、この本には書いてあります」

「そんな昔の人が、太陽系すべての惑星の周期を知っていたというのですか？」

「惑星だけではありません。このニネヴェ常数は衛星や、いくつかの彗星の周期をも含んでいるのです。そして、この書物によると、さらに重要なのは、このニネヴェ常数が、地球の歳差運動の倍数にもなっているということです」

「歳差運動？　何です、それは」

「地球の地軸が、二十三・五度傾いているのは知っていますね？」

石神は、小学校か中学校の理科の時間を思い出さねばならなかった。

「そんなことを習ったことがあるような気がします。たしか、そのために、地球のほとんどの地域には四季があるのでしたね」

「そうです。それも神の思し召しかもしれません。そして、その地軸の傾きは実は一定ではないのです。コマの軸がゆっくりと回転するように、地軸も回転しているのです。この動きは、約二万六千年でひと回りするといわれています。この本によると、正確には、二万五千七百七十六年だそうですが、それは日数に直すと、三百六十五を掛けて、九百四十万八千二百四十となります。さきほどの二十二億六千八百万をこの数で割ると、二百四十一・〇六五。小数点以下の誤差は〇・〇六五、つまり、ほとんど二百四十一という整数と考えていいということになります」

石神は、神父の差し出す本の表を見つめながら説明を聞いていた。しかし、ほとんど頭に入らなかった。

これは数字のマジックではないのだろうか？　しかし、石神にはそれを見破る術はない。この説を唱えているのは、ＮＡＳＡの研究員だった人物だという。数字に関して、科学者に太刀打ちできるはずもない。

おそらく、この本が出版されたときに、何人もの読者が検証を試みたはずだ。ならば、問題ないのだろうと思うことにした。

結城がコーヒーを持ってきたので、一時話は中断した。結城が台所に去ると、石神は香り高いコーヒーを一口すすって言った。

「その歳差運動が重要だというのは、なぜですか？」

「シュメール人たちは、驚くほど正確で詳しい天文学の知識を持っていたと言われています。それは、古代エジプトでも同様です。彼らは、星座が長い時を経ると位置を変えることに気づいたのです。これは、もちろん、東の地平から西の地平に向かう毎日の動きとは違いますし、季節による変化とも違います。あきらかに、それよりゆっくりとした変化がある。それが、歳差運動による変化なのです」

「その変化が重要なのですか？」

「歳差運動の周期は、さきほども申しましたように、約二万六千年です。そんなゆっくりした動きに気づくというのは、きわめて進んだ測定能力を持ち、なおかつ長年の記録が蓄積されていなければならないでしょう」

「なるほどね……。このニネヴェ常数とやらを残した人々は、その両方を持っていたということになる。そういうわけですね」

石神は、また悪い癖が出そうだと、自分にブレーキをかけていた。つい、人の話を信用して、話に引き込まれてしまう。

デ・ザリ神父は、うなずいた。好奇心のおかげで、すっかり一昨日のわだかまりが払拭《ふっしょく》されたように見える。

「歳差運動は、黄道に並んでいる十二の星座の観察によって発見されたのだろうといわれています」

「オウドウ？」

「太陽が通る道筋です。そこに並ぶ、牡羊座《おひつじ》、牡牛座《おうし》、蟹座《かに》などの十二の星座です」

「星占いの星座ですね」

「そうです」

「それが、歳差運動とどういう関係があるんです？」

「この本によるとですね……」

デ・ザリ神父の日本語による説明はきわめてわかりやすかった。毎日、ミサで日本語による説教をしているおかげだろうと、石神は想像した。

あるいは、スパイとしての能力か……。

神父の説明では、シュメールやエジプトの人々は、太陽が昇るときに、その背景に何の星座があるかということが重要だと考えたのだそうだ。それは一年を通じても変わる。

だが、歳差運動に関係しているのは、春分の日なのだそうだ。古代の人々は、夏至、冬至、春分・秋分という太陽の昇る位置の変化を熟知していた。そして、春分や秋分の日の出の位置を基準と考えたのだ。

そして、春分の日に太陽が昇るとき、その背景にある星座も、少しずつずれていく。それが歳差運動による動きなのだ。

星座は、黄道に沿って三百六十度を十二に分割する形で配置されている。つまり、隣の星座との開きは、三十度ということになる。

古代シュメールやエジプトの人々は、星座が黄道に沿って一度移動するのに、だいたい七十二年かかることを知っていたらしいというのだ。

三十度移動するのには、二千百六十年かかる。つまり、春分の日の夜明け、太陽の背景にある星座が一つ移動するのに、二千百六十年かかるということだ。

「……正統的な歴史においては、この歳差運動は、ヒッパルコスというリキュアの学者が、紀元前二世紀に発見したということになっていますが、それより何千年も昔の古代人がすでに知っていたことになるのです」

石神は、デ・ザリ神父の話を聞きながら、ぼんやりと、東堂由紀夫が書いたという数字の羅列を眺めていた。説明の内容にはそれほど関心はなかったし、最後に書かれているのが、ニネヴェ常数とやらであるとしても、それは、何とかいうＮＡＳＡに勤めていた科学者が発見したもので、東堂が発見したわけではない。超古代史だの、宇宙考古学だのといったものに興味がある人にとっては、馴染みの数字なのかもしれない。

その時石神は、はっと紙を手に取った。

「神父さん……」

「どうかしましたか?」

「ここに書かれている数字……」

デ・ザリ神父は怪訝そうな様子で、あらためて紙を覗き込んだ。

3.1415
1.41421356
1.7320508
2.2360679
1.61803398
2.7182
19.5
72
36
108

4320

25920

1959552000000000

「歳差運動とかで、星座の位置がずれていくんでしょう。星座が黄道に沿って一度動くのに、七十二年かかるんですよね」

そう言いながら、石神は、72という数字を指さした。

「そして、36という数字は、円を表す三百六十度の十分の一であり、72の二分の一でもあります」

デ・ザリ神父は、真剣に数字を見つめている。

「そして、108というのは、その36と72を足した数です」

神父はうなずいた。

「最初のほうに並んでいる数は、幾何学的な数字です。円周率に、√2、√3、√5……。

そういえば、この1.61803398という数字にも見覚えがあります」

神父は立ち上がり、隣の部屋から別の書物を持ってきた。それはずいぶん古い革表紙の本で、さきほどの本より権威がありそうな印象があった。

「やっぱりそうだった。その数字は、黄金比ですよ」

「あのデザインなんかに使われる……？」

「そうです。縦横の比が、1対1.6180になったときに、人々はもっとも美しく感じるといわれています。そういえば、エジプトのギザの大ピラミッドには、すでに黄金比が使われていたという話を、三島さんから聞いたことがありました」

「三島良則から？」

「そう。ピラミッドには、円周率や黄金比といった幾何学的な数字がいたるところに隠されていると三島さんは言っていました」

石神は、さらに気づいた。

「電卓はありますか？」

「デンタク……？　ああ、カリキュレーターのことか……」

神父は、棚から小さな電卓を取り出した。それを受け取ると、石神は計算を始めた。

「ええと、星座が黄道に沿って一度動くのに、七十二年かかるとして、星座一つ分、つまり三十度移動するには……」

2160という数字が出た。その数字は、東堂の数字の中には見当たらない。だが、その数字を倍にしてみたときに、石神は、感動すら覚えた。

電卓はたしかに、「4320」を表示していた。この数字は、東堂が書き記している。

石神は、知的興奮を覚えて、さらに電卓のキーを叩いた。

「星座が一度動くのに、七十二年。じゃあ、一巡りするには、それに、三百六十度を掛けて……」

すると、「25920」が現れた。

「これ、歳差運動の一周期じゃないですか？」

神父は電卓と紙を交互に見た。

「なるほど、現代で知られている正確な歳差運動の周期、二万五千七百七十六年とは少しばかり誤差があるが、きわめて近い値と言わねばならないな。間違いない。これは、歳差運動の一周期の年数です。むしろ、象徴的な数字としては、このほうが有効かもしれません」

「どういうことです？」

「つまり、72という数字を基本として、いつでも割り出せる数字だからです。長い年月にわたって伝えていくには、正確な数字よりもこちらのほうが役に立ったに違いありません。今思い出しましたが、古代エジプトで『大年《たいねん》』と呼ばれる年数がたしか、この数字のはずです」

石神は、紙を指さして言った。

「この数字の羅列。前半は、幾何学的な数字です。そして、どうやら、後半は、歳差運動、つまり天文学に関する数字ということになりますね」

デ・ザリ神父はうなずいた。

「間違いありません」

「東堂由紀夫は、この数字で神を読み解いたと言っています。どういうことだと思いますか？」

それまで、謎解きの興奮に目を輝かせていたデ・ザリ神父は、とたんに慎重な態度になった。

「私にはわかりませんね。たしかに、数字の大半は判明しました。しかし、まだわからない数字があります。19.5と2.7182……。この数字は謎です」

「幾何学的な何かの数字に違いないでしょう。これらの数字から、神父さんは神という存在を垣間《かいま》見ることはできますか？」

デ・ザリ神父は、苦笑しながらかぶりを振った。

「東堂さんの言う神と、私の神は違います」

「どう違うのです？」

「おそらく、東堂さんが言っているのは、古代の神話の神々でしょう。私の神は、天におられる唯一の神です」

「誰かが、この数字の書かれたホームページを削除した……。何のためでしょうね？ここに書かれている数字は、誰でも知ることのできるものでしかない」

デ・ザリ神父は、肩をすくめて見せた。

「幾何学的な数字と、天文学に関する数字。それを並べたところで、神の真実に到達できるとは、とても思えませんね」

「おそらく、削除された東堂由紀夫のホームページに書かれていたのは、この数字だけじゃないのでしょうね。この一連の数字に対する解説というか、説明がついていたはずです。それが誰かの気に障った……」

「この数字が神に関係あるのだとしたら、私にではなく、仏教の僧侶に聞いたほうがいいかもしれませんね」

「なぜです?」

「仏教にはいろいろな数字が出てくるじゃないですか。ここにある108というのも、仏教に関係のある数字でしょう」

「たしかに煩悩の数といわれていますね……」

「我々の信じる神は、数字などで読み解けるものではありません」

デ・ザリ神父の態度は再び、非友好的になってきたようだ。警戒心のせいかもしれない。石神は、紙を折り畳んで、ポケットにしまった。

「ここに来て正解でした。いろいろと参考になりましたよ」

「どうぞ、いつでもおいでください」

「ついでに、もう一つあつかましいお願いをしてもいいですか？」

「何でしょう？」

「教会の中を見学させてもらえませんか？」

「もちろん、かまいませんが……」

デ・ザリ神父は、言葉とは裏腹に、疑わしげな表情になった。

「手始めに、神父さんのお住まいのほうから……」

「私の部屋を見学してどうするつもりです？」

「興味があるんですよ。聖職者の方がどんな生活をなさっているのか……」

デ・ザリ神父は、ますます油断のない顔つきになった。

「あなたが、私たちの生活に興味をお持ちとは思えませんね。まさか、修道士になろうというのではないでしょう？」

「さあね。それも悪くないかもしれない。知ってますか。私はすぐに人の言うことを信じてしまう。そういう人間は俗世界ではなかなか生きづらいものです」

「何が目的なんです？」

石神は、コーヒーを飲もうとして、すでにカップが空《から》なのを思い出した。喉の渇きを意識していた。

「ここに誰かが隠れているのではないかと考えているのですよ」

「誰が隠れているというのです？」

「東堂由紀夫です」

デ・ザリ神父は、口を真一文字に閉じて、じっと石神を見つめた。石神は、じっとその反応をうかがっていた。

やがて、デ・ザリ神父は笑い出した。

「あなたは、実にいろいろなことを想像なさる方だ」

「問題は、ときどき、事実のほうがその想像を上回ることでしてね……」

「どうして、東堂さんがここにいるなどと考えたのです？」

「東堂由紀夫は怯えていました。三島良則が殺されて、自分のホームページに何者かが侵入した。そして、その一部を削除していったのです。そこで、あなたのことを思い出した。あなたなら、三島さんのこともよくご存じだ。教会というのは、逃げ込むには絶好だと考えても不思議はないような気がするんですがね。あなたは、聖職者だから、怯えて困り果てている東堂由紀夫がやってきたら、匿《かくま》ってあげるでしょう？」

デ・ザリ神父は、また肩をすくめた。

「聖職者でなくても、友人が困っていればそうするでしょうね」

「あなたは、自らすすんで警察に行かれた。じっとしていれば、やがて警察がこの教会にやってくると思ったから。そう考えれば、実に辻褄が合います。あなたは、刑事たちに教会に来てほしくなかったんじゃないですか？」

神父は、余裕の笑みを浮かべている。今度は機嫌を損ねた様子もなかった。

「どうぞ、お疑いなら、心ゆくまで調べてください。ご案内しましょう」

デ・ザリ神父は、立ち上がった。本を取りに行ったドアのほうに向かう。

「さあ、こちらへ……。こっちは、私の書斎です。その向こうがベッドルームになっています」

石神は立ち上がり、神父の後に続いた。小さな書斎だ。机がこちら向きに置いてあり、壁という壁が本棚で占領されている。そこに、ぎっしりとさまざまな本が並んでいた。日本語の本もある。その中には、三上良の著書もあった。三上良というのは、三島良則のペンネームだ。

この部屋には人が隠れられるようなスペースはない。

さらにその向こうのベッドルームは小さかった。ほとんどベッドだけでほかには何も置けそうにない。クローゼットがあり、神父はその扉を開けて見せた。

次に台所に向かった。台所では、結城が夕食の用意を始めていた。

「冷蔵庫の中も調べますか？」

神父が言った。

「できれば……」

石神がうなずくと、神父はあきれた様子で冷蔵庫のドアを開けて見せた。

「こっちが、バスルームです」

古いタイル張りの浴室だった。最後にトイレまで覗いた。

「さあ、聖堂のほうへ行きましょうか？」

先ほど通った廊下を進んで、鐘楼への階段のところに来た。

「この上は？」

石神が尋ねると、神父は右の肩だけをひょいと持ち上げて言った。

「どうぞ。最近、掃除していないので、埃《ほこり》がたまっていますが……」

階段を昇ると、ほどなく小部屋に出た。板張りの天井裏《てんじょううら》のような部屋だ。そこは、物置代わりに使われているようで、クリスマスに使う飾り付けなどが入った段ボールの箱が並んでいた。

神父が言ったとおり、埃がたまっており、おかげで、最近人が出入りした様子がないことがわかった。

さらに階段を昇ると、鐘楼に出た。吹き抜けになっており、見上げると二つの鐘が見えた。

階段を降りて、聖具室の棚の前に来ると、神父は一つ一つその扉を開けていった。ミサに使うさまざまな色の祭服や、ハンドベル、金杯や銀の燭台などが並んでいた。

そこには、告解のための小部屋もあったが、中には人はいなかった。

そして、聖堂に出た。そこには人が隠れるような場所はない。

「どうです？　満足ですか？」

「付属の幼稚園があるのですね？」

神父はすっかりあきれた様子だった。

「私は、こう見えてもそれほど暇ではないのですがね……」

「神父さんが、許可をくれれば、私が一人で回りますよ」

デ・ザリ神父は、小さくかぶりを振りながら言った。

「こっちへ来てください」

聖堂を出て裏手へ回った。幼稚園はそれほど大きな建物ではなかった。デ・ザリ神父は、幼稚園の職員に、事情を説明して、石神に好きにさせるように言った。

石神は、その言葉どおり好きに調べ回った。結局、誰も隠れてはいないということがわかった。秘密の部屋があるのなら別だが、この教会の構造からして、そのようなものがあるとは思えない。

「地下室はありますか？」

石神は、幼稚園の職員に尋ねた。中年の女性だ。

「地下室？」

女性職員は、眉をひそめた。「幼稚園にも教会にも、そんなものはありませんよ」

石神は、教会に戻り、デ・ザリ神父に礼を言った。

「人を疑うのが仕事とは……」

別れ際、デ・ザリ神父は溜め息とともにそう言った。「私には理解できない。私は、人を信じるように教え諭《さと》すのが仕事なので……」

「私も同感ですよ」

石神は、教会を後にした。

16

事務所に戻ったのは、午後六時過ぎで、すっかり日が暮れていた。ドアの前に立つと部屋の中から話し声が聞こえてきた。明智が誰かと話をしている。

相手が誰かは、開けなくてもわかった。

ドアを開けると、明智より先に、高園江梨子が「お帰りなさい」と言った。

「ちゃんと挨拶ができるようになったのは感心だが……」

石神は、自分の席に向かいながら言った。「ここで何をしているんだ?」

「情報交換よ」

「危険だと言っただろう。家でおとなしくしていてくれ」

「近くのテレビ局で仕事があったんだよ。朝早くから、夕方まで拘束されてさあ。出番はほんのちょっと」

「気晴らしにここに寄ったってわけか？」

「だから、情報交換だってば」

「俺のこの痣が見えないのか？　殺されたって責任は持てんぞ」

「物取りや怨恨による犯行じゃないんでしょう？」

「どこでそういう言葉を覚えてくるんだ」

「計画的な犯人なら、同じところで何度も人を襲うと思う？」

江梨子の言うとおりかもしれない。しかし、相手が常にこちらの予想どおり動くとは限らないのだ。

石神は苦い表情で、明智に言った。

「言われたことは、ちゃんとやったんだろうな？」

相変わらず、緊張感のない声で、明智がこたえる。

「三島良則の著書のことですね。読んじゃいましたよ。なかなか面白かったですよ」

「面白いかどうかなんて、どうでもいい。どんなことが書かれてあった？」

「まず、手に入れた三冊は、発行順に『謎のＵＦＯ調査機関を追う』『ＵＦＯ、その隠された陰謀』『ピラミッドとＵＦＯ』。『謎のＵＦＯ調査機関を追う』という本は、そのタイトルどおりです。主にアメリカ軍の正式なＵＦＯ研究機関のことについて述べています」

「アメリカ軍にそんなものがあるのか？」

「有名な話ですよ。正式に調査が始まったのは、一九四八年からのようです」

明智の話によると、一九四七年に起きた、アーノルド事件とロズウェル事件というのが、そのきっかけになったということだ。

アーノルド事件というのは、ケネス・アーノルドという人物が、自家用機でワシントン州カスケード山上空を飛行中に、九機のＵＦＯを目撃したというものだそうだ。その頃はまだＵＦＯという言葉は一般的ではなく、〝フライング・ソーサー〟と呼ばれていたという。

ロズウェル事件というのは、同じ年に、ニューメキシコ州のロズウェルにＵＦＯが墜落したという事件だ。

それをきっかけに、米空軍内に調査機関が発足。『プロジェクト・サイン』、『プロジェクト・グラッジ』を経て、『プロジェクト・ブルーブック』という研究機関が活動していた。

しかし、一九六九年の『プロジェクト・ブルーブック』の閉鎖をもって、これらの正式な研究活動は終了したということになっているらしい。

「これらの研究機関は、すべて、UFOの実在や、UFOが地球外の知的生命体の乗り物であるという説を否定するレポートを作成しています。つまり、アメリカ政府は、UFOを否定するためにこれらの機関を作ったというのが、三島良則氏の本の趣旨ですね」

「そんなテレビドラマがあったっけな……」

石神がそう言うと、江梨子が会話に割り込んできた。

「『Xファイル』でしょう？　あたし、あれ、好きだったんだ」

「つまり、テレビドラマのレベルだというわけだな」

「まあね」

明智は言った。「三島さんは、『ブルーブック』閉鎖後も、米軍は密かにUFOの研究を続けており、それらの情報は、情報公開法に違反して極秘に管理されているというのです。まあ、一番言いたい点はそのあたりらしいですね」

「俺はいつも疑問に思うんだけどな。どうして、UFOマニアはみんな、米軍やらアメリカ政府がUFOの情報を秘密にしていると信じ込んでいるんだ？　そんなもん秘密に管理していたって、何の役にも立たんだろう」

明智は、あきれた顔で言った。

「軍事的な優位を保つためじゃないですか」

「軍事的な優位だって？」

「もし、ＵＦＯが宇宙人の乗り物だとしたらですよ、彼らは我々よりずっと進んだ科学力を持っていることになります。地球人は、月までしか行ったことがないのです。それも辛うじて行って帰ってきたに過ぎない。よその星から来て地球の空を自由に飛び回っているとしたら、我々との科学力の差は月とスッポンどころの騒ぎじゃありませんよ。そして、科学力の差というのは、そのまま軍事力の差でもあるのです」

「アメリカはその進んだ科学力を独占したがっているというのか？」

「多くのＵＦＯマニアは、そう考えているようですね」

「だったら、アメリカはもうＵＦＯを飛ばしていてもおかしくないじゃないか」

「そのことについては、次の書物で触れています。『ＵＦＯ、その隠された陰謀』という本です。アメリカ軍の施設で、エリア51というのがあって、そこでは政府高官が、エイリアンと情報の交換を行っていたり、ＵＦＯを秘密裡に組み立てたりしているというのです。この本では、前の本より、突っ込んで、さまざまな細かな事例を挙げて、いかにアメリカがマスコミや研究機関などを通じて、隠蔽工作を行っているかを述べています」

石神は興味を覚えなかった。

ＵＦＯに関しては、はなから興味などなかったが、彼の著書の内容が、もしかしたら彼の死に関係しているのではないかと期待していたのだ。

しかし、その程度のことを書いて人に命を狙われるとも思えない。もしそうなら、さっき江梨子が言った『Ｘファイル』の脚本家やスタッフは皆命を狙われても不思議はない。

明智の説明が続いた。

「ところが、最後の著書になった『ピラミッドとＵＦＯ』という本になると、論調ががらりと変わっているのです」

「論調が変わっている？」

「そうです。『謎のＵＦＯ調査機関を追う』と『ＵＦＯ、その隠された陰謀』では、ＵＦＯは実在して、それは間違いなくエイリアンの乗り物だという前提で書かれているのです。ところが、最後の『ピラミッドとＵＦＯ』では、ＵＦＯに関してかなり否定的なんです」

「ほう……」

「どういうわけか、ＵＦＯを自然の発光現象に結びつけようと考えているようです。そして、やたらとプラズマの話を書いたりしているんです」

「プラズマ……？」

「物質には、四つの状態があるんだそうです。固体、液体、気体、そしてプラズマ。プラズマというのは、物質の電子と原子がばらばらになって、激しく電子が出入りする状態だそうです」

「何のことだかわからんが、それがどうしてUFOなんだ？」

「プラズマというのは、自然界にいろいろな形で存在して、それが、UFOとして報告されている多くの事例と一致するらしいですよ。それを強く主張している学者が日本にもいるらしいです。アンチUFOで有名で、テレビのバラエティー番組なんかにも時々出ている物理学者だそうです」

「三島良則も、UFOの呪縛から解かれたということか？」

「どうでしょうね。UFOがエイリアンの乗り物だと、根拠もなく主張するのに疲れたのかもしれませんよ。それより、科学的な裏付けのあるプラズマ説のほうが説得力があるかもしれません」

「でも、それじゃ商売上がったりだろう。三島良則ってのは、UFOネタで食っていたようなもんなんだろう？」

「その代わりに、三島さんはピラミッド・ネタを見つけたんです。『ピラミッドとUFO』という本では、ピラミッドが、きわめて進んだ文明によって作られたことが明らかで、それは超古代に異星人によって作られた可能性が否定できないと主張しています」

「どこかで聞いたような話だな。東堂由紀夫のホームページにも同じようなことが書かれていたし、デ・ザリ神父が言っていた、何とかいう学者もそう言っていたのだろう？」

「ゼカリア・シッチンですね。三島さんも、何度かシッチンの説を引用しています」

シッチンは、ギザの三つのピラミッドが、大洪水以降の、異星から来た神々に対するランドマークだったと主張している。明智は、そう説明した。

つまり、宇宙から衛星軌道を経て、地球に進入する宇宙船に対しての目印になっていたというのだ。

「三島さんの、ピラミッドについての説で注目に値するのは、ピラミッドがおそらく古代においては、夜も昼も光っていたのではないかということです」

「ピラミッドが光っていた？」

「そうです」

三島の本によると、ギザの大ピラミッドは、かつて、ぴかぴかに磨かれた石灰石の化粧板で表面を覆われていて、日の光を反射して光っていたらしい。

また、三島は、エジプトのピラミッドだけではなく、メキシコやペルーにあるピラミッドにも触れているということだ。

特に、メキシコのテオティワカンという遺跡にある三つのピラミッドは、古代には大きな人工の池で囲まれていたという。上空から見ると、これも日の光を反射して光って見えただろうというのだ。

それだけなら、納得がいかないこともない。しかし、三島は、ピラミッドは夜も光っていたと主張しているらしいのだ。

それについて、三島は、ピラミッド型の山でしばしば起きる怪光現象に触れている。日本でも長野県の皆神山《みなかみやま》、秋田県の黒又山《くろまたやま》、広島県の葦嶽山《あしたけやま》など、ピラミッド型をした山が光に包まれる怪現象がしばしば目撃されているらしい。

山の地下に大量の地下水が流れることで帯電現象が起き、それが特徴的な山の形によって、コロナ放電という現象を起こして光るのだと説明されている。溜まった電気エネルギーが尖った山頂から放出されるのだ。

それと同じことが、ギザのピラミッドや、テオティワカンのピラミッドでも起こっていただろうと、三島は主張しているらしい。

ギザのピラミッドの地下には、おそらくナイル川に通じる地下水路があり、その地下水の流れによって流体帯電現象が起きていた。そして、ピラミッドの形は、蓄積された電気エネルギーにコロナ放電を起こさせるというのだ。

それは、ゼカリア・シッチンのピラミッド＝ランドマーク説を補佐する仮説であると、三島は述べているという。

「現在目撃されているUFOのほとんどは、プラズマ現象だと三島さんは、断定的に言っていますね」

明智が説明した。「それまで、UFOは実在するとさんざん言っておきながらです。他の著書は読んでいませんが、おそらく他の本でもUFO実在説だったと思います。最後の著書だけが、UFOに否定的なんです」

ようやく興味が持てそうな話題になってきた、と石神は思った。

「ほかに何かめぼしい点はあるか?」

「中南米のマヤ文明やインカ文明とエジプトの文明が、ものすごく似ているということを指摘していますね。どちらも、天文学が異常に発達していたのです。そして、そうした知識は、外から来た神によってもたらされたという言い伝えがあるのだそうです。正統派の学者は、農業のために天文学が発達したと説明しているらしいですが、三島さんはこれを否定していますね。作物を植えたり、収穫の時期を知るためには、もっとおおざっぱな暦で充分のはずなんです。マヤやインカやエジプト文明の知識は、異常としか言いようがないほど、厳密で広範囲だったのです」

「じゃあ、何のためだと言っているんだ?」

「地球に衝突する天体を、予測するためじゃないかと言っています」

「地球に衝突する天体?」

「そうです。ゼカリア・シッチンは、紀元前一万一〇〇〇年に、大洪水があって、それまで栄えていた超古代文明が一度滅んだと言っています。また、多くの地質学者などによって、スフィンクスやピラミッドに残されている水による浸食の跡が確認されていて、これは、シッチンの説を裏付けているらしいのです。そして、この紀元前一万一〇〇〇年の大洪水は、突然、氷河期が終わることで起きたのですが、その氷河期を終わらせたのは実は、彗星か大隕石の衝突が原因だったのではないかという説があるのです」

「隕石や彗星の衝突が、氷河期と何か関係があるのか？」

「三島さんは、その点についても詳しく説明していますね」

つまり、紀元前一万一〇〇〇年に地球に衝突した彗星か大隕石は、とてつもないエネルギーを地球にぶちまけた。その結果、大陸を両極のほうに押しやり、それまで温暖だった地域が一気に氷に閉ざされた。北極圏やシベリアの凍土から、温帯や亜熱帯の動植物が氷付けのままで発掘されたりしているという。これは、きわめて短時間に氷に閉じこめられたことを物語っており、彗星や隕石の衝突といった、突然のダイナミックな変化でしか説明がつかないのだという。

そして、衝突した天体は、おびただしい粉塵を成層圏にまで巻き上げ、太陽光線を遮る。核の冬と呼ばれているのと同じ現象だ。地球はさらに冷えていき、氷河に覆われることになる。

一方、天体の衝突による衝撃は、マグマを刺激して地球全体に火山活動を促す。激しい火山活動が起こり、地球全体が炎とマグマに覆われる。今度は地表の温度が急速に上がりはじめる。

そして、火山活動は大量の二酸化炭素などの温室ガスを吐き出し、さらに地球の気温が急上昇することになる。

地球全体を覆っていた氷河が一斉《いっせい》に融けだしたのだ。これが、大洪水をもたらした原因だ。

紀元前一万年前後に、多くの動物が絶滅していることがすでにわかっている。氷河、火山活動、そして、それにともなう大洪水。そうした天変地異が原因だったのだ。

それよりはるか以前、恐竜の突然の絶滅が起こっているが、それもほぼ同様の出来事だったのだろうと、三島は述べている。

「紀元前一万一〇〇〇年の、恐ろしい天変地異の記録。それとともに、その天変地異をもたらした天体への警戒を怠るなという教訓。世界各地に、洪水伝説が残っており、進んだ古代の天文学が残されている理由は、そこにあると、三島さんは述べていますね」

「古代の進んだ天文学は、天変地異を予測するためのものだったというのか？」

「三島さんによれば、世界各地にある占星術というのは、もともとは天変地異を予測するためのもので、恋愛の相性などを占うものじゃなかったそうです。そして、最終章は、そうした古代の知恵が現代にはどう生きているかという話になっているのです。第一には、宗教の役割。そして、第二には巨大国家アメリカの役割……」

三島によると、宗教、特にキリスト教には、古代エジプトに伝えられたのと同様の、幾何学や天文学の知識が伝えられているはずだという。

彗星の衝突を予測するための書物が、おそらくバチカンの秘密として眠っているはずだというのだ。封印されているファティマの預言もそれに属するものだと、三島は述べているらしい。

ファティマの預言というのは、一九一七年に、ポルトガルの寒村ファティマに出現した聖母マリアによって三人の少年少女に告げられた、三つの預言のことだという。そのうちの二つはすでに公開されているが、三つ目は、ローマ法王庁によって封印されたままだ。

また、三島は、すでにアメリカ合衆国は、彗星などの天体の衝突を予測して、その準備にかかっているのではないかと述べている。

膨大な無駄遣いといわれたＳＤＩ構想も、実は、国土防衛のためではなく、飛来する天体のためのもので、現在でもその実験の成果はひそかに受け継がれ、研究が続けられているという。

その研究のキーワードは、プラズマであり、アメリカの軍や政府は、プラズマ現象に関する事柄を、巧みにＵＦＯ情報に置き換えていると、三島は書いているらしい。

「プラズマって、どんなもんなんだ？」

「だから、物質の第四の状態で……」

「それはさっき聞いた。どうしてそれが、彗星だか隕石だかから地球を守るための研究に役立つんだ？」

「プラズマっていうのは、ものすごい破壊力を発揮することがあるんだそうです。一番身近な例でいうと、雷の稲光がプラズマ現象だそうです」

「なんだかぴんとこねえな……」

「プラズマを自由に扱うことができれば、ものすごい兵器になると思いますよ」

「核があるじゃないか」

「核は放射能が問題になると同時に、ものすごくコストがかかるんです。でも、プラズマ兵器って、核物質も使わないし、比較的低コストでできるらしいです」

「雷みたいなものを、どうやって自由に扱うってんだ？」

「三島さんも、そのあたりは詳しく触れていませんが、なんでも高周波を使うらしいですね」

「高周波？」

「マイクロウェーブです。これも身近に利用されていますよ。電子レンジがそうです」

「すると、何か？　電子レンジで、彗星を撃ち落とそうってわけか？」

「実際は、もっとずっと複雑な技術が必要なんでしょうけどね。ごく簡単に言うと、そういうことなんじゃないですか？」

三島は、アメリカ国内の誰かと、頻繁にメールのやり取りをやっていたようだと、中西が言っていた。アメリカからそういう情報を得ていた可能性はある。

しかし、それが、どうして死に結びつくのか……。あるいは、著書の内容と彼の死の間には、何の関係もないのか……。

「こっちも、ちょっとばかり収穫があった」

石神は、ジャケットの内ポケットから数字が書かれている紙を取り出し、開いた。

「デ・ザリ神父がいろいろと教えてくれたよ」

石神は、デ・ザリ神父と話し合ったことを二人に説明した。明智は、緊張感のない顔で聞いている。江梨子は、いつになく真剣な顔つきで話に聞き入っていた。

「大収穫じゃないですか」

説明を聞き終わると、明智が言った。

「そうか？」

「古代エジプトも、マヤ文明も、インカ文明も、高度な幾何学と天文学の知識を持っていたんですよ。シュメールもそうだったに違いありません。そして、エジプトの知識はギリシャ文明に受け継がれ、シュメールの知識は、おそらくユダヤ教やキリスト教に受け継がれたんです」

「そういう知識を与えたのが神だったということか？」

「そういう神話はいたるところに残っています。東堂君は、神話の話をしていたのかもしれません」

「そうじゃないよ」

江梨子が言った。

石神と明智は同時に江梨子を見た。江梨子は、言ってしまった自分に戸惑うように、一瞬目を伏せた。

「そうじゃないと思うよ。東堂君が言っていたのは、そんなありふれたことじゃないよ」

石神は尋ねた。

「何か、本人から聞いているのか？」

江梨子はかぶりを振った。

「そんなわけないじゃん。どうやって本人に聞くのよ。彼、行方不明なんだよ」

「いなくなる前に、何かしゃべっていたのか、と訊いているんだ」

「聞いてないよ、そんなこと。でも、そんなありふれたことだったら、ページが削除されたりするわけないでしょう」

「まあね」

明智が言った。「そりゃそうだな」

「東堂君は、神話のことなんかじゃなくって、きっともっとすごいこと、考えていたんだよ」

なぜか、明智が少しばかり傷ついたような顔をした。

こいつも、人並みに傷ついたりするんだなと、石神は妙な感慨を覚えていた。

それにしても、と石神は思った。

いくら、UFOだピラミッドだという話をしてみても、いっこうに真相に近づけないような気がする。

それとも、俺たちは、いいところまで近づいているのだろうか？ 森の中を迷っているようなもので、すぐ近くに道があるのに、気づいていないだけなのかもしれない。

とにかく、次は、俺なりのやり方を試してみるまでだ。石神は、そう考えていた。

17

ドン・ミッチェル少佐から、朝の報告を聞くのが、いつしかアレックス・ジョーンズ少将の楽しみの一つとなっていた。今朝は、火星についての詳しい報告を聞かせてもらうことになっていた。

前の報告から二日たっている。前回の報告の日、早く帰って、ゆっくり休めと命令した。ミッチェルは、その命令に素直に従ったようだった。翌日は、すっかり元気そうな様子で職場に現れた。

若さがうらやましいと思うのは、こういうときだけだった。

ジョーンズ少将は、一時間、電話も面会もなしと命じて、ドアに鍵を掛け、ソファに腰掛けてミッチェルの報告を聞く用意を整えた。ソファの前のテーブルには、ミッチェルが持ってきたコーヒーが香ばしい湯気を立てている。

「昨夜、私は、火星人の夢を見た」

ジョーンズ少将は、ミッチェルに言った。

「タコのように足がたくさんあるやつでしたか?」

「いや、そいつは、ライト・パターソン基地でシド・オーエンに見せられたフィルムに出てきた頭と目のでかい小柄なやつだった。そいつは、私に何かを伝えたがっていた」

ミッチェルはほほえんだ。

「私に、夢の中の火星人の代理がつとまるといいのですが……」

「私は、ずっと、火星というのは、死の星で、生命など存在し得ないと思ってきた。N

ＡＳＡは、常にそういうコメントを発表してきたし、世界中の科学者のコメントも同様だ」

「現在はそうです。火星には、生命は存在し得ないでしょう。しかし、過去もそうだったとは言い切れないのです」

ミッチェルは、数葉の写真が混じったファイルをジョーンズ少将に手渡した。

「これは、誰でも閲覧できる資料を集めたものです。今後、資料は必要ないとのことでしたが、今日の報告は、これを見ていただいたほうがわかりやすいと思いまして」

ジョーンズ少将はファイルを受け取った。

「そういう資料ならば、問題ない」

「まず、火星にピラミッドがあるという説からです」

「その話は、先日聞いたような気がするが……」

「五角形の『Ｄ＆Ｍピラミッド』についてはお話ししました」

「まだ、ほかにあるのか？」

「最初にピラミッドらしい映像が発見されたのは、一九七四年のことでした……」

ミッチェルは説明を始めた。

それは、マリナー９号によって撮影された写真だった。火星の北緯四十度ほどにあるエリュシウムと呼ばれる地区に、三角形のピラミッドのような構造物が四基見られたのだ。その事実は、一九七四年に専門誌『イカロス』に発表された。それについて、コーネル大学の天文学者、カール・セーガンは、「おそらく、古い浸食の結果だろうが、注意深い観察は必要だ」とコメントした。

さらに、一九七六年には、バイキング1号によって、シドニア地区のピラミッドが撮影された。シドニア地区は、エリュシウム地区とほぼ同じ緯度で、火星をほぼ半周したあたりにある。

数々の謎を投げかけているのは、このシドニア地区だ。

ここには、『顔』と呼ばれる建造物があり、D&Mピラミッドがある。さらに、二つの鋭い角がある『要塞』や、『シティ』と呼ばれる構造物がある。

『シティ』について、アメリカの研究者の一人、リチャード・ホーグランドは次のように述べている。

「驚くほど正確な直線で囲まれたエリアの中に、巨大な構造物群が配置されている。その中には、いくつかの小さなピラミッドや、それよりも小さい円錐形の建造物などが散乱している」

その他にも、巨大な塚のような『トーラス』と呼ばれる構造物や、四つの塚が、一つの小さな塚を囲んでいるように見える『市内広場《シティスクエア》』と呼ばれる構造物も発見された。

また、最近、『顔』から四十キロメートル北に、巨大な四角錐のピラミッドを、英国の研究グループが確認した。これは、『NKピラミッド』と呼ばれている。

このグループが、これら火星の構造物の輪郭線を高性能コンピュータにかけたところ、多くの構造物が、非フラクタルであることが判明したという。

「非フラクタルというのは、どういうことだ？」

ジョーンズ少将は、質問した。

「フラクタルというのは数学的な用語で、自己相似図形のことです。つまり、一部を拡大すると、同じ図形が現れるような図形のことで、自然界に多く見られるものだそうです。海岸線とか雲の形の輪郭とか、自然に存在する形の多くがフラクタルなのです。非フラクタルであるというのは、人工的であることを物語っています」

ジョーンズ少将は、頭の中の整理がなかなかつかなかった。火星に人工の建造物らしいものがあるという話は前回聞いていた。それは、主に『顔』に関しての情報で、もしかしたら、かなり眉唾なのではないかと考えていたのだ。

「私は、一つか二つの不確かな構造物を、マニアが取り沙汰しているだけなのかと思っていたが、そんなにたくさんの、しかもかなり信憑性のあるものが見つかっているとは……」

「もちろん、NASAや政府はそれを否定しています。すべて、自然の浸食作用によるもので、それが、光と影のいたずらでそう見えるだけだと……。しかし、むしろ、否定的な論拠のほうが曖昧なのです。多くの、画像処理の専門家や地質学者が、さまざまなデータを駆使して、これらは人工の建造物でしかあり得ないと主張しているのに対して、NASAは、ただ嘲笑を返すだけといった対応です」

「NASA陰謀説があるという話だったな?」

「一九九三年に、マーズ・オブザーバーが火星に接近し、ミッションに入ろうとする直前に、交信を絶ちました。陰謀論者は、この事故が、シドニアを巡る論争と関係があると考えております。つまり、それまで十年にわたってNASAは、『顔』を否定してきたのです。しかし、オブザーバーは、何かその否定論を覆すような映像を送ってきたのではないかというのが、陰謀説論者の言い分です」

「火星に文明の痕跡があったというのは、これまでの常識を覆す大発見だ。もし、NASAが秘密にしているというのなら、それはなぜなのだろうな?」

「おそらく、それが、滅亡のシナリオであり、地球が、現在でも同じシナリオに沿って運行しているからではないかと思います」

ジョーンズ少将は、眉をひそめた。

「どういうことだ?」

「火星は、現在水も大気もない死の星です。しかし、明らかに大規模な水による浸食の痕跡が広範囲で認められており、かつては、今よりずっと生物にとって住みやすい環境だったと言われています。それが、現在のようになった原因があるのです……」

ミッチェルの説明によると、その原因というのは、おそらく彗星や大隕石といった小天体の衝突だったに違いないという。

それは、次のような事柄によって裏付けられる。

火星には、北半球と南半球を区切るように、境界断層が走っている。南半球には、クレーターの跡がたくさんあり、地形が急峻だ。一方、境界断層の北側は、比較的地形がなだらかで、平均標高が南半球に比べて約三キロも低い。また、火星の表面にはマリネリス峡谷という裂け目がある。この峡谷の深さは、七キロメートル、全長は四千キロメートルに及ぶ。そして、南半球には、太陽系で最大の三つのクレーターがある。

そして、そのクレーターから見て火星の裏側には、逆にエリュシウム隆起《バルジ》、タルシス隆起と呼ばれる、大きな隆起がある。

南半球に小天体が衝突したことにより、大きなクレーターができた。その衝撃は、マリネリス峡谷のような深い亀裂を作り、さらに、火星の裏側の表面を吹き飛ばしてしまったのだ。

境界断層は北半球の表面がはぎ取られたためにできた。そして、天体衝突の衝撃で、内部のマグマを刺激して、反対側に大きな隆起を作ったというわけだ。

火星の公転軌道は、異様に細長い楕円であることが知られている。そして、自転速度が、天体力学上の計算値よりもずいぶん速い。

そして、火星には磁場が存在せず、地球の地軸に当たる火星の回転軸は、信じがたいほど激しく傾斜を繰り返す。

これらの特徴も、巨大な彗星か隕石が衝突した衝撃で説明がつく。

「……つまり、彗星か大隕石の衝突が、火星を死の星に変えたと考えられるのです」

ミッチェルは言った。

「さきほど言っていた建造物は、その衝突の前に住んでいた火星人が作ったというのか？」

ミッチェルはかぶりを振った。

「それはわかりません。水と大気があったからといって、高度な文明を持つ生物が住んでいたという証明にはなりません」

「その天体衝突はいったいいつ起きたことなんだ？」

「正統的な学者は、火星が温暖で湿潤だったのは、数十億年前のことだと考えています。しかし、中にはもっとずっと最近まで、水があったと言う学者もいます。アメリカ地質調査所のハロルド・マシュルスキーは、つい二、三百万年前まで火星には液体の水があったと主張していますし、イギリスのコリン・ピリンガーという学者は、隕石の調査から、六十万年前まで液体の水と原始生命体が存在していたと述べています」

「三百万年前に、六十万年前。いずれにしろ、とほうもなく昔の話だ」

「しかし、それが、もし紀元前一万五〇〇〇年頃のことだとしたら、どうです？」

「そんな説があるのかね？」

「地理学者のドナルド・パッテンと技師のサミュエル・ウインザーは、おそらく紀元前一万五〇〇〇年から、紀元前三〇〇〇年の間だと主張し、『地球が死にかけたとき』という本を書いたD・S・アレンとJ・B・ドレアは、ある巨大な隕石が火星や地球のそばを通り過ぎたのが、およそ一万千五百年前だと言っています。また、オクスフォード大学の天文学者、ビクター・クルーベとウィリアム・ナピエも、巨大な惑星間彗星が二万年前から太陽系内をさまよい、分裂を繰り返してその破片を惑星にまき散らしているという事実を明らかにしています」

「それが、火星にぶつかったと……？」

「火星だけではありません。覚えておいでですか？　地球も紀元前一万一〇〇〇年に大洪水でほとんどの文明が滅んだという説があることを」

「ああ。しかし……」

「その地球の大洪水も、彗星か大隕石の衝突で起きたと考えられているのです。地球と火星は近い軌道を回る惑星です。もし、クルーベとナピエが言うように、巨大な彗星が、破片をまき散らしながら地球と火星の軌道を交差するように通り過ぎたとしたら、両方が被害を受けたことでしょう」

「なるほどな……」

「エジプトのギザ台地の建造物群は、正確に紀元前一万四五〇年の星座の様子を写し取っています。それは、何かの意味があるのでしょう。そして、火星のシドニアの建造物は、エジプトのピラミッドと同じ言語によって建造されているのです」

「同じ言語?」

「そうです。発達した文明すべてに共通する言語。つまり、数学です。エジプトの大ピラミッドには、きわめて正確に、円周率や黄金比といった幾何学的な数字が隠されています。シドニアのピラミッドも同じなのです。シドニアの構造物について、お話ししましょう。お手元の資料の中にある図をご覧ください」

ミッチェルの説明は、またしてもジョーンズ少将を驚かせた。

それは、国防地図作成局のシステム・アナリストだったエロール・トーランがD&Mピラミッドを分析して得られた信じがたい結果だった。

トーランは次のように発表している。

「D&Mピラミッドの前部には三つの角があり、互いに六十度ずつ間隔が開いている。中心軸は『顔』のほうを指している。左側の角を延ばした軸は、シドニア研究家が『シティ』と呼ぶ地形の中心を指す。中心軸右側の角を延ばすと、『トーラス』と呼ばれるドーム構造の地形の頂点を指す」

さらに、トーランは、この五角形をさまざまに分割してその内角を測った。そして、角同士の比率を計算したり、三角関数の数値を出してみた。すると、その中に、√2、√3、√5という三つの平方根と円周率、そして、自然対数の底として知られる2.7182という数字が現れたのだ。この2.7182という数字は通常eと表記される。

このeという値は、生物的な数字として知られている。例えば、人口の増加や微生物の繁殖、また植物の繁殖などといった生物の成長に関する公式の多くは、このe、つまり2.7182を因数として用いているという。

トーランによれば、D&Mピラミッドに含まれる、これらの値は、数学的な結びつきで表現されているという。

もっとも多く見られるのは、eを円周率πで割った値、eを√3で割った値、そして、eを√5で割った値だ。

この値は、どんな五角形でも得られるのではないかと検証した者もいる。電子技師のキース・モーガンは、ハワード大学でコンピュータを使って調べてみた。すると、こうした値が得られるのは、唯一、D&Mピラミッドの五角形だけだった。

また、ソノマ州立大学のスタンレー・マクダニエル教授は、シドニアの小丘の配置が、

2対$\sqrt{2}$の方眼紙の升目にすべてぴたりと当てはまることを証明した。この比率は、地球上でも古代の聖なる建造物に用いられていた。

さらに、トーランは、D&Mピラミッドの中心を走る緯度の線とピラミッド北東の角との間にできる角度が、ちょうど十九・五度であることを発見した。そして、この十九・五度という数字は、北西の角と緯度の線の間にも現れる。

この数字は、球と正四面体によって出てくる。ある球を想定し、その中にすべての角が球面に接する、つまりぴたりと収まる正四面体を想定する。正四面体の一つの角を球の南極と考えると、残りの三つの角は、北緯十九・五度に位置するのだ。

「そして……」

ミッチェルは言った。「メキシコのテオティワカンの遺跡にある、太陽と月のピラミッドにも、この数字が使われています。どちらも第四層の土台の傾斜が、垂直に対して十九・五度に近い値で作られているのです」

ジョーンズ少将は唸った。

「いったい誰が火星にそんなものを作ったというのだ?」

「それはまったくの謎です。しかし、それを作った者たちは、明らかにメッセージを送っています。どんな言語を話していようと、どんなに時代が過ぎ去って、過去の言葉がわからなくなろうと、文明が発達すれば必ず使用される共通の言語、数学で」

「どんなメッセージだ?」

「それも推理するしかありませんね」

「君の考えでいいから、聞かせてくれ」

「この星の滅亡を教訓とせよ。常にこの星のようになる危険に注意せよ……。そういったところだと思います。これらシドニアの建造物の研究家の中には、火星とスフィンクスを結びつけて考える人もいるようです。古代エジプトでは、火星は『赤いホルス』とも呼ばれていました。ホルスというのは、エジプトの神で、獅子座と同一視されています。そして、スフィンクスは、古代エジプトでは、『地平線のホルス』という名で呼ばれていました」

「私には、ギザのスフィンクスや大ピラミッドを作ったのと、火星にピラミッドや『顔』を作ったのが、同じ存在だと言っているように聞こえるがな……」

ミッチェルは、肩をすぼめた。

「私の報告の中には、それを証明できる要素はありません」

「そう言いたいが、言えないというわけか?」

ミッチェルは、また無言で肩をすくめた。

ジョーンズ少将は時計を見て、きびきびと言った。

「さて、そろそろ時間だ。ミッチェル、君は、夢の中の火星人の代弁者を充分に果たしてくれたような気がする」

「恐れ入ります」

ミッチェルは立ち上がり、敬礼すると部屋を出ていった。

その直後、ミッチェルが蒼い顔で戻ってきた。

「どうした？」

「たった今、命令を受けました」

「命令？　何の命令だ？」

「異動命令です。私は、本隊に復帰しなくてはなりません」


短気なジョーンズ少将は、はらわたが煮えくりかえる思いだった。その日のうちに、海兵隊の司令部に電話をかけ、突然の異動命令の理由をただした。

しかし、返ってくるこたえは、通常の人事措置だというだけだ。ジョーンズ少将は、二人の秘密の調査活動が、誰かに知られたのだと思った。ペンタゴンの中は油断ならない。誰がどこで監視しているかわからないのだ。

ボブ・ショーターの件で、高周波研究所に電話したのがまずかったのかとも思った。しかし、それで、ミッチェルが異動になるのはおかしい。やはり、どこかでミッチェルの行動が誰かに察知されたのだ。

ミッチェルも用心深く行動していたに違いない。しかし、たとえ、誰でも閲覧できる図書館や公文書館でも、記録は残る。ミッチェルの突然の異動には、シド・オーエンの影が見え隠れしているように思えた。おそらく、その想像は当たっているだろう。

ジョーンズ少将は、午前中にもう一度ミッチェルを呼んだ。

「命令の発効はいつからになっている？」

「すでに、私が受けた時点で発効されていると思いますが……」

「命令書を受け取ったか？」

「はい。ここにあります」

「誰から受け取った？」

「海兵隊の司令部から来たエリオット中佐です」

ジョーンズ少将は、持てる影響力をフルに使ってやろうと考えた。

「よし、これから言うことをよく聞け」

「はい」

「君は、まだ命令書を受け取っていない」

「は……？」

「何かの手違いがあって、まだ、君の手元には命令書が届いていないんだ」

頭の回転の速いミッチェルには、ジョーンズ少将が何を言おうとしているのかすでにわかっているようだった。

「しかし、エリオット中佐は、たしかに手渡したと主張するでしょう」

「私がそのエリオットと直接話をしよう。とにかく、私に任せろ」

「わかりました」

「それで、命令書を受け取るまでは、おまえは私の指揮下にある」

「はい」

「今すぐ、休暇の申請をしろ。それを認可するのは私の権限だ」

「了解しました」

ミッチェルがオフィスを出ていくと、ジョーンズ少将は猛烈な勢いで、あちらこちらに電話をかけはじめた。昼食をとるのも忘れて、さまざまな人間を説得し、あるいは脅した結果、ミッチェルに対する命令書の発効を遅らせることができた。

ジョーンズ少将が電話で話した相手に、エリオット中佐も含まれていた。彼は、提督からの電話ということで、緊張しており、ミッチェルには直接命令書を渡すことができず、やむなく上司であるジョーンズ少将に渡したということにしてくれという申し出に、しぶしぶながら承諾した。

その後、ミッチェルに二週間の休暇を与えた。その間、ミッチェルに対する異動の命令書は、ジョーンズ少将預かりということになる。

これは、明らかな圧力だ。

ジョーンズ少将は、怒っていた。

このアレックス・ジョーンズ少将が、圧力に屈するような男かどうか、はっきりと思い知らせてやるぞ。

その日の午後、アラバマ州選出の上院議員から電話がかかってきた。彼は、ジョセフ・ミラーという名で、長年の友人だった。

久しぶりの電話だったにもかかわらず、ジョセフ・ミラーは、挨拶もそこそこに、ジョーンズ少将に言った。

「いったい、どういうことか説明してほしい」

「何のことだ?」

ジョーンズ少将は聞き返した。

「私は、君が公明正大な男だと信じていた」

「待て、ジョセフ。何のことを言っているんだ?」

「アレックス、私にまでとぼけてみせるというのか?」

「だから、何のことだと訊いてるんだ」

「今日、私のオフィスにFBIがやってきた。君の贈収賄事件を捜査しているそうだ。近々、君は逮捕されることになるかもしれない」

贈収賄だって？

いったい、何のことだ？

「寝耳に水というやつだな。私には身に覚えのないことだ」

「君が、議会やホワイトハウスにかなりの影響力を持っていることは、多くの人が知っている。賄賂《わいろ》は、その影響力の説明として、なかなか説得力がある」

くそっ。あの手、この手といろいろやってくれる。ジョーンズ少将は、歯がみする思いだった。

ＦＢＩだと？　シド・オーエンの影響力もばかにできない。

「ジョセフ、聞いてくれ。これは罠だ」

「罠？」

「この電話では詳しく話せないが、何者かが、この私に圧力をかけようとしている」

「それが本当だとしたら、その人物に同情するね。私だったら、君を敵に回すような真似はしない」

ミラー上院議員は、皮肉な口調で言った。

「贈収賄の与太話を信じているのか？」

「信じたわけじゃない。確認を取りたかっただけだ。しかし、ＦＢＩは本気だ」

「わかっている。だが、私を信じてくれ。ある人物が私を陥《おとしい》れようとしている。私からすべての影響力を奪おうとしているのだ」

しばらく、無言の間があった。ミラー上院議員は、考えているのだ。

「小委員会が、君の件で調査を始めようとしている。ＦＢＩが証拠を固めたら、君は言い逃れができなくなるぞ」

「くそくらえだ」

「いいか、ジョーンズ。冗談では済まないんだ」

「正義は私のほうにある。もし、私が罠に落ちて、すべての権限を失ったとしても、いや、殺されたとしても、私にはやらなければならないことがある」

「それは何なのだ？」

「実を言うと、今まであまりはっきりとわかっていなかったのだが、こうまで私に圧力をかけてくることで、ようやく事の輪郭が見えてきた。おそらく、政府と軍需産業を巻き込んだ、何らかのスキャンダルだ」

「政府と軍需産業のスキャンダル？」

「そう言って悪ければ、陰謀だ」

「とにかく、私に火の粉が降りかかるのは願い下げだ。オフィスにＦＢＩがやってくるなど、迷惑この上ない」

「恨むなら、私を罠にかけようとしているやつを恨んでくれ」

「そうしたいが、私にはそれが誰かわからんのでね……」

「オーエン」

「何だって?」

「シド・オーエンという男だ。たっぷり恨んでやるといい。じゃあな」

ジョーンズ少将は電話を切った。彼は、立ち上がると、オフィスの中を苛立たしげに歩き回った。ぐずぐずしていると、FBIがやってきて、身柄を拘束されてしまうかもしれない。

シド・オーエンのことだ。もっともらしい証拠をかき集めてFBIに握らせているに違いない。シド・オーエンというのは、どうやら陰謀のプロのようだ。

ジョーンズ少将は、ミッチェルを呼んだ。ミッチェル少佐は、すぐに現れた。

「お呼びですか?」

「ミッチェル。休暇の申請書はどうした?」

「ここにあります」

「よし。サインしよう。そして、航空機とホテルの手配を頼む。できるだけ、内密にな……」

「どちらへ行かれるのですか?」

「東京だ。君もいっしょに行くんだ」

ミッチェルの表情が引き締まった。

「東京……？」

「ボブ・ショーターは、横田に滞在しているという。何とかやつを捕まえれば、問題の核心に迫れるかもしれない。それに、私はワシントンでぐずぐずしていると拘束されてしまうかもしれない」

ジョーンズ少将は、ＦＢＩの件をミッチェルに話した。

ミッチェルはたちどころにジョーンズ少将の意図を理解したらしく、余計なことは一切言わなかった。

「すぐに二人分の航空券とホテルを予約します。街へ出て、民間の旅行代理店で手配します」

ジョーンズ少将はうなずいた。

ミッチェルが部屋を出ていくと、ジョーンズ少将は、机を蹴った。そして、うめくようにつぶやいた。

「シド・オーエン……。このアレックス・ジョーンズ少将を甘く見るなよ」

これまでの経緯から、シド・オーエンが、軍需産業であるケイソン・プロダクツに関係しているのは明らかだ。そして、ケイソンのような会社は、軍産複合体という名のもとに、政府や軍に対して隠然たる権力を行使しつづけているのだ。

政府とケイソン・プロダクツが、何らかの陰謀を企てている。そして、それに深く関わっているのが、高周波研究所だ。

本来、ジョーンズ少将は、政府の陰謀など暴くべき立場にはない。そのことは充分に自覚している。これは明らかに出過ぎた真似なのだ。

しかし、売られた喧嘩であることは間違いない。ジョーンズ少将は、喧嘩を売られて黙っているような男ではなかった。

もう若くはない。この先、何年も働くつもりはない。私に失うものなどない。とことん戦ってやる。ジョーンズ少将は、そう心に誓っていた。

その翌日、ミッチェルが、旅行代理店にチケットを取りに行くと言って出かけた。彼は、秘密裡に着々と日本行きの準備を整えている。ジョーンズ少将は、すぐにでも出発するつもりでいた。

ミッチェルは、出かけて一時間以上も戻らなかった。彼が寄り道をするというのは、あまり考えられない。

嫌な予感がした。

警察から電話があったのは、ミッチェルが出かけてから一時間半が経過してからだ。

警察は、ミッチェルの車が、爆破されたと告げた。無差別テロの犠牲になったというのだ。

ジョーンズ少将は思わず立ち上がった。

あまりの驚きと、次にやってきた怒りのために、ジョーンズ少将は、しばらくそのまま立ち尽くしていた。

18

全身の打撲傷と筋肉痛が、ある程度おさまり、なんとか、もう一ラウンドやれそうな気分になるまで、たっぷりと一週間かかった。このところ、中西からの接触もなかった。

石神は、デ・ザリ神父の教会を訪ねてから三日かけて、これまでのことを、何度も頭の中で検証していた。誰かが、嘘をついている。いや、誰もが嘘をついていると言ったほうがいいかもしれない。

セルゲイに襲撃されてから、ちょうど一週間目の日曜日。リターンマッチにはもってこいだ。どうせならば、やられたのと同じ時間にしようと思った。

約束通り、梶孝三の携帯電話にかけて、これからセルゲイのもとに出かけると告げた。梶が何か言おうとしたが、石神はすぐに電話を切った。

余計な物は一切持たない。ポケットに入っているのは、部屋の鍵と財布だけだった。

武器も持つ気になれなかった。ゆったりした丈夫な綿のズボンを選んだ。ジーパンは、格闘には向かない。

四月末の気候には合わないが、革のジャンパーを着ることにした。ナイフで斬りつけられたときに、少しは身を守ってくれるかもしれない。

洗面所の鏡を覗き込むと、目の周りの痣が治りかけて黄色くなっていた。かすかに手が震えている。

これは武者震いだと自分に言い聞かせて、鏡の中の自分に笑いかけてみた。

セルゲイの住む広尾第一コートはすぐに見つかった。聖心女子大のそばで、細い路地に面したマンションだ。あたりは静かな住宅街だった。

来てみてデ・ザリ神父の教会の近くであることに気づいた。教会は、外苑西通りの向こう側、おそらく歩いて十分ほどの距離だ。

郵便受けは三十個並んでいる。六階建てで、一階に五部屋ある。カタカナの名前が書かれているのは、二〇三号室の郵便受けだった。『ヴィクトール・オレアノフ』とある。セルゲイの偽名に違いない。

オートロックのマンションなので、インターホンで連絡を取る必要がある。石神は、迷わずインターホンのキーに2、0、3と打ち込んだ。

しばらく間があった。留守かなと思っていると、インターホンがつながり、低い無愛想な声が聞こえてきた。

「はい……」

「やあ、セルゲイ。先日の礼を言いに来たぞ」

一瞬の間があった。

「誰だ？」

「石神だ。覚えているか？」

インターホンが切れた。石神は、建物の反対側に走った。玄関は北側にあり、南側には、ベランダが並んでいる。一階は、塀で囲まれており、その中がささやかな庭になっていた。

二階の一部屋の明かりが消えた。そこがセルゲイの部屋に違いない。おそらくベランダへ出るガラス戸から様子をうかがっているのだ。

石神は待った。やがて、ガラス戸が開き、ベランダに人影が現れた。暗闇でも間違いようがない。セルゲイだ。石神は、塀の脇に身を隠した。セルゲイは、あたりを何度も見回し、やがてベランダの手すりを乗り越えた。ベランダを越えてぶら下がると、塀に足が届いた。いったん塀の上に降り、そこから歩道に飛び降りた。

石神が塀の角を飛び出すと、セルゲイは反射的に走り出した。聖心女子大の方向へ走っていく。

このあたりも、日曜の夜になると人通りが少ない。セルゲイは、外苑西通りに出るつもりかもしれない。大通りに出られると面倒だ。だが、セルゲイは、角を曲がりさらに人気のない方向に向かった。

こちらが一人であることを見て取ったようだ。石神をおびき寄せて片づけるつもりかもしれない。それを承知の上で石神は追った。

息が弾《はず》む。石神は、全身に血が行き渡るのを久しぶりに実感していた。

セルゲイは、すぐに小さな公園に入っていった。石神が、その公園に駆け込んだとき、セルゲイは、立ち止まってこちらを向いていた。

石神は、セルゲイと三メートルほどの距離を置いて立ち止まった。セルゲイは、獰猛《どうもう》な顔つきで石神を見つめていた。その眼には、人間味のかけらもない。臨戦態勢だ。

「借りを返しにきた」

石神は言うと、一歩近づいた。セルゲイは、膝を軽く曲げて体重を落とした。石神がさらに一歩近づくと、セルゲイが左のジャブを打ち込んできた。さらにすかさず右のフックが飛んでくる。

石神は、上体を反《そ》らせてジャブをかわし、フックと同時に、頭を下げて突っ込んだ。いちかばちかの体当たりだ。

肩口がセルゲイの巨体に激突する。セルゲイはすぐに石神につかみかかろうとする。石神は、相手の袖と胸元をしっかりとつかんでくるりと体を回転させた。腰を相手に叩きつけ、思い切り前のめりになった。

巨体が覆い被さってくる。次の瞬間、そのおそろしい体重が嘘のように消失した。セルゲイの体は空中に弧を描いていた。

石神は握りを緩めなかった。セルゲイの巨体が地面に激突するのと同時に、自分の体を浴びせて、肘を脇に叩き込んでやった。

警視庁でさんざん鍛えられた荒っぽい柔道だ。背負い投げは、石神の得意技だった。

セルゲイの低いうめき声が聞こえた。だが、たった一度の投げで参る相手とも思えなかった。石神は、身を起こそうとした。すると、セルゲイがつかみかかり、石神を地面に引き倒そうとした。

石神は自ら身を投げ、すぐに体を回転させると、セルゲイの腕の付け根に両足を巻き付けた。太い腕にしがみついて思い切り体を反らした。相手の肘が石神の腰のあたりで、きしむのがわかった。

絵に描いたように見事に腕ひしぎ十字固めが決まっていた。セルゲイは、声にならない悲鳴を上げている。石神は、胸の奥からどす黒い快感がわき上がってくるのを感じていた。

だが、次の瞬間、景色がぐるりと回転した。セルゲイが、勢いをつけて足を振り上げ、後転したのだ。石神は、その回転に巻き込まれていた。

セルゲイほどの体格がないとできない芸当だ。石神にとって体格の差が問題だった。セルゲイは、石神にのしかかろうとしていた。この体格で押さえつけられたら、その瞬間に勝負が決まる。石神の体は、無意識のうちに動いていた。セルゲイの脇の下を通って抜け出していた。警視庁で、いやというほどやらされた寝技が役に立った。

石神が立ち上がると、セルゲイもすぐに起き上がった。しかし、彼の右腕がだらりと垂れ下がっている。おそらく腕ひしぎを無理やり逃れようとして、肩の関節が外れたのだ。少し身動きするだけで、耐え難い激痛が走るはずだった。だが、それでもセルゲイは、攻撃の姿勢を崩さない。

残った左腕を前方に掲げて構えている。

格闘のプロというのは、見上げたものだと石神は思っていた。

だが、さすがのセルゲイも動けないようだった。一歩でも踏み出せばその衝撃で、耐え難い痛みが肩を襲う。石神は、危険な間合いから一歩引いて、緊張を解いた。

セルゲイが、怪訝そうな顔で石神を見つめている。

石神は言った。

「おまえは、誤解している。私は、三島の殺人事件を捜査しているわけじゃない」

セルゲイは何も言わない。

「私は、人探しをしているだけだ。三島殺しの容疑を掛けられそうになっている、東堂という若者を探している。それも、依頼があったからやっていることだ」

石神が闘いの構えを解いたことで、セルゲイも少しだけ警戒を解いたようだった。

「おまえは、バチカンのスパイと手を組んでいる」

セルゲイが言った。意外なほど滑らかな日本語だった。

石神は、かぶりを振った。

「それも誤解だ」

「おまえの言うことを、信じるわけにはいかない」

「それはおまえの勝手だ。ただ、私はやられっぱなしでおとなしくしている男ではない。それだけを言いたくて会いに来たんだ。おまえが何をやろうとしているかなど、知ったこっちゃない」

セルゲイは明らかに戸惑っているようだった。

「おまえは、アメリカ側なのだろう?」

「アメリカ側? それはどういう意味だ?」

「ロシアの情報収集能力を甘く見ているようだな」

石神は、再び首を横に振った。

「そんなことには興味はない。私は人探しをしているだけだ」

セルゲイは、しばらく石神を見つめていた。必死に考えているようだった。彼は、出来事と情報を頭の中で検証しているのだ。

突然、セルゲイは緊張を解いた。

「殴られたから、仕返しに来た。それだけなのか?」

「そう言っているだろう」

今度は、セルゲイがかぶりを振る番だった。

「おまえが一人でやってきた理由がようやくわかった」

「一つ訊かせてくれ。おまえは、今妙なことを言った」

「何だ?」

「私がバチカンと組んでいると、アメリカ側ということになるのか? それはどういう意味だ?」

「関係ないなら、忘れろ」

石神は、頭をフルに回転させた。

「三島良則が殺されたことと関係があるんだな? デ・ザリ神父とアメリカが手を組んでいるということか?」

「忘れろ」

「そうはいかない。同じ日本人が殺されたんだ。私は、ひょっとしたら、おまえが犯人なんじゃないかと思っていたんだがな」

「私には、三島を殺す理由がない」

不意に、教会で見たアメリカ人を思い出した。たしか、ボブ・ショーターとかいったな……。

ジグソーパズルの新たなピースが見つかったような気がした。

その時、複数の人間が駆けてくる足音が聞こえた。咄嗟に石神は言った。

「セルゲイ、日本の公安だ。逃げろ」

一瞬、セルゲイは、不審そうに石神を見つめた。

「早く。公安は、おまえを検挙したがっているようだ」

「私は、少なくとも日本人の味方をしているつもりだがな」

「私もそんな気がしてきたよ。とにかく、逃げるんだ。私が、何とかする」

足音は近づいてくる。そして、公園の入り口のあたりで止まった。

セルゲイは、それに気づくと、入り口と反対方向に走り出した。肩が外れたままだ。

その状態で走るというのは、おそらく地獄の苦しみだ。

つくづくタフなやつだ。

石神は思った。あんなやつに、喧嘩を売りに来たなんて、今思うとぞっとするな……。

三人の男たちが、公園に駆け込んできた。先頭に立っているのが、梶だった。

梶が、嚙みつくような勢いで尋ねた。

「石神、セルゲイはどうした？」

「逃げたよ」

梶は、いまいましげに舌打ちした。

「おまえは、セルゲイと一戦交えるつもりじゃなかったのか？」

「来るのが遅いんだよ。リターンマッチは、もう終わった」

「どうして、俺たちが駆けつけるまでもたせなかった？」

「たまげたな。そんな約束はしていない」

梶はまた舌を鳴らした。

「また、振り出しか……」

「なあ、梶。公安の立場としては、旧ソ連の人間を目の敵にするのはわかる。だが、今回の問題はどうやら、アメリカのほうらしいぞ」

梶は、吐き捨てるように言った。

「刑事事件のことなど、知ったことか」

彼は、くるりと踵《きびす》を返すと、足早に去っていった。二人の部下がその後を追う。

「刑事事件だ、公安事件だと、ケツの穴のちっちゃいこったな」

公園を出ると、石神は外苑西通りを渡り、デ・ザリ神父の教会に向かった。

石神は、セルゲイの言い分に分があるような気がしていた。デ・ザリ神父とボブ・ショーター。彼らが、単に信者と神父の関係でしかないと考えるのは、あまりにおめでたいというものだ。

教会の前に来て時計を見ると、九時三十分だった。聖堂の扉は閉ざされており、明かりは見えない。

神父の居住区のほうに回ろうと、聖堂の脇に進んだとき、石神は、いきなり両側から腕をつかまれた。

左右に一人ずつ、そして、背後にも一人いた。教会の周辺に潜んでいたのだ。

石神は、抵抗しようとした。しかし、左右の腕をつかんでいる男たちは、慣れていた。拘束するこつを知っている。石神は、身動きが取れなくなった。

相手が何者かわからない。だが、教会の周辺に潜んでいたということは、少なくとも石神の味方とは考えられない。

こういうときに取るべき行動は一つだ。

石神は大声を出そうと、大きく息を吸った。

背後にいた男がそれを察知して、後ろから手を伸ばして石神の口をふさいだ。

「おとなしくしろ」

その声に聞き覚えがあるような気がした。

石神の口を押さえている男は、言った。

「警視庁の江島だ」

男は、用心深くゆっくりと石神の口から手を離した。そして、石神の前に回った。

たしかに見覚えがある。目黒署の取調室でさんざんいたぶってくれたやつだ。何だか腹が立った石神は、また大声を出したくなった。

江島が居住区のほうを気にしながら、小声で言った。

「こっちへ来るんだ」

「何のために？ 私は、デ・ザリ神父に会いに来たんだ」

江島は、苛立った様子で、「しっ」と人差し指を唇に立てた。

「とにかく、ここじゃまずい。こっちへ来い」

江島の言いなりになるのは、不愉快だった。それに、彼の命令に従わなければならない理由はない。

しかし、たしかに、面白いことになりつつあると思った。警察がデ・ザリ神父の教会に張り付いていた。そして、教会に近づいた石神を拘束しようとしているのだ。

石神は、江島に従ってみることにした。

江島たち三人の刑事は、石神を路上駐車している車のところに連れて行った。道の向かい側にもう一台停まっており、その運転席にも一人いることがわかった。監視役で残っていたのだ。

「乗れ」

江島が横柄な態度で言った。

「私は何もやっていない。私を拘束すると、そっちが逮捕監禁の罪に問われるぞ」

「うるさい」

江島は苛立っている様子だった。腹を立てていると言ったほうがいいかもしれない。

石神は、これ以上江島を刺激しても得はないと判断して、車の後部座席に乗り込んだ。

ダッシュボードの下に螺旋《らせん》コードの着いたマグネット式の回転灯があり、さらに無線が取り付けられていた。

個人の車を、覆面パトカーとして転用しているらしい。

江島が隣に乗り込んできた。石神の右腕を押さえていた刑事が運転席に乗る。江島はその刑事に命じた。

「出せ」

車は縁石をゆっくりと離れて、静かに走りだした。

「どこへ行くんだ?」

江島はこたえなかった。

車は十分ほどで停まり、石神は降りるように言われた。首都高・天現寺ランプのそばだ。江島と、運転をしていた刑事は再び石神の両腕を取った。犯罪者扱いだ。腹が立った石神は言った。

「どうせなら、手錠《ワッパ》を使ったらどうだ?」

江島は何も言わない。彼らは、細い路地に入っていき、古いマンションにやってきた。

石神は嫌な気分だった。警察署に連行されるのならまだわかる。しかし、彼らは、わけのわからないマンションに連れ込もうとしている。

年代物のエレベーターに乗り、激しく揺さぶられながら、四階に着いた。廊下も薄汚れている。

旧式だが、頑丈な鉄製のドアの前に立った江島は、チャイムを鳴らした。ドアの向こうから魚眼レンズで、こちらを確かめている者がいる。

やがて、チェーンが外れる音がして、ドアが開いた。

そこに立っていたのは、中西だった。

中西は苦い顔で石神を見た。そして、そっけなく言った。

「まあ、入れ」

部屋の中はきわめて殺風景だった。スチール製の机が一つ。その上に、電話が乗っている。パイプ椅子が五つあり、折り畳み式の細長いテーブルが二脚、くっつけて置いてある。

「何です、ここは？」

石神は尋ねた。

中西は、きわめて不機嫌そうに言った。

「影の捜査本部さ」

「どういうことですか？」

「おまえは、私たちの捜査をぶち壊そうとしている」

中西は、問いに答えず、噛みつきそうな表情で言った。

「ほう……」

石神は、中西から眼をそらして江島たちを見て、それからまた視線を戻した。

全員がきわめて不機嫌だった。

石神は言った。

「さて、それじゃあ、私がどういうふうに捜査をぶち壊しにしそうなのか、話してもらいましょうか」

19

中西は、苦々しい表情で石神を見据えている。いつもの、いかにも人のよさそうな雰囲気は影を潜めている。本来の抜け目のない刑事らしい眼をしていた。

石神は、中西がどういう男かよく知っていた。柔和な見かけとは裏腹に、したたかで頑固な男だ。味方でいるうちは心強いが、敵に回すと面倒だ。

「簡単に話せるようなことじゃないんだ」

中西は言った。

「それはないでしょう」

石神は、笑いを浮かべていた。見せかけの余裕だが、ここは多少のはったりをかませる必要がある。「最初から、計画的に人を巻き込んでおきながら……」

「だから、それは……」

中西は言いかけて、驚いたように石神を見た。「最初から……？」

「そう。私を巻き込んだのは、中西さんが最初から計画していたことです。私をずいぶん間抜けだと思っているようですね。残念ながら、私はこれでも探偵でしてね」

中西は、さらに苦い表情になって脇を向き、床の一点を見つめた。

石神は続けて言った。

「中西さん、取調室で偶然私を見かけて、味方にしようと考えた、そう言いましたね。だが、それは嘘だ。最初から私を利用することを考えていたんですね。それで、高園江梨子を事務所にやってこさせた。つまり、中西さんと江梨子は最初から手を組んでいたってことです。あの娘が、やたらに事務所にやってくるのも、殺人現場に行こうと私をけしかけたのも、すべてあなたの差し金なんですね」

「手を組むだ、差し金だと……」

中西は、つらそうにかぶりを振った。「人を悪者みたいに言わんでくれ」

「私にとっては充分悪者ですよ。何も私に教えず、私を巻き込んで利用しようとした」

「仕方がなかったんだ。刑事が捜査本部や上層部の方針に逆らって、秘密裡に捜査するということが、どういうことか、おまえさんにだってわかるだろう。民間人になったおまえさんにしゃべるわけにはいかなかった。漏洩の危険があった。だが、俺たちゃ、頼りになる助っ人がどうしても必要だった」

「取調室で私が暴行を受けたのも、計画の一部なんですね。あなたは私の性格を知っている。ああすれば、私が腹を立ててやる気を出すと思ったのでしょう」

石神は、取調室で好き放題やってくれた江島のほうをちらりと見た。江島は決まり悪そうに目を伏せた。

「あれは手違いだ。本当だ。あのとき、この江島は、おまえさんのことを本当に知らなかったんだ。信じてくれ」

「デ・ザリ神父は、あなたが私の事務所を訪ねるように指示したと言った。刑事がそんなことを言うはずがないので、神父が嘘を言ったのだと思ったのですが、今思えば、それは本当だったのですね。本格的に私を巻き込むためにデ・ザリ神父と話をさせたかったんだ」

「認めるよ。そのとおりだ。そして、おまえさんは、期待どおりに動いてくれた」

石神はきっぱりと言った。

「私は利用されるのが嫌いです」

「協力してほしかっただけだ。繰り返すが、私は情報の漏洩が恐ろしかったのだ。当局に我々の動きが洩れたら、すべては水の泡だ」

「なぜです？」

石神は尋ねた。「なぜ、中西さんがそこまでやらなければならないんです？　警視庁《ホンブ》に圧力がかかっているというのなら、警察庁《サッチョウ》になんとかしてもらえばいい。それがだめなら、検察庁があるでしょう」

「この捜査に圧力をかけているのは、どうやらそんな生やさしいものじゃないらしい」

石神は、中西を見据えた。

「アメリカですね。アメリカが日本の政府を通じて圧力をかけてきたと……」

中西は難しい顔でうなずいた。

「そこまでわかっているのなら……」

「わかっているわけじゃありません。推理しただけです」

「これまで、何をつかんだか、詳しく教えてくれないか」

「そっちが話すのが先ですよ」

中西は、困り果てた様子で訴えかけるように言った。

「頼むよ。捜査は大詰めに来ている。もし、捜査本部が東堂由紀夫を発見したら、私にはもう彼を救う手だてはない」

「裁判があるでしょう」

「東堂由紀夫を有罪にするだけの証拠が、私たちの知らないところで用意されているに違いない。いいか。今回に関しては、警察庁も検察も敵だ。どんな有能な弁護士でも覆せないだろう」

中西の口調は熱を帯びてきた。「日本人がアメリカ人に殺された。そして、その犯人たちは、その罪を日本人に着せようとしているんだ。それを、日本の政府が後押ししている。こんな話が許されるか」

石神は驚いた。

「アメリカ人に殺された？　それはたしかなんですか？　デ・ザリ神父は容疑者じゃないんですね？」

「少なくとも、神父さんは手を下しちゃいない。目撃情報が出たんだ。事件当夜、犯行時間と思われる頃に、現場のマンションを出ていく白人を目撃した人物がいた。たくましく、えらくきびきびとした歩き方をする外人さんだったそうだ。私はそいつが犯人だと睨んでいる」

「その情報を捜査本部には……？」

「伝えていない。伝えても意味がない。握りつぶされるのがオチだ」

石神は、ジグソーパズルのピースが収まるべきところに収まっていくように感じていた。

中西は、言った。

「こっちの手札はさらした。今度はそっちの番だよ」

「動機はなんです？　アメリカ人が三島良則を殺した動機は？」

「契約上のトラブルじゃないかと思う。メールの内容はそういったことだった」

「契約上のトラブル？」

「そう。先方は、提供した情報以上のことを本にしたと、クレームを付けていた。また、自分たち以外の情報提供者と契約したことに抗議するというような内容のメールも見られた」

「三島良則の本の内容を知っていますか？」

「もちろん、知っている」

「殺されるような内容だと思いますか？」

「わからんよ。読む人が読めば重要なことが本に隠されているのかもしれん。メールの内容は、きわめて抽象的なものだ。具体的なことはわからん。しかし、三島良則は、アメリカ人とのトラブルに巻き込まれていたことは事実だ」

「メールの相手は？」

「シド・オーエン。だが、どこの何者かは突き止められていない。これが本名かどうかもわからんのだ」

「デ・ザリ神父のところを張っていましたね？　なぜです？」

「あの神父がこの事件に関わりがあるのは明らかだ。どういう関わりかはわからんがね。それで、手がかりを求めていたというわけだ」

「では、あの教会を訪ねた人物は、あらかたチェックしているわけですね」

「写真を撮ってある」

「じゃあ、目撃者が見たという白人男性と、人相が一致する人物が教会を訪ねたのも知っていますね？」

「知っている。当然、身元を調べようとした。しかし、そいつは横田基地内に消えた。治外法権だ。まだ、身元がわからずにいる」

石神が黙っていると、中西は苛立たしげに言った。

「こっちはすべて話した。なあ、知っていることがあったら、教えてくれ」

中西が言っていることが事実だとしたら、石神も見過ごすわけにはいかないと思った。そして、どうやら、それは事実のようだ。すべてがしっくりくる。

中西の怒りがよくわかった。石神も怒りを覚えた。

「名前は、ボブ・ショーター」

石神が言うと、中西だけでなくあとの二人の捜査員も石神に注目した。

「何だって？」

「銀に近い金髪。身長は一八五センチくらい。筋肉質。ガラス玉のような青い眼をした白人です。軍人らしい。私は、その男と教会ですれ違いました」

「さすがだな……」

中西は驚嘆の表情で言った。「名前まで聞き出しているとは思わなかった」

「デ・ザリ神父が教えてくれましたよ。どうやら、神父はどうせ手出しができまいと、高をくくっているらしい」

「ほかに知っていることはないか？」

「セルゲイは、真相を知っています」

中西はうなずいた。

「おまえさんを襲撃したロシア人だな。そいつについては、こちらでも調べてみた。FSBとかいう、KGBの後継組織に属しているということだな」

「今日、リターンマッチをやりましてね。俺をアメリカ人やデ・ザリ神父の仲間だと思ったらしい。警察も同じ穴のムジナだということを知っていました」

「だが……」

中西は考え込んだ。「諜報員となると、ここに引っ張ってきたところで、何もしゃべってはくれまいな……」

「公安の梶を知っていますか？」

「ああ。おまえさんと同期だったな」

「あいつが、セルゲイを引っ張りたがっています。今回の殺人に何らかの関わりがあると睨んでいるらしい」

中西は、またしても油断のない眼差しになった。

「それで……？」

「それを排除してやれば、セルゲイに恩を売ることができます」

まるで、人生最大の難問を突きつけられたような顔で、中西は唸った。

「公安に話を付けるのは、なかなか骨だな」

「こっち側にはどれくらいの味方がいるんですか？　まさか、この三人だけということはないでしょう？」

「検事が一人ついている。それに、本庁の数人の刑事……。だが、心配ない。通常の捜査に使う手段は、私や検事の権限でいくらでも使える。本庁のコンピュータを使うことも問題ないし、鑑識も動かせる。捜査本部の資料も自由に見られる。この影の捜査本部が秘匿されている限りな……」

「検事からなんとか公安に手を回してもらうんですね」

「やってみよう」

「それを餌に、私がセルゲイと話をしましょう。おそらく、警察の言うことには耳を貸さないでしょう」

「わかった」

「じゃあ」

石神は言った。「私はこれで……」

「なあ」

中西は言った。「この先も手を貸してくれるんだろう」

「いいえ」

石神は言った。

「わかってくれたんじゃないのか?」

「中西さんは間違っていると言いたいんです。これまでは手を貸していたんじゃない。利用されていたんです。手を貸すのは、この先も、ではなく、今からですよ」

石神は、部屋を出た。

エレベーターを待ちながら、俺はなんて人がいいのだろうと、溜め息をついていた。

20

アレックス・ジョーンズ少将は、初めて訪れる日本に驚いていた。東京が大都会なのは知っていた。しかし、空港から東京に向かう途中、何一つ古いものを見かけなかったような印象があった。空港の設備もぴかぴかだったし、高速道路は、真新しい。

途中で湾岸を通ったが、その湾を取り囲む建造物もすべてが新しく感じられた。ボストンやフィラデルフィアの古い街並みを好むジョーンズ少将にとっては、あまり居心地がいいとは言えそうになかった。

ここへ来る間、起きている間中、ミッチェル少佐は腹を立て通しだった。

「あの車は、死んだ父が私の二十歳の誕生日にプレゼントしてくれたものなんです」

車を爆破されたミッチェルは、そのことばかり言っていた。

「爆破されたのが、車だけでよかった」

ジョーンズ少将は、同じことを何度も言わねばならなかった。

そして、おそらく車は無差別テロによって爆破されたのではなく、シド・オーエンの圧力によるものだと、ジョーンズ少将が語ったとき、ミッチェルの怒りは再燃したのだ。

新宿のホテルに着いたのは、五月二日の午後一時過ぎだった。このホテルはジョーンズ少将自ら選んだものではなく、ミッチェルが旅行代理店に任せて予約させたものだ。

まずまずのホテルでジョーンズ少将は安心した。年を取ってまで、若者の節約旅行のような思いはしたくない。

シングルルームは狭かったが、清潔で設備は整っている。狭さは問題ではない。ジョーンズ少将の武器は電話なのだ。そして、ミッチェル少佐の武器はコンピュータだ。コンピュータのモデムをつなぐモジュールさえあれば、どんな部屋でもよかった。二人は、ミッチェルの部屋を作戦室に使うことにした。

長旅で、しかも時差があり疲れ果てていたが、シャワーを浴びると、少しは気分がすっきりした。

ジョーンズ少将は、在日米軍のあらゆる知り合いに電話をして、ボブ・ショーターを見つけようとした。

ほどなく、ミッチェル少佐が、用意が整ったと告げに来たので、ジョーンズ少将はそちらの部屋に移った。優秀な海兵隊員らしく、ミッチェルの部屋は見事に整頓され、すでにコンピュータがスタンバイされていた。

そちらに移っても、ジョーンズ少将はすぐに電話に飛びつき、かけ続けた。かけるべき施設の電話番号は、ミッチェルがパソコンのネットですべて調べだしていた。あとは、ジョーンズ少将が、さまざまな知り合いの名前を言うだけでいい。

多くの知り合いはかつての部下で、敬意と親しみをもって受け容れられた。そして、調査を開始して、一時間もたたないうちに、ボブ・ショーターの居場所が見つかった。予想に反して、あっけないくらいに、簡単だった。

彼は空軍の宿泊施設に逗留している。

それを教えてくれたのは、レイノルズという名の空軍少佐だった。基地司令部に勤務している。初めて話す相手だったが、レイノルズを紹介してくれたのは、かつて長年いっしょに勤務した部下で、彼は現在横須賀で、かなりのポストにいた。

その部下の紹介で、なおかつ、相手が提督ということもあり、レイノルズの応対はすこぶる丁寧だった。

「お望みならば、すぐに電話口にお呼びできますが……」

「今、いるのか？」

「部屋にいると思います。少々お待ちください」

電話がホールドになった。ジョーンズ少将は、小さなデスクに載せたノートパソコンに向かっているミッチェル少佐に言った。

「ボブ・ショーターと直接話ができそうだ」

二分ほど待たされた後に、電話がつながった。

「ハロー？」

その声にはたしかに聞き覚えがあった。

「ボブか？　アレックス・ジョーンズだ」

「提督……」

その声音《こわね》は明らかに、困惑を物語っていた。

「どうやら、私が命じた仕事は、お役ご免になったようだな」

「どういう意味でしょう？」

「私は、シド・オーエンを探している。かつて、私はおまえを彼のもとに送り込んだ。だが、今、おまえはその部署にはいないようだ。高周波研究所とやらの保安責任者なのだそうだな？」

「そうです」

ショーターの声が心なしか、冷ややかな気がした。たしかに、もともと久しぶりの電話に大喜びするようなタイプではない。だが、ジョーンズ少将は少々気にかかった。

「すぐにでも会いたいのだが、予定はどうだ？」

しばらくの間があった。何かを躊躇しているのか、それとも単に予定の確認をしているのか……。

「喜んで」

ショーターは言ったが、決して歓迎しているようには思えない言い方だった。「どちらにうかがいましょう」

ジョーンズ少将は、ホテルの名と今いる部屋の番号を教えた。

「二時間後にうかがいます」

電話が切れた。

ジョーンズ少将は、ますます気になった。口調といい、行いといい……。少なくとも、ショーターは上官より先に電話を切るようなやつではなかった。ショーターにも何かが起こったに違いない。何かが……。

ほぼ、約束どおりの時間にドアのノックの音が聞こえた。

「来たな……」

ジョーンズ少将が言うと、スツールに腰掛けていたミッチェルがさっと立ち上がり、ドアを開けた。

ジョーンズ少将は、背広姿のボブ・ショーターに向かって笑いかけた。

「やあ、ボブ。久しぶりだな」

だが、その次の瞬間、その顔から笑いが消えた。ボブの大きな体の陰から、小柄な男が姿を見せた。その顔は忘れもしない。

シド・オーエンだった。

ミッチェルは、ジョーンズが言葉を失う様を不安げに見ていた。先に部屋に入ってきたのは、シド・オーエンだ。

にこやかにほほえんでいたが、部屋の中を一瞥《いちべつ》すると、さっと顔をしかめた。

「これはひどい。これは提督がお泊まりになるような部屋ではありません。狭すぎる。これでは話もできない」

彼は振り返って、ボブ・ショーターに命じた。

「すぐに、スイートルームを押さえてくれ。提督は、そこに移動される」

ジョーンズ少将は、怒りをこらえながら言った。

「そんな必要はない。私は贅沢が嫌いだ」

「私がお支払いさせていただきますよ」

「その支払いに、合衆国国民の税金が使われるのだとしたら、お断りだ」

「ご心配なく。公的な金ではありません」

「ケイソン・プロダクツの金というわけか？　ずいぶん金回りが良さそうだな」

ジョーンズ少将は、皮肉混じりに言った。ケイソンの名を出したことで、シド・オーエンが驚くかと期待したが、オーエンは平然として笑みを浮かべていた。

「そのとおりです。金には不自由していません。さ、広い部屋に移りましょう」

ボブが用意させたのは、上階にある広く、贅沢なスイートルームだった。ベッドルームの他に部屋が二つも付いており、そのうちの一つには、会議ができるほどの大きなテーブルが置いてあった。

シド・オーエンは、そのテーブルにポットにたっぷりのコーヒーを運ばせると、ジョーンズ少将に席に着くように促した。まるで、ビジネス会議が始まるような雰囲気になった。

ジョーンズ少将はずっと苛立っていた。

「一九九七年に」

ジョーンズ少将は、シド・オーエンに向かって噛みつくように言った。「おまえは、私をペテンにかけた。インチキな宇宙人のフィルムを見せて、ありもしないセクションOという部署に秘密保持部隊を作らせた」

シド・オーエンは、肩をすくめてみせた。

「うまくいくと思ったんですがね……。少し凝りすぎたようです。あれは、軍事的な秘密から眼をそらすときに使う常套《じょうとう》手段で、しばしば成功しているのですが、提督には通用しなかったようですね」

「なんであんなまだるっこしいことをしなければならなかったんだ？　国防長官が一枚嚙んでいるのなら、私に命令すれば済んだことだ」

「国防長官は、直接関わりたくなかったのです。そして、提督も、何も知らずにいらしたほうが幸せだと判断したのです。私の思いやりだったのですが……」

「関わりたくない？　いったい、何に？」

「セクション0ですよ。提督は、セクション0など存在しないとお考えのようですが、それは本当にあるのです」

「そんなはずはない。私とミッチェルは軍の中すべてを洗い出したんだ」

「知っています。ミッチェル少佐は、なかなか優秀なハッカーですね。私たちも、追跡するのに苦労しました」

ミッチェルは、ネット上で監視されていたということか……。ジョーンズ少将は唇を嚙んだ。

「そのミッチェルと私が見つけられなかったんだ。存在していないと考えるのが当然だ」

「探すところを間違えていたのです。セクションOは、ケイソン・プロダクツにあるのです。それは、大きなプロジェクト全体を統括するいわば司令部です」

「大きなプロジェクトだって？　それはいったい、何のことだ？」

オーエンの笑みが大きく、顔中に広がった。

「我がアメリカ合衆国が神の警告に従うためのプロジェクトです」

ジョーンズ少将は、眉をひそめ、ちらりとミッチェル少佐を見た。ミッチェルも提督のほうを見ていた。

「悪い冗談だな。聞かなかったことにしてやる」

「冗談ではありません。我々は本気なのです」

ジョーンズ少将は怒りと、なぜか不安を覚えた。

「神の警告に従うだと？　そんなことは教会に任せておけばいい」

「教会には、その力はありません」

「だったら、おまえには、もっとないはずだ」

オーエンはほほえんだ。

「提督は、信心深くていらっしゃる。だが、提督が信じている神は、人間が創り出した幻想です。私が言っている神とは違う。私が言っているのは、すべての神話や宗教を生みだした、神の原型です」

「神は神だ。人間がその領域を侵してはいけない」

「では、提督は、人類の滅亡を甘んじて受け容れるというわけですね」

「人類の滅亡だと？」

「そうです」

オーエンは、真剣な表情になっていた。「我々に残された時間は、もしかしたら、少ないのかもしれません」

「神が人類の滅亡を警告しているというのか？」

「過去にあったことです」

「それは、ノアの洪水や、ソドムとゴモラのことを言っているのか？」

「そうともいえます。しかし、聖書に記されているのは、実際にあった出来事の残滓《ざんし》でしかありません。洪水伝説は、世界中のいたるところに残されており、たいていは、不吉な星の伝説と対《つい》になっています。また、そうした伝説が残っている地域には、龍や空飛ぶ蛇についての信仰が残っているのです。例えば、聖書にも龍の記述は出てきます。また、中南米でも同様です。マヤ文明で信仰されていたケツァルコアトルという神も、翼の生えた蛇だと言われています。中国にも龍の伝説があります。これらは、何を表しているかは、明白です。つまり、流星です」

「流星？」

「あるいは彗星。夜空に長い尾を引いて飛ぶ流星や彗星は、空飛ぶ蛇のように見えます。それが、地球に大洪水をもたらし、人類の文明を滅亡させた……」

「紀元前一万一〇〇〇年の、大洪水のことを言っているのだな？」

オーエンは、できのいい生徒に先生がそうするようにほほえんだ。

「そのとおりです。その大洪水は、小さな天体が地球に衝突して起きたものです。小さな天体といっても、それは宇宙の規模でのことで、地球にとっては、とてつもなく大きな隕石で、神々の文明はおろか、多くの動植物を絶滅させました。セクション０は、中南米の古代文明をつぶさに調べ、また可能な限り、エジプトのギザに残された大ピラミッドの情報を集めました。それらの文明はおそらく、ある一つの超古代文明をもとにして開花したという結論に達したのです。その秘密は、おそらくシュメールにあると、我々は考えています」

「シュメール……」

「現在のイラクです。そこには、紀元前一万一〇〇〇年前まで神々が住んでいたと考えるに足る情報が多く残っています。粘土板です。それを、正確に読み解いたのは、ゼカリア・シッチンという言語学者です。彼は、神々が、かつて太陽系にあったもう一つの惑星からシュメールの地に降り立ったと言っています。その惑星は今は、火星と木星の間にあるアステロイド・ベルトになっています。つまり、爆発して無数の小惑星になり果てたというわけです」

「そんなことを、本気で信じているのか？」

「もちろん。私は、大学時代にシッチンに心酔し、言語学的にシッチンの解釈が正しいかどうか、長年かけて研究したのです。その結果、疑いようがないということが明らかになったのです。シュメールの粘土板に書かれた神の記述には、宇宙に関係しているとしか思えない絵文字が数多く見られるのです」

「マニアの戯言だ」

「私も、そうであればいいと、それこそ神に祈りたい気分でしたよ。しかし、現実に危機は常に存在し、アメリカ政府は、そのための対応を本気で考えねばなりません。なぜなら、アメリカ合衆国が世界のリーダーだからです。リーダーには、従う者を守る責任があります。もちろん、政府にそんな予算があるはずもない。だから、我々セクションOが、世界中の企業や財団から金を集めました。そして、政府や軍の既存の施設を秘密裡に流用する形で研究と対応を進めてきたのです」

「おまえは、NASAで火星のプロジェクトに参加していたそうだな」

オーエンは、うなずいた。

「それこそが、決定的な私の動機となりました。シッチンの主張が、証明されたと感じたからです」

「火星のピラミッドのことを言っているのか？」

「そうです。火星のピラミッドは、地球の中南米やエジプトのギザに残されているピラミッドと同じ言語で書かれたメッセージボードのようなものです。進んだ文明が一夜にして滅んだ証拠と言ってもいいでしょう。それが、私たちの言う、神々の警告です」

「同じ言語？」

「幾何学です。これは、どんな文明であれ、ある程度の発達が見られれば必ず理解される共通の言語です」

「火星にピラミッドを残した者と、地球にピラミッドを残した者は同じだというのか？」

「それ以外には考えられません。いいですか？　大ピラミッドを含むギザの建造物は、現代の技術力をもってしても作ることはできないのです。それと同じものが火星で発見された。これが物語る事実は明白です。つまり、シッチンが主張するとおり、神々が火星の向こうにかつてあった惑星から飛来したのです。南米やエジプトなどピラミッドを持つ古代文明に共通している神話があります。白い肌を持つ神がやってきて、知恵をさずけたという神話です」

ジョーンズ少将は唸った。

「百歩譲って、それが事実だったとしても、それは遠い過去の話だ。何が危機だというのだ?」

オーエンは悲しげにかぶりを振った。

「だといいのですが……。危機というのは、小天体が地球と衝突する危険性のことです。ご存じのとおり、太陽系内の天体はすべてある周期をもって軌道を回っています。そして、彗星などの小天体は、大きな惑星に近づくとその重力の干渉によって少しずつ崩壊するのです。つまり、危険な岩や氷の固まりをまき散らしながら惑星のそばを通り過ぎるのです。彗星そのものが地球に衝突しなくても、その破片が衝突するかもしれません。今まで、何度もあったことです。ごく小さな破片ならば大気中で燃え尽きますが、少しでも大きなものなら、とてつもない破壊力を発揮するのです。恐竜は、そのために絶滅し、かつて栄えた神々の文明も、それによって滅んだのです」

ジョーンズ少将は、ミッチェルを見た。コメントを求めたのだ。ミッチェルは、それを即座に感じ取って、言った。

「火星も同時期に、同じ運命をたどったのですね?」

オーエンは落ち着いた態度で、ミッチェルのほうに眼をやった。

「そのとおり。シッチンの仮説が正しいとしたら、神々は火星の向こう側からやってきました。だとすれば、火星がもっと温暖で湿潤だった時期に、そこにコロニーを作っていても不思議はありません」

ミッチェルは尋ねた。

「あなたは、NASAで、シドニアをはじめとする火星の構造物に、文明の痕跡を見つけたのですね？」

「そういうことです」

ジョーンズ少将は言った。

「だが、NASAはそれを秘密にした」

「秘密にしたのは、NASAではありません。アメリカ合衆国政府と軍です」

「なぜだ？　危機が迫っているのなら、それを皆に知らせて、知恵を持ち寄って対策を練ればいい」

「提督は、軍隊生活が長かったので、統率の取れた団体のことしか頭に浮かばないようですね。現実の社会というのはそうではありません。このミレニアムを迎えるに当たっても、多くの宗教団体や、終末思想マニアがパニックに近い行動を取ったのをご存じありませんか？　事実を知らせれば、社会不安が蔓延して、それは株価などを通じて、必ず経済活動に影響を及ぼします。そればかりか、パニックに駆られた人々が何をしでかすかわからない。それが単なる犯罪ならばまだいいですが、一国の元首がパニックに陥って、核のボタンを押すことだって予想されるのですよ」

ジョーンズ少将は、いつ巨大隕石や彗星が地球とぶつかってもおかしくないという事実が、政府によって発表されたときの様子を想像してみた。たしかに、オーエンの言うとおりだった。この世は、理性的で意志の強い人々だけで構成されているわけではない。

「何かうまい方法があるはずだ」

「もちろん、すでに、合衆国政府は民衆の心をコントロールする手も打っています。過去二、三年間で、隕石や彗星が地球に衝突するというハリウッド映画があいついで上映されたのをご存じですか？　民衆にそのような映画を見せることによって、心理的な免疫を作ろうとしているのです」

　ジョーンズ少将は、それらの映画のことはもちろん知っていた。だが、そんな計画が裏にあったなどということは、にわかには信じがたかった。

「だが……」

　ジョーンズ少将は食い下がった。「終末が来るにしても、それがいつのことなのかわからないのでは……」

「マヤ文明には、おそろしく正確なカレンダーがあり、それによると、これまで四つの太陽が滅んだとされています。そして、現在の五つ目の太陽の終わりは、二〇一二年十二月二十三日となっています」

「古代人の言い伝えを真《ま》に受けるというのか？」

「この二〇一〇年から二〇二〇年の間にやってくる終末というのは、アメリカ先住民のホピ族をはじめとする、いくつかの民族に言い伝えられているのです。また、シッチンは、三千六百年周期で、この地球に何らかの変化があることを指摘しています。紀元前一万一〇〇〇年の大洪水直後、人類は、旧石器時代から中石器時代に入り、その三千六百年後に、新石器時代に入ったとされます。また、それから三千六百年たった頃、四大文明が生まれます。そして、それから約三千六百年経つと、今度は、三大宗教が生まれ、人類の近代化が始まるのです。これは、ある天体が三千六百年周期で地球に何かの影響を及ぼしていると考えられるかもしれません。とすると、今度地球が大きな影響を被るのは、紀元三四〇〇年から紀元三六〇〇年の頃ではないかと推察されます。インディオたちの言い伝えである二〇一二年が正しいのか、三四〇〇年ないし三六〇〇年が正しいのか、我々にはわかりません。しかし、必ずそれはやってくるのです。そのために、今から準備を進めておかなければならない」

ジョーンズ少将は、信じられない思いでかぶりを振っていた。

「だからといって、我が合衆国政府がそんなことに荷担するとは思えん。政治というのは、もっと現実的なものだ」

「これは充分に現実的な問題なのです」

オーエンは意味ありげにほほえんだ。「わが合衆国が、どうしてあれほどイラクにこだわるか、おわかりですか?」

この唐突な質問に、ジョーンズ少将は驚いた。

「石油政策だ。そして、あの国にはテロリズムが満ちている」

「それは、口実ですよ。イラクにはシュメールの遺跡が眠っているのです。それをつぶさに調べれば、シュメールの地に文明をもたらした、神々の遺産が発見されるかもしれないのです」

「ばかな……」

「SDI構想を覚えておいでですね」

「もちろんだ。当時、ペンタゴンにSDI局という部署があったからな。だが、あれは三百億ドルもの無駄遣いだ」

「そう。それが一般的な見方です。政府はそう発表しましたからね。しかし、その実験結果は、受け継がれ、現在でも研究が続けられているのです。SDIは、ソ連から発射されたミサイルを撃ち落とすものとされていましたが、実はそうではなく、地球に飛来する危険な大きさの小天体に我々がどこまで対応できるかの実験でもありました。そして、その結果は高周波研究所に受け継がれたのです」

「高周波研究所に……？」

「そうです。SDI構想において、レーザー兵器の可能性について実験が行われました。それは失敗に終わったのですが、実は、レーザー兵器そのものが重要だったわけではありません。レーザーを複数の方向から照射してそれを交差させることによって、プラズマを発生させることが重要なのです。高周波研究所はその制御について研究しています。高周波の電磁波を交差させることによってプラズマを生じさせることが可能なのです。そして、プラズマというのは、比較的少ないコストで計り知れないくらいに大きな破壊力を発揮するのです」

ジョーンズ少将とミッチェルは、沈黙していた。ジョーンズ少将の頭の中では、すべての謎の断片がかちりかちりと音を立てて、つながっていった。しかし、面白くなかった。

「軍や政府の秘密主義は、必ずよくない結果を生む」

ジョーンズ少将は言った。「ケイソン・プロダクツが、なぜそんなプロジェクトに関わっているのだ？」

「ケイソンは企業ですから、もちろん利権のことを考えています。セクション０にまつわる軍事的な実験施設、新兵器などの開発を請け負うことになっているのです」

「気に入らんな。おまえたちは、この日本でいったい何をやっているんだ？」

「機密保持のために必要なことを……」

「その言葉は危険を感じさせるな」

オーエンは、暗い表情になった。

「人一人を消さなければなりませんでした」

その言葉は、実に事務的で、それ故に余計に衝撃的だった。ジョーンズ少将は一瞬言葉を失った。

衝撃が去ると、猛然と腹が立ちはじめた。

「それは殺したという意味か？」

オーエンは、さっと肩をすぼめた。

「これが、アメリカ国内ならば、殺す必要はなかったのですが……。口を封じるための手段はいくらでもあります。しかし、相手が日本人となると、口を閉ざしてもらうためにはそれしか方法がなかったのです」

「それが、人を殺しておいて言う言葉か」

オーエンは不思議そうな顔でジョーンズ少将を見た。

「提督は軍人でしょう。何をそんなに驚いているのです？　これは軍事上の機密にも関わってくるのです。ボブは、そのための人材なのです」

ジョーンズ少将は、思わずボブ・ショーターを見た。ショーターは、青い無表情な眼でジョーンズ少将を見返していた。

この男なら眉一つ動かさずにやるかもしれない。もともと、白人優位主義者で、有色人種を人間とは思っていないところがある。

「誰を殺したのだ？」

「ライターです。UFO関係の本を書いていた男で、我々は、情報操作に利用すべく、接触しました。おわかりかと思いますが、この情報操作は、世界規模で行わなければなりません。当初は、我々の与える情報を喜んで本にしていたのですが、そのうち、それだけでは満足しなくなり、独自に別の情報源からつかんだことを書きはじめました。かつては、日本のライターの書くものなどたいした影響力はなかったのですが、インターネットがその状況を一変させたのです。ウェブ・サイトは世界中の誰でも見ることができます。情報が、世界を一瞬にして駆けめぐるのです。事実、そのライターの影響を受けたと思われるウェブ・サイトがいくつかあり、私たちはそこに侵入して、機密に抵触する危険のあるページを、幾つか削除しなければなりませんでした」

「たったそれだけのことで、殺したというのか？」

「もちろん、それまでに何度か交渉はしました。しかし、相手は聞き入れず、逆にこちらを脅迫するようなことを言いはじめたのです。我々は彼を危険分子と見なさねばなりませんでした。危険分子を排除するのは、諜報の世界では常識ではありませんか？」

ジョーンズ少将に警戒心が芽生《めば》えた。

「ぺらぺらとよくしゃべるな……。どういうわけだ？」

「提督はミッチェル少佐とともに、かなりの部分まで我々に近づいてきたのです。最初からこうすべきだったのかもしれません。提督を騙したりせずにね……。理解していただきたいのですよ」

「私は、どうやらFBIに追われているらしい。贈収賄の嫌疑がかかっているそうだ」

オーエンはほほえんだ。

「圧力をかけて、提督の追及を排除しようと思ったのですが、それもどうやら無駄のようでした。帰国されたときには、FBIは誤認捜査だったということで、謝罪に来るでしょう」

「何でも自由になると思っているようだな。だが、この私はそうはいかん」

オーエンは、時計を見た。

「会談の時間はそろそろ終わりです」

「待て。日本人を殺したことを知ったからには、ただで帰すわけにはいかん」

オーエンは、また不思議そうな顔をした。

「アメリカ合衆国のためですよ、提督。理解していただかなくては……」

オーエンは立ち上がった。すると、ボブもすぐに席を立った。ジョーンズ少将は、怒りのあまり自分が何をしでかすかおそろしく、身動きもとれずにいた。

「言っておきますが」

オーエンは言った。「私をどうこうしようとしても、それは無理ですよ。私には、合衆国政府が付いています」

「どうかな……」

ジョーンズ少将は唸った。

オーエンは、ほほえみを浮かべたまま部屋を出ていった。ボブ・ショーターは、無言でそれに続いた。ショーターは、あの男にすっかり飼い慣らされたに違いない。すっかり人が変わってしまったようだ。ジョーンズ少将はそれが悲しかった。

二人が出ていくと、ジョーンズ少将は、両手でテーブルを叩いた。大きな音が部屋中に響いたが、ミッチェルは身動きもしなかった。

ジョーンズ少将は言った。

「やつは、私には何もできないと思っているんだ」

ミッチェルが言った。

「そうかもしれません」

「へたに動くと、今度は私が消されるということか？　ＦＢＩや君の車の爆破は、その警告だったわけだ」

「はい」

「だが、私がこのまま済ます男だと思ったら大間違いだ。それをオーエンに教えてやらなくてはならない」

ミッチェルは不安げに、ジョーンズ少将を見ていた。

「ミッチェル。日本にいられる時間は限られている。一刻も無駄にはできない。まず、通訳を見つけてくれ。それから、日本の捜査当局に連絡を取る方法を見つけるんだ」

「了解しました」

ミッチェルの表情が明るくなった。彼は、コンピュータを取りに、先ほどまでいた部屋に向かった。

21

石神は、中西に影の捜査本部の話を聞いてからというもの、自宅と事務所を往復するのみで、外へ出かけようとはしなかった。

「仕事しなくて、いいんですか？」

明智はそんなことを言っていたが、石神は気にしなかった。

「ゴールデンウイークだからな。明日は三日で休日だ。おまえも休んでいいぞ」

「ここに来てパソコンをいじっていてもいいですか？　家にいてもすることないし……」

「パソコンなら、家でいじっていればいいだろう」

「ここのほうが落ち着くし……」

明智の魂胆はわかっていた。ここにいれば、高園江梨子が現れるかもしれないと思っているのだ。

もう江梨子は、ここにやってくることはないかもしれないと思った。中西と江梨子が手を組んでいたことを、石神は指摘した。もう江梨子がここに出入りする理由はないはずだ。少なくとも、中西には……。

だが、意外なことに、その日の夕刻、また江梨子がやってきた。その日は、野球帽はかぶっていたが、サングラスはしていなかった。

明智が露骨にそわそわしている。

石神は、江梨子に言った。

「中西から何か言われなかったか?」

「何かって?」

「もう、ここに来る必要はないとか……」

江梨子は、さっと肩をすくめた。

「関係ないじゃん。あたし、来たくてここに来るんだから」

それならそれで、かまわない。石神はそう思った。

「その後、神の正体については、何かわかったか?」

江梨子は、また肩をすくめてかぶりを振った。

ゲームも終わりに近づいている。石神は、それを実感しながら、明智と江梨子を眺めていた。

それから二日後、世間は休日だが、石神は事務所にいた。彼は待っているのだ。もう動き回ってもできることはない。

明智が帰って一人になった一時間後、待っていたものが来た。予想と違っていたのは、電話が来ると思っていたところに、本人がやってきたことだった。

「やあ、セルゲイ」

石神は言った。「楽にしてくれ。一杯、飲むか?」

石神は、机の引き出しからアイリッシュ・ウイスキーのボトルとショットグラスを二つ取り出した。

セルゲイは、戸口のそばに立ったままだった。

「警察官が接触してきて、公安の捜査を排除したと言っていた」

セルゲイがそう言うと、石神はうなずいた。

「中西という刑事だろう。私がそうするように言った」

「その男もそう言っていた。そして、おまえに会うように言った。なぜだ?」

石神は、二つのグラスにウイスキーを満たした。

「公安が見当違いな捜査をしていたからさ。それに、実をいうとな、担当していた梶という男が大嫌いだったんだ。やつにくやしい思いをさせてやりたかった」

セルゲイは、油断のない目つきで石神を見つめている。

「私に恩を売ったと思っているのか？」

「そうじゃない。邪魔者にいなくなってもらって、ゆっくり話を聞きたかっただけだ」

「何が訊きたい？」

「三島良則殺害の本当の理由だ」

「それを知ってどうする？」

「私は、アメリカ人が三島を殺したのだと思っている。おまえもそう言った。日本人が殺されたんだ。その理由が知りたいと思うのは当然だろう」

セルゲイはしばらく黙っていた。やがて、ゆっくりと近づいてきた。野生動物が警戒しながら近づいてくるような感じだった。

彼は手を伸ばすとショットグラスを取り、ウイスキーを一気に飲み干した。石神は、空になったグラスに、また注いだ。

「アメリカ政府は、ある企業と手を組んで、極秘のプロジェクトを進めている。それはおそらく、かつてのSDIを発展させたシステムだ。それに関わる実験施設がアラスカにある。わがロシアの目と鼻の先だ」

「SDI……？　スターウォーズ計画か？　だが、あれは失敗に終わったのだろう？

それに、アメリカとロシアはすでに敵対国ではないはずだ」

「我々はアメリカの独走を許すわけにはいかない」

「アメリカは、SDIの発展版をいったい何に使う気だ？」

「本当のスターウォーズだ」

「何だって？」

「我々も、計画のすべてをつかんでいるわけではない。多くの部分は推測に過ぎない。だが、もし、ミサイルの迎撃・誘導システムや、強力な破壊力を持った兵器を搭載した軍事衛星のネットワークができたら、アメリカは神の力を手に入れたも等しい」

「そんなことは不可能だ。第一、アメリカにだってそんな金はないはずだ」

「だが、噂によると、計画は着々と進んでいるらしい。我々は情報の不足に苛立っていた。そのときに、あの殺人事件が起きた。そして、どうやら、この殺人事件は、そのアメリカのニュー・スターウォーズ計画と関係しているらしい」

「どう関係しているんだ？」

「それはわからない。わからないから、我々は知ろうとしていたのだ。だが、三島を殺したのは、アメリカ軍関係者に間違いない。我々は、その証拠をつかんでいる」

「何だって……？」

「三島はおそらく何かの口封じに殺されたのだ。だが、その内容については、我々はつかんではいない」

「デ・ザリ神父がアメリカの側だと言ったな？　どう関係しているんだ？」

「計画に参加しているアメリカの企業は、世界中の企業や財団に働きかけて金をかき集めている。どういうわけか、有名な秘密結社までが金を出しているらしい。そして、バチカンも出資者の一員だ」

「バチカンが？」

「ローマ法王庁は、世界中に動産、不動産を合わせて莫大な財産を保有している。それを管理しているのがバチカンの銀行で、そこはさかんに投資も行う」

「しかし、軍事的な計画にバチカンがなぜ……？」

「それもわからない。この計画の奇妙な点だ。単なる軍事的なプロジェクトではないように見える」

「三島がどんな本を書いていたのか、知っているのか？」

セルゲイはうなずいた。

「ＵＦＯや古代文明についての本を書いていた」

「その大プロジェクトというのは、そうした事柄と関係あるようだな」

「たしかに、一部の新兵器は、ＵＦＯを隠れ蓑にして、開発されていると聞いている。プラズマ兵器だ」

「プラズマ兵器?」

石神は、明智が説明してくれた三島良則の本の内容を思い出していた。「比較的、低コストで大きな破壊力を得られるそうだな」

「しかし、それだけなら恐れる必要などない。我がロシアもプラズマ兵器は開発している。むしろ、プラズマに関してはアメリカより進んでいる。問題は運用の仕方だ。このプロジェクトは、たしかに奇妙だ」

「三島良則のホームページが削除されていたそうだ。そして、別のある人物のホームページの一部も削除されていた。それもアメリカ人がやったことか?」

「私は知らない」

セルゲイはかぶりを振った。「しかし、それは充分に考えられる。アメリカ人たちは、何かを隠そうとしている」

「もしかしたら」

石神は笑みを浮かべ、皮肉な口調で言った。「それは神の秘密なのかもしれない」

セルゲイは笑わなかった。

「だとしたら、世界の秘密結社やバチカンが金を出す理由もわかる」

「俺は冗談で言ったのだがな……」

セルゲイは何も言わずに、石神を見つめていたが、やがて言った。

「私が知っているのは、ここまでだ」

「どうして、私を襲ったのだ？」

「私にとって、これはロシアとアメリカの問題だ。日本人に介入してほしくなかった」

「冗談だろう。殺されたのは、日本人だぞ」

石神は、怒りを覚えた。

セルゲイは、無言でジャケットの内ポケットから何か取り出した。それを机の上に放り出す。二枚の写真だった。

石神は、セルゲイとその二枚の写真を交互に見つめた後に、手に取って見た。

間違いなく、ボブ・ショーターが写っていた。見覚えのあるマンションの出入り口で撮影されたものだ。望遠レンズで狙ったらしく、少々画質が荒れているが、写っているものはすべて見て取れた。

ドアの脇に、マンション名が書かれている。『パレス西郷山』と読める。三島良則が住んでいたマンション、つまり、殺人現場だ。

さらに、写真には、日時が記されていた。一枚は、四月十八日の二時四十三分。もう一枚は、同じ日の三時十一分となっていた。写真は暗いところで撮影されているので、午前の時刻であることがわかる。

石神は、眼を上げてセルゲイを見つめた。

セルゲイは言った。

「片方は建物に入っていく写真。片方は出てくる時の写真だ。その写真に記録されている時間は、殺人事件の犯行時間と一致するはずだ」

「どうして、これを……」

「殺人事件は、日本人の問題だ。私には直接関係ない」

セルゲイは、ショットグラスの中身を飲み干すと、くるりと背を向けて部屋を出ていった。

石神は、セルゲイが出ていくまでその背中を見つめていた。やがて、ショットグラスを取ると、出ていった戸口に向かって掲げ、飲み干した。

激しくむせると、ロシア人の真似なんぞするもんじゃないと、心の中で毒づきながら、中西の携帯電話にダイヤルした。

中西は刑事だけあって、すぐに出た。

「何を呟き込んでいるんだ？」

「ロシア人と酒を飲んでいました」

「セルゲイか？」

「ボブ・ショーターの犯行を裏付ける写真を置いていきました。殺人事件は、日本人が解決すればいいと言っていましたよ」

「こっちも、ちょっとした騒ぎがあった」

「何です？」

「捜査本部に、妙なアメリカ人から電話があった。通訳を通じてのことなので、要領を得ないのだが、どうやら、三島殺しについて何か知っているらしい」

「どういう扱いにするんです？」

「心配するな。私が名乗り出て、対応することにしたよ。明日、会うことになっている。いっしょに会うか？」

「私の事務所に連れてこられますか？」

「おまえさんの事務所に？　なぜだ？」

「どうも、相手の縄張りで話を聞く気になれないんです」

しばらく沈黙の間があった。

「いいだろう」

中西は言った。「先方と滞在先のホテルで落ち合ってから、そちらへ向かう。明日の朝十時に会うから、そっちに着くのは、十一時頃になるだろう。そのときに、セルゲイが置いていったという写真をもらう」

「いいですよ。ただし、へまをやらんでください」

中西は、うめくような声を上げてから言った。

「誰に言ってるんだ」

電話が切れた。

受話器を置くと、石神は考えた。これはどういうことだろう。圧力をかけているのはアメリカ政府じゃないのか？　だめ押しをしようというのだろうか？用心してかかる必要がある。石神はそう自分に言い聞かせていた。


翌朝、目が覚めたとき、気分は上々だった。夢見がよかったのだ。目が覚めたとたんに内容は忘れてしまったのだが、居心地のいい浜辺でくつろいでいるような夢を見ていた気がする。

石神は、悪くない気分のまま、事務所に出かけた。すると、すでに明智が来ていて驚いた。

「ゴールデンウイーク中の土曜日だぞ」

石神は明智に言った。「こんなところで、何をしている」

「だから、ここにいるほうが落ち着くんですよ」

「おまえの家はどんな家なんだ」

「僕は一人暮らしですよ」

石神は、溜め息をついた。

「まあいい。もうじき、客が来る。仕事をするつもりがあるのなら、コーヒーをわかしてくれ」

明智がコーヒーメーカーをセットしていると、ドアチャイムが鳴った。

「どうぞ」

石神は大声で言った。

ドアが開くと、三人の男と一人の女性が部屋に入ってきた。一人は中西だ。それと、貫禄のある高齢の白人、そして三十代前半と思える姿勢のいい白人。若い女性は、どうやら通訳のようだった。

中西は、二人のアメリカ人を紹介した。高齢のほうは、アレックス・ジョーンズ少将、若いほうは、ドン・ミッチェル少佐。石神は第一印象を大切にする。

ジョーンズ少将も、ミッチェル少佐も最初の印象は悪くなかった。特に、ジョーンズ少将の燃えるような赤い髪や、いきいきとした濃いブルーの眼は、生命力と強い意志を感じさせた。ミッチェルも誠実な感じがする。

だからといって、気を許したわけではなかった。どんな悪魔も最初は天使のふりをすることができる。

「この二人は、三島殺しについて、詳しく知っていると言っている」

中西が口火を切った。「殺人の、犯人も動機も背景も……」

石神は、まず、彼らをソファに案内し、自分はデスクの定位置に座った。明智がコーヒーを出し終わると、言った。

「では、それを話してもらいましょう」

通訳がそれをジョーンズ少将たちに伝えると、ジョーンズ少将はいかにも頑固そうな態度で何か言った。通訳がそれを伝えた。

「まず、そちらの素性を教えてほしい。そう言っています」

石神は、ジョーンズ少将を見た。ジョーンズ少将は、まっすぐに見返している。石神はほほえんだ。

「私は、そこにいる中西警部のもと同僚で、今は私立探偵だ」

通訳がそれを伝えると、また、ジョーンズ少将が言った。それを通訳が即座に訳す。

「私立探偵などに、重要なことを話すわけにはいかない」

石神は言った。

「警戒する気持ちはわかりますが、この殺人事件に限っていえば、警察より我々のほうが信用できるのです。警察に何をしゃべっても、もみ消されるでしょう。なぜなら、日本の警察に、おたくの国の政府から圧力がかかっているからです」

通訳がそれを訳すと、ジョーンズ少将は、値踏みするように石神を見据えた。長い沈黙の後、ジョーンズ少将が口を開き、その言葉を通訳が伝えた。

「圧力だって？　それはどういうことだ？」

石神は中西を見た。中西はうなずき、東堂由紀夫という若者が犯人にされようとしていること、捜査本部はその方針に従っていること。中西たちは、真相を究明し、本当の犯人を逮捕すべく、影の捜査本部を作ったことなどを説明した。

ジョーンズ少将は、じっと説明を聞いていたが、今度は即座に言った。

「なるほど、シド・オーエンの考えそうなことだ」

通訳がそれを訳すと、中西と石神は、ジョーンズ少将を見つめた。

「我々はその名前を知っています」

中西が言った。「殺された三島良則が、メールをやり取りしていた相手だ」

通訳を介して、ようやく活発な会話が始まった。

ジョーンズ少将は言った。

「シド・オーエンは、その被害者に情報を与えていた。巨大なプロジェクトの全容を秘匿するために、人々の眼をＵＦＯやオカルトに向けさせようとした」

石神は、尋ねた。

「その巨大なプロジェクトというのは？」

「アメリカが神の警告に従うことだそうだ。いや、神の代理人になろうとしているといったほうがいいかもしれん」

「詳しく話してください」

ジョーンズ少将は、話しはじめた。通訳が逐次翻訳していく。石神は、セクションOとやらの計画を知り、さらにジグソーパズルのピースが埋まっていくのを感じていた。

やがて、ジョーンズ少将の説明が終わると、ミッチェルが補足する形で話しはじめた。その内容は、アメリカのUFO研究機関やら、火星にあるピラミッドやらの話で荒唐無稽とも言えたが、今の石神にはよく理解できた。

今度は石神が、三島の著書やデ・ザリ神父などの話から知り得た情報を教えた。石神は、明智の助けを借りなければならなかったが、ピラミッドや天文学、幾何学の話などを何とか説明することができた。

東堂由紀夫が書き記した、一連の数字を、石神が見せ、説明を始めると、ミッチェルが興奮して、割り込んできた。

ミッチェルによって、謎だった2.7182という数字も自然対数の底と呼ばれる数字であることがわかった。そして、これらの幾何学的な数字は、地球のピラミッドだけでなく、火星にあるとされるピラミッドからも読みとることができるらしい。

ミッチェル少佐と明智によって、すべての情報が整理されていく。

東堂由紀夫が書き記した数字は、古代から現代までの、あらゆる文明の共通の知識であり、それは、おそらくセクション0の関心事であるに違いなかった。

「これらの数字によって、東堂由紀夫は、神々の正体を説明しているらしいのです」

石神が言うと、ミッチェル少佐は首を傾げた。

「シド・オーエンは、紀元前一万二〇〇〇年頃に起きた、小天体の衝突による大洪水によって滅んだ、超古代の文明の生き残りが神だと言っていました。その神々が、進んだ文明の知識を、我々の祖先に伝えたのだと……」

ジョーンズ少将が付け加えるように言った。

「その神々が、人類を滅ぼす災害を警告しているのだと、シド・オーエンは言う。それはおそらく、再び、隕石や彗星が地球にぶつかることなのだそうだ」

石神はうなずいた。

「ぴんと来ない話ですが、問題はそれを本気で信じているやつが、大きな実権を握っているということですね」

中西がそれを引き継いで言った。

「神様の警告だか何だか知らんが、私は、目の前の問題を片づけたい。一人の男が殺され、若者が罪を着せられようとしている」

ジョーンズ少将が中西を見ながら、思案顔で言った。

「その圧力がなくなれば、ボブ・ショーターとシド・オーエンを有罪にできるのかね？」

中西はうなずいた。

「やってみせましょう」

ジョーンズ少将は、石神に言った。

「そこにあるコンピュータと電話を借りたいのだが、いいかね？」

「かまいませんが……」

ジョーンズ少将は、ミッチェルに、今、ワシントンは何時だと尋ねた。ミッチェルは即座に夜の九時頃だろうとこたえた。石神は、ジョーンズ少将がアメリカに電話をかけるつもりだと知って、少々慌てたが、いざとなれば、電話料を中西に請求してやろうと考えた。

それからは、ジョーンズ少将とミッチェル少佐のタッグマッチをただ眺めているしかなかった。

ジョーンズ少将は、猛烈な勢いで電話をかけ、まくし立てた。切っては、次の番号にかけ、また、すぐに次にかける。

このジョーンズ少将は、ひょっとしたら、おそろしく気が短いのではないかと、石神は思いながら眺めていた。

「セルゲイの話と、このアメリカさんたちの話を合わせると……」

中西が、ジョーンズ少将たちを眺めながら、石神に言った。「バチカンが、セクションOとやらに出資しているということらしいな」

石神はうなずいた。

「そうですね」

「デ・ザリ神父とこの件の関わりがようやく見えてきたな……」

「共犯か、少なくとも犯人隠匿罪に当たるんじゃないですか？」

中西は苦い顔をした。

「デ・ザリ神父は、引っ張れねえよ」

「なぜです？」

「アメリカの圧力をかわすだけで手一杯だ。この上、バチカンを敵に回すなんてできねえ」

石神は、中西の判断が正しいかどうかをしばらく考えてから言った。

「もう一度会いに行きたいんですが、かまわないでしょうね」

中西は、抗議しかけたが、ふと押し黙り、それからぽつりと言った。

「ああ、かまわねえよ」

22

ジョーンズ少将は、これまでの人生で培った人脈のすべてを総動員するつもりだった。ワシントンはすでに夜の九時を過ぎているが、そんなことはどうでもいい。軍や政府のお偉方は、おそらくパーティーか夕食会に出席しているかもしれない。ならば、好都合だ。その場でいろいろな相談ができるに違いない。

ジョーンズ少将の電話の相手は、軍、国防総省、議会、政府そして、在郷軍人会にまで及んだ。それぞれの部署で要職についている者ばかりだ。

恐れたり臆したりはせずに、誰にでも電話をしようと決意していた。そうしなければ、複雑に絡まった釣り糸のようなこの問題は解決しない。

その中には、上院議員のジョセフ・ミラーも含まれていた。ミラー上院議員は電話に出るなり言った。

「おい、アレックス。どういうつもりだ」

「何かのパーティーの最中か？　申し訳ないが、こちらも切羽詰まってるんだ」

「そうじゃない。君は、猛烈な勢いであちらこちらに電話をしているそうじゃないか」

「さすがに耳が早いな。誰かの助けが必要なんだ」

「FBIが捜査している件なら、私には何もしてあげられないな。電話で知らせてやっただけでも感謝してもらわないとな……」

「そんな事じゃない。私が言った陰謀の話を覚えているか?」

しばらく無言の間があった。

「政府と軍需産業云々という話なら聞かなかったことにしてやる」

「どういう意味だ?」

「そんなスキャンダルがあれば、私の情報網に引っかからないはずがないんだ。私が、税金を使って毎日遊んでいるとでも思っているのか?」

「巧妙に仕組まれた陰謀なんだ。通常のチャンネルには引っかからんさ。とにかく話を聞いてくれ。陰謀の全容が明らかになったんだ。中心人物は、前にも言ったシド・オーエンという男だ。彼は……」

「待ってくれ、アレックス」

ミラー上院議員は、ジョーンズ少将の言葉を遮った。その口調には、わずかだが、懇願するような感じがあった。

「君がまずしなければならないのは、自分の身の潔白を証明することだ」

「必要ない」

ジョーンズ少将はきっぱりと言った。「どうせいわれのない罪だ」

「君には必要なくとも、私には必要があるんだ。アレックス。私は君の言うことを信じたい。本当だ。しかし、私にも立場がある。FBIに追われている君と手を組むわけにはいかない。誰もが君の話を、言い逃がれに過ぎないと考えるだろう」

「昔のガッツはどうした？　誰かが立ち向かわなければならないんだ」

「ならば、君がやるんだ」

「私一人ではだめなんだ。だから助けてほしいと言っている」

「残念だが……」

ミラー上院議員は力なく言った。「本当に残念だが、私にはそれほどの力はない」

「だから力を合わせてやろうと言ってるんだ。君の影響力が必要なんだ」

「申し訳ない。私には君ほどの影響力も度胸もない」

ジョーンズ少将は、しばらく無言で受話器を握りしめていた。てのひらが汗ばんでいた。

「そうか」

やがてジョーンズ少将は言った。「邪魔をしたな」

電話を切った。

ミラー上院議員の気持ちもわからないではないが、悲しく、淋しかった。しかし気落ちしている暇はない。ジョーンズは何とか、気を取り直して次の相手に電話することにした。

二時間以上電話をかけ続けて、ジョーンズ少将は失望しかかっていた。思うような効果が現れてこない。

隣では、ミッチェルが心配そうにジョーンズ少将を見ているし、日本人たちは、期待を込めた眼差しを向けている。

ジョーンズ少将は、疲れを覚えて時計を見た。すでにワシントンでは、夜の十一時を過ぎている。誰もが、セクション0などというものを知らなかった。説明しても、なかなか信じようとしない。

自分の影響力に自信がなくなりはじめていた。

「物事は、そううまくは運ばないものだな……」

ジョーンズ少将はミッチェルにそっと言った。

「あきらめては、だめです、提督」

「私にもできることと、できないことがあるようだ」

「自分には信じられません」

「何がだ？」

「提督の影響力が、あのシド・オーエンより劣っているなどと……」

ジョーンズ少将は、ミッチェルを見つめた。今の一言は、ジョーンズ少将に俄然やる気を取り戻させた。

そうだ。あの若造が、この私よりも軍や政府に影響力があるなどということは、決して認めるわけにはいかない。

「こいつは、私とシド・オーエンの最後の戦いということだな……」

「そのとおりです、提督」

「ならば、負けるわけにはいかない。負け戦《いくさ》などベトナムだけでたくさんだ」

ジョーンズ少将は再び受話器を取った。これが最後の勝負だ。強力な一手だが、諸刃《もろは》の剣でもある。もしかしたら、これまで積み上げてきたすべてのものを、一瞬にして失うかもしれない。地位も名誉も、退職後の年金さえも……。

だが、望みがないわけではない。ジョーンズ少将は覚悟を決めて、電話のダイヤルボタンを押した。相手は、ホワイトハウスだった。

ジョーンズ少将は、言った。

「こちらは、国防総省の特殊任務担当者、アレックス・ジョーンズ少将だ。大統領を頼む」

交換担当者から、秘書官の一人に代わった。秘書官は、ジョーンズ少将に嚙みついた。

「提督。どういうつもりだ。突然、大統領に電話をかけてくるなどと……。正気の沙汰とは思えん」

「無茶は承知だ。合衆国の名誉がかかっているんだ」

「合衆国の名誉だと？」

「セクション０だ。おっと、しらばっくれるのはやめてくれ。あんたの立場で何も知らないとは言わせない」

長い沈黙。やがて、秘書官は、慎重な口ぶりで言った。

「セクション０がどうしたというんだ？」

「あのシド・オーエンという若造は許し難い。私をペテンにかけた上に、日本人を一人殺した。そんなことを、大統領が納得しているとは思えない」

「待ってくれ、提督。何を言っているんだ？」

秘書官は困惑した声になった。

「詳しいことは大統領に直接話す」

「提督、残念ながら、あなたにそんな権限はない」

「私は、かつて勲章をもらうときに、大統領から直々に言われた。よき、友人として、いつでも連絡してくれとな。君は、大統領を嘘つきにしたいのか？」

「それは、社交辞令に過ぎない」

「君とこれ以上押し問答をするつもりはない。なんなら、シド・オーエンがやったことを、大統領の陰謀というタイトルをつけて、インターネットで流してもいいんだぞ」

秘書官は迷っているようだ。もう一押しだ。

「なあ、君が余計な責任を背負い込むことはない。大統領に任せてしまえばいいんだ」

さらに沈黙が続いた。ジョーンズ少将は、秘書官の次の一言を辛抱強く待った。

やがて、重く固いドアがゆっくりと開くような瞬間がやってきた。秘書官は言った。

「今、大統領の意向をうかがってくる。このまま待っていてくれ」

それから、たっぷりと十分は待たされた。電話で待つ十分は長い。やがて、本当の勝負の瞬間がやってきた。

「ジョーンズ提督。いったい、何事だ？　どこかで誰かが戦争を始めたとでもいうのか？」

間違いなく大統領の声で、当然のことながら、ひどく機嫌が悪そうだった。テレビの演説では決して聞くことのできない声だ。

「大統領。こんな時間に突然電話をした失礼をお詫びします」

「くだらん用事でないことを祈るよ。私のためにも、君のためにもね」

「セクション0については、ご存じのことと思います」

「ああ……。包括的な天体観測のプロジェクトを統括するセクションだと聞いている。民間企業と政府がともに金を出し合っている。それがどうかしたか？」

「天体観測？　大統領の取り巻き連中は、ちゃんとした報告をしていないようですね。

セクションOは、もっと軍事的で、秘密に満ちた組織ですよ。その連中が、日本人を殺したのです。セクションOのシド・オーエンという男は、機密保持という名目でその殺人を正当化しようとしています」

「殺人だって？　いったい、何を言ってるんだ」

大統領の注意を引きつけることには成功した。あとは、味方に付けるべく努力するだけだ。ジョーンズ少将は、何があったかを詳しく説明した。

説明を終えても、大統領は何も言わなかった。もしかして、聞いていなかったのではないかと不安になり、呼びかけた。

「大統領……？」

「それは極めて不愉快な話だな……」

「セクションOの、シド・オーエンという男は、自分が何でもできると勘違いしているようです。目的は崇高なものかもしれません。地球を危機から救うために金をかき集めて、あらゆる人材を動かしています。しかし、そのやり方が気に入りません。彼は、アメリカが神の代理人になるのだと言っていました。シド・オーエンというのは危険な男です」

「その人物の名に聞き覚えがある。かつてNASAにいた男だな。私に、全国の天文台や電波望遠鏡、衛星軌道上の望遠鏡などの観測結果を連動させる必要性を説明した男だ。

それは、たしかに必要なことだ。だから、私はセクション0を認可した」

「私同様、大統領もペテンにかけられたようですな。セクション0は、単なる観測のプロジェクトを進めているのではありません。アラスカなどにある高周波研究所などで、軍事的な技術開発を行う一方、ピラミッドだのシュメールだのを調べ回って、神のメッセージを探ろうとしているのです。そして、その秘密を守るために、日本人を殺し、無実の人間を犯人に仕立て上げるべく、我が国政府を通じて、日本の警察に圧力をかけているのです。大統領、私は、これらのことが、大統領の許可を得て行われたのではないことを祈ります」

大統領の声がますます不機嫌そうになった。

「私に恥をかかせるために電話をしてきたのか?」

「申し訳ありません。ですが、大統領。もう、あなたしかいないのです。どこに電話しても、日本の警察に対する圧力を排除する方法が見つからないのです」

「たしかに、私は今恥をかいた。だが、このまま何も知らずにいたら、もっとひどい恥をかいたところだ。提督、知らせてくれたことに感謝しなければならないようだな。すぐに調査を始める。そちらの電話番号を秘書官に教えておいてくれ」

大統領に代わって、秘書官が電話に出た。ジョーンズ少将は、通訳を通じて探偵の事務所の電話番号を訊き、それを伝えた。そして、滞在しているホテルの番号も教えた。

探偵が何かを言った。通訳がそれを伝える。

「どうなったと訊いています」

ジョーンズ少将はかぶりを振って言った。

「わからん。あとは大統領次第だ」

ミッチェルが、驚きの表情で言った。

「最後の手札を切ったのですね」

どうやら、ミッチェルは電話の相手を知ってからずっと同じ表情をしていたようだ。

「そうだ。切り札だ。これでコールだ。勝負はまだわからん」


石神は、電話の相手が大統領だと聞いて心底驚いていた。捜査に圧力をかけていたのは、よほどの大物に違いない。

どっちに転ぶかわからない状況だった。ジョーンズ少将の電話作戦が成功しなければ、捜査本部への圧力は消えない。そして、おそらく罪もない東堂由紀夫が犯人に仕立て上げられるというわけだ。

これ以上事務所に詰めていてもできることはなさそうだった。中西がジョーンズ少将たちをホテルに送っていくと言った。

ジョーンズ少将は、別れ際に石神に手を差し出した。石神が握手に応じると、提督は何か言った。

通訳がそれを石神に伝えた。

「困難な状況で、いろいろなことを探り出してくれて感謝する。アメリカ人として、責任を取りたい」

石神は言った。

「そういう話は結果が出てからにしましょう」

ジョーンズ少将はうなずいて部屋を出ていった。

ジョーンズ少将は、翌日の朝五時過ぎに電話で叩き起こされた。いまいましげにうめくと、ベッドの脇の受話器を取った。

「アレックス・ジョーンズだ」

「ビル・ワイズマンだ」

ＦＢＩの長官だ。ジョーンズ少将はいっぺんに目が覚めた。

「収賄の件なら、濡れ衣だぞ」

「そうじゃない、提督。その件なら、こちらの手違いだった。深くお詫びする」

「では、こんな時間に何で電話してきたのだ？　朝の五時だぞ」

「こちらは、午後三時なんだ。たいへんな一日だったぞ。昨夜、大統領から各司法担当者に直々に命令が下った。シド・オーエンという男について調べろとな。なんでも、あんたが、大統領を焚《た》きつけたそうだな。あんたに電話するように、大統領に言われたんだ」

ジョーンズ少将は、期待に胸が膨らむのを感じた。

「それで、どういうことになっているんだ？」

「大統領はひどく立腹していてな、日本の警察に不当な圧力をかけている連中がいたら、そいつらの首を切れと息巻いていた。我々は、シド・オーエンの殺人罪と国家反逆罪について検討を始めた」

ジョーンズ少将は、あいているほうの拳をぎゅっと握りしめていた。勝利の感慨が胸に押し寄せてくる。

「シド・オーエンは、日本にいる。おそらく日本の警察が逮捕したがるだろう。だが、彼らは治外法権の横田基地にいる」

「それは我々のほうで処理する。じゃあな。たしかに伝えたぞ。これ以上、大統領に尻をひっぱたかれるのはまっぴらだ」

「我が国も、まんざら捨てたもんじゃないという気がしてきたよ」

別れの言葉を言おうとすると、ワイズマン長官は言った。

「これは、オフレコだがな。国防長官の首が飛ぶらしいぞ。なんでも、大統領をコケにしたとか……。詳しいことは知らんが」

「そのへんの事情は、おそらく私のほうが詳しい。国防長官は、シド・オーエンと何らかの取引をしていたんだ。手を組んでいたんだよ」

「それでな。大統領は、その後釜に、あんたを考えているようだ、提督。まだまだ、楽はできそうにないな」

「なんてこった……」

ワイズマン長官は、再び、じゃあな、と言って電話を切った。

受話器を置くと、ジョーンズ少将はそそくさと服を着て、スイートルームを出た。ミッチェル少佐の部屋に行くと、ドアチャイムを何度も鳴らした。

ミッチェルが、寝ぼけ眼《まなこ》で現れた。

「提督……」

ジョーンズ少将は、その手を握り、力強く振った。

「勝ったぞ、ドン。私たちは勝ったんだ」

ジョーンズ少将はその言葉を何度も繰り返した。

23

月曜の朝、事務所でコーヒーを飲んでいると、中西から電話が来た。石神は、くつろいだ姿勢のまま話を聞いていた。

「突然、捜査本部の体制が変わった」

中西は言った。興奮を必死に抑えているような口調だ。

「ほう……」

石神はわざとそっけなく言った。

「捜査一課長が捜査本部長だったんだが、今日になって刑事部長が乗り出してきた。検事の一人と共同で、陣頭指揮を取り始めた」

「その検事というのは……」

「そうだ。影の捜査本部を率いていた検事だ。捜査は、最初から洗い直しということになった。圧力がなくなった捜査本部の雰囲気を見せてやりたい。捜査員たちは、みんな別人みたいに張り切っている」

「ボブ・ショーターとシド・オーエンを逮捕できるんですか?」

「刑事部長のところに、ＦＢＩから連絡があったらしい。横田基地の司令部も協力してくれるということだ」

「ジョーンズ少将には知らせましたか？」

「これから、英語の堪能なやつを本庁から連れてきて連絡するつもりだ」

「利用されたのは、面白くありませんでしたが……」

石神はほほえんだ。「どうやら、いっしょに殺人犯の検挙を喜べそうな気分になってきましたよ」

「私らは、これから詰めに入る。それじゃあ……」

電話が切れた。

石神は受話器を置くと、ゆっくり体を起こした。

明智が尋ねた。

「どうなったんです？」

「警察はやるべきことをやれるようになったというわけだ」

明智は、さらに何か質問しようとしていた。それを遮るように、石神は言った。

「ちょっと出かけてくる」

デ・ザリ神父は、祭壇の前にひざまずき、祈りを捧げていた。石神は、前にここに来たときと同様に、神父の祈りが終わるのを待った。

やがて、神父が立ち上がり、背後にいた石神に気づいた。厳しい眼差しを石神に向けていた。

「ボブ・ショーターとシド・オーエンは、殺人の罪を償わなければなりません」

石神が言うと、デ・ザリ神父は眼をそらしてゆっくりと祭壇のほうを見た。そして、正面の十字架を見上げた。

「あの日から、私の心が安まる日はありませんでした。毎日、主に許しを乞いました」

「あなたが、シド・オーエンに三島良則を紹介したのですね？」

神父は驚いたように石神を見た。それからまた眼をそらし、おろおろと視線をさまよわせた。

「そうです。二年も前の話です。私は、法王庁からシド・オーエンに協力するように命令されていました。積極的に、UFOや古代文明に関心を持っている人々と、ネットを通じて連絡を取り合い、ついに三島良則という理想的な人物を見つけたのです」

「東堂由紀夫に罪を着せることを思いついたのもあなたですか？」

「それは違う。たしかに、三島良則とともに東堂由紀夫のことをオーエンに教えました。しかし、それからの計画はすべてオーエンがやったことです。信じてください。私は、彼らが三島を殺したり、東堂に罪を着せようとするなどとは思ってもいなかったのです」

石神はうなずいた。

「それは本当かもしれません。しかし、事実、三島良則は殺された。そして、東堂由紀夫は殺人犯にされるところだった。あなたは、その真相を知っていながら、黙っていた」

「私はこれから先、死ぬまでその罪の意識を背負って生きていかねばなりません」

「どうして、オーエンなんかに手を貸したのです。バチカンがセクション０に出資しているからなのですか？」

「法王庁は、ただ単に金を出しているわけではありません。セクション０を監視する必要を感じていたのです。オーエンは、一種の終末思想に取り憑かれていました。そして、その終末を人間の手で乗り切ろうとしていたのです。オーエンに言わせれば、聖書に記されている終末は、何度か地球を襲った天変地異の一つでしかなく、それは周期的にやってくるということになります。聖書に記されている神は、多くの神々の一人でしかなくなります。私たちは、そういう思想を認めるわけにはいかない」

「いいじゃないですか。あなた方は、あなた方の信じるべきものだけを信じていれば……」

「私たちには、全世界のカトリック信者に対する責任があるのです。彼らは、聖書とローマ法王庁を心の拠《よ》り所《どころ》にしている。そして、我々ローマ・カトリックは、終末思想を管理しなければならないのです。悔い改め、正しい行いをすれば、審判の日に神の国へ入ることができる。それを信じている信者を欺くことはできないのです」

「バチカンには、さまざまな秘密があるそうですね」

「人々を不安に陥れないために、秘密を守るのです」

「ファティマの預言も、そうなのですか？」

「いたずらに終末の預言を公開してはならないのです。その預言の本当の意味は、神にしかわかりません。そして、神の正体も……。オーエンが言うことにも、何らかの真実が含まれているかもしれない。しかし、大洪水の生き残りが神になったなどと、あるいは、破壊された惑星から飛来したなどと、神を推理してはいけないのです」

デ・ザリ神父の表情は、これまでに見たことがないほど、切実だった。

「それぞれの立場によって、言いたいことはあるでしょうし、やらねばならないこともあるでしょう」

石神は言った。「しかし、あなたが、人殺しに手を貸したことは事実なのですよ」

神父は、すがるように石神を見つめ、それからゆっくりと首を垂れた。いつも精力的に見えた神父が、急に年を取ってしまったように見えた。

石神は、神父に背を向けて出口に向かった。戸口で振り返ると、神父は身動きもせず、うなだれたままだった。

ボブ・ショーターとシド・オーエンに逮捕状が執行されたのは、それから二日後のことだった。影の捜査本部がかき集めていた証言や物証が、たちまち効果を現したのだ。症状にぴったり合った薬を処方したようなもので、こうなれば事態はトントン拍子に進む。石神は、経験上それを知っていた。

殺人の動機は、出版契約上のトラブルと発表されていた。シド・オーエンからいろいろな情報を得ていた三島良則は、契約になかったことまで書いてしまった。クレームをつけたシド・オーエンに対して、三島は聞き出した事実をもとに、逆に脅迫めいたことをほのめかし、さらに無理な条件を押しつけた。

怒ったシド・オーエンが、ヒットマンを雇ったというわけだ。ボブ・ショーターは退役軍人の殺し屋ということになっていた。誰が考えた筋書きかは知らないが、マスコミ発表用には、まあまあのできだろう。

国際問題にならぬように、アメリカ・日本の両政府は知恵を絞っていることだろうが、石神にとってはそんなことはどうでもよかった。

刑法は現地主義なので、日本の警察が二人を逮捕することになる。

中西によると、横田基地の米軍が二人を拘束、それを警察に引き渡すという段取りになっているということだ。

石神は、すでに殺人事件に関しては興味が薄れていた。請け負った仕事はまだ片づいていない。東堂由紀夫を見つけだすように言われていたのだ。事情はどうあれ、それが依頼の内容だ。

ジョーンズ少将は、横田基地の司令部に電話をして、シド・オーエンとボブ・ショーターが拘束されていることを確かめた。

ミッチェル少佐とともにガイド兼通訳の女性の車に乗り、横田基地に乗り付けた。身分を告げて、ゲートを難なく通り抜けると、司令部に赴き、シド・オーエンが監禁されている部屋に案内させた。

監獄にぶちこまれているのかと思ったが、そうではなく、今まで滞在していた部屋に拘束されていた。ドアの前には銃を持った兵士が二人立っていた。

ジョーンズ少将が部屋に入ると、シド・オーエンは、不思議そうに顔を上げた。

「知ってるか?」ジョーンズ少将は言った。「おまえは、ケイソン・プロダクツを解雇されたそうだ。セクションOには新たな担当者が赴任する」

「なぜだ……」

オーエンは、苦痛に満ちた表情で言った。

「僕は、個人的な生活をなげうってまで、セクション0のために働いた。こんなことがあっていいはずがない……」

「大統領が直々に発表した。今後、セクション0は、NASAや国立天文台などの情報をもとに、地球に接近するあらゆる天体に対して評価、分析を推し進めることになる。やることはたくさんある。アマチュア天文学者を結ぶインターネットのネットワークを作ること、万が一に備えて、世界中の政府とのホットラインを構築すること……。だが、おまえのやり方と違うのは、情報を常にオープンにすることだ。そして、神の代理人などという戯言を言わんことだ」

オーエンは、ほほえんだ。

「物事の本質をおろそかにしたそんなプロジェクトが成功するはずがない。僕が正しかったことが、そのうちに証明されますよ」

「おまえの考えは、もしかしたら正しいのかもしれん」

ジョーンズ少将は言った。「だが、やり方が間違っていた。その点を充分に反省するのだな」

オーエンは、うつむくと、いきなり拳で机を叩いた。敗北感に打ちひしがれた姿だ。

ジョーンズ少将は、心の中でつぶやいた。

若造。相手が悪かったんだよ、相手が……。

続いて、ジョーンズ少将は、ボブ・ショーターに面会した。

ジョーンズ少将を見ると、ボブ・ショーターは、立ち上がった。だが、やはり親しみは微塵も感じられない。

「私を恨んでいるか、ボブ？」

「いいえ《ノー・サー》」

「私が、おまえをセクション０などに送り込まなければ、こんなことにはならなかった」

「その点については、感謝しております」

「感謝だと？」

「私は退屈な日常を送っておりました。しかし、セクション０においては、ようやく敵を殺すという本来の私の役割を果たすことができました」

「本気で言っているのか？」

「私には、軍で教官をやったり、事務仕事をやる生活は耐えられません。セクション０では、ようやく自分を取り戻せたような気がします」

「その結果がこれだ」

「敵を殺して罪に問われるのは、納得できませんが、任務を果たせたことには満足しています」

ジョーンズ少将は、溜め息をついた。

「おまえは変わった」

「いいえ、提督。変わったのではありません。本来の自分に戻ったのです。自分には、戦争が必要です。そして、アメリカにも戦争が必要なのです。そして、アメリカはタフで常に勝利しなければならないのです」

ジョーンズ少将はかぶりを振った。

「とにかく、済まなかった。すべては、私の愚かさが引き起こしたことだ。それだけを言いたかった」

ジョーンズ少将は、いたたまれない気分でボブ・ショーターの部屋を後にした。

それから、ジョーンズ少将の一行は、探偵の事務所に向かった。帰国する前に、あの探偵に会っておきたかった。

事務所を訪ねると、探偵は先日会ったときと同様に、デスクの後ろでくつろいでいた。狭いが居心地のいい部屋だと、ジョーンズ少将は思った。

「先日、言ったことを、もう一度繰り返したい」

ジョーンズ少将は通訳を通じて、探偵に言った。

探偵はうなずいた。

「あなたは、言葉通り、責任を果たしてくれました」

二人が握手を交わしたとき、ドアチャイムが鳴った。

24

石神は、ジョーンズ少将の訪問を喜んでいる自分に気づいた。燃えるような赤い髪と、濃いブルーのいきいきした眼を見ていると、こちらも元気になってくる。一昨日、デ・ザリ神父に会ってから、どうも気分が落ち込んでいた。

力強い握手をかわして、なぜか救われたような気がしていた。

ドアチャイムが鳴り、ドアが開いた。高園江梨子が戸口に立っている。いつものように、野球帽をかぶっている。ジーパンの裾を折り、スウェットの素材でできたオーバーサイズの上着を着ていた。

石神は言った。

「そろそろ来る頃だと思っていた」

「お客さん？」

江梨子は、ジョーンズ少将たちを見て言った。

「いいんだ。どうせなら、ジョーンズ少将たちにも紹介したい」

「あたしを？」

「君だけじゃない」

「どういうこと？」

「依頼主が、依頼の内容を忘れたのか？　東堂由紀夫だよ。きっと、ジョーンズ少将も、東堂由紀夫の話を聞きたがると思う」

江梨子は眉をひそめた。

「何言ってるの？」

「東堂由紀夫のいるところに行こうじゃないか」

「どこよ？」

「あんたの部屋だ。東堂由紀夫をずっと匿っていたんだろう？」

江梨子は、大きな目をさらに大きく見開いて、石神を見つめていた。明智も、石神を見つめている。

石神は思った。

どうやら、こいつらは、俺が探偵だということを忘れていたようだな。

江梨子が言った。

「中西さんが教えたの？」

「違う」

「じゃあ、どうしてわかったのよ」

石神は、ほほえんだ。

「東堂由紀夫は、対人恐怖症だと言ったな。だとしたら、行動は限られてくる。学生であまり金がないだろうから、ホテルにずっと隠れているなんてことはできない。それに、もしホテルにいたのなら、捜査本部が見つけているよ。故郷を訪ねたが、帰った様子もない。となると、誰かに匿われているという可能性が高い。私は、最初、デ・ザリ神父の教会に隠れているのかと思った。しかし、教会にはいなかった。そこで考えてみた。すると、どうやらあんたと中西が最初から手を組んでいたような気がしてきたんだ。そうなると、結果は明らかだ」

「ま、本物の探偵みたい」

「本物なんだよ。灯台もと暗しでね。初動捜査で中西さんたちが、あんたの部屋を訪ねているはずだ。そうなれば、捜査本部ももうガサをかけようとは思わなくなる。あんたは、手がかりだと言って、削除された東堂由紀夫のホームページに載っていた数字を持ってきた。それをネットの知り合いから教えてもらったと言ったが、そうじゃない。あんたは、東堂本人から聞いたんだ」

「対人恐怖症ってのは、本当だよ。大勢で押しかけると、何もしゃべらなくなっちゃうよ」

「世間話をしようってんじゃない」

石神は、数字が並んだ紙を取り出した。「神の正体とやらについて教えてもらいたいんだよ」

「そんなこと知って、どうすんの？」

石神は、小さく首を傾げた。

「さあな。好奇心かな？」

ホームページを削除したのは、シド・オーエンたちに違いない。

オーエンがたどりついた神の正体と、東堂由紀夫が解きあかした神の正体は、おそらくかなり近いのだろう。だからこそ、オーエンは、ページを削除しなければならなかったのだ。そして、その秘密のために、三島は殺されたのかもしれない。殺された三島のためにも、ぜひ、その秘密を知りたいと石神は思っていた。

石神と江梨子のやり取りを、通訳の女性がジョーンズ少将にそっと伝えていた。

ジョーンズ少将が何事か言った。通訳がそれを伝えた。

「その点については、私たちも興味を持っている。ぜひ、話を聞きたい」

「それじゃあ」

石神は言った。「みんなで出かけるとするか」

タクシーと、通訳の車二台に分乗し、白金に向かった。

「どうして、こんなに大勢で押し掛けなきゃなんないのよ」

江梨子はふくれっ面で、文句を言っていたが、本気で腹を立てているようではなかった。明智ははらはらしている様子だったが、石神は気にしなかった。

私に何もかも言い当てられたことがくやしいのだろう。かわいいもんだ。

石神はそう思い、ほくそえんでいた。

オートロックの瀟洒なマンションで、江梨子の部屋は、1DKだった。若い女性の部屋にしては散らかっているような気がしたが、それは、石神の若い女性に対する勝手な思い込みのせいで、実際は誰でもこんなものなのかもしれない。

それにしても、いい匂いがした。化粧品や香水、シャンプーや石鹼の匂い。どうして若い女性の部屋はこんな甘い匂いがするのだろうと不思議に思った。おそらく、生活感がないからだろう……。

玄関を入ると、右手に流し台がある。そこは広いダイニングキッチンで、バスルームらしいドアがあった。奥に、ベッドルームに通じるらしいドアがある。

ダイニングキッチンには、白木のテーブルがあり、その上にデスクトップのパソコンと、ノートパソコンが載っている。そのノートパソコンの前に、不安げな眼をした青年が座っていた。

どう見ても、今はやりの若者ではない。髪は中途半端な長さで、ひょろりと痩せている。顔は青白く、態度はおどおどしていた。すり切れたジーパンをはき、色あせたグレーのトレーナーを着ている。

突然の客に面食らっている。だが、彼の見せた反応はそれだけだった。何かを問うわけでもない。ただ、来客たちを見つめているだけだ。

「東堂由紀夫君だね？」

石神は尋ねた。青年は、無言でうなずき、恐怖と不安に満ちた眼で石神を見ていた。

「心配することないよ」

江梨子が言った。「何もかも片づいたんだから。この人たちが、助けてくれたんだよ」

東堂由紀夫は無言だった。対人恐怖症というのは本当らしい。これだけの見知らぬ人々が急に訪ねてきたのだ。パニックを起こしても不思議はない。

石神は、数字が書き連ねてある紙を取り出して、テーブルに置いた。東堂由紀夫は、それを目で追った。ぼんやりと紙を見つめている。

「それぞれの数字が何であるかはわかった」

石神は言った。「前半が幾何学に関係する数字、後半は天文学に関する数字だ。だが、それらが何を意味しているのかがわからない。君は、これらの数字で神の正体を読み解いたそうだな」

東堂由紀夫は顔を上げた。その眼にようやくはっきりとした意志を感じさせる光が見て取れた。彼は自分の役割を悟ったのだ。

「さあさ、みんな突っ立ってないで、適当に座ってよ。今、コーヒー入れるからさ」

江梨子が言った。といっても、テーブルには椅子が二つしかなく、その一つに東堂由紀夫が座っている。石神は、ジョーンズ少将にもう一つの椅子を譲った。

江梨子は、コーヒーメーカーをセットすると、奥の部屋から机に向かうときに使うらしいキャスターつきの椅子やら、化粧台のスツールやらを持ち出してきた。なんとか全員が腰を落ち着け、コーヒーが行き渡ると、石神は東堂由紀夫に言った。

「この数字と神の関係について話してくれないか」

通訳が、すべての会話をジョーンズ少将とミッチェル少佐に伝えていく。

東堂由紀夫は、注目を浴び居心地悪そうに身じろぎをした。彼は、数字の羅列を見つめながら、小さな声で言った。

「それが神です」

石神は、東堂由紀夫を見つめて尋ねた。

「どれが、神だというんだ？」

「神は数字であり、星なんです」

石神は、明智を見、同様にジョーンズ少将はミッチェル少佐を見た。

石神は、東堂由紀夫の言うことがわからず、苛立った口調で言った。

「神は数字？ 神は星？ それはいったいどういうことだ？」

「言ったとおりの意味です。数字と星が神の正体なのです。あらゆる神話、そして、あらゆる宗教はそこから生まれました」

東堂由紀夫は、話しはじめた。しかし、誰の眼も見ようとしなかった。

ジョーンズ少将が口を開き、その言葉を通訳が伝えた。

「我々は、神は全能で、慈愛に満ちた存在だと小さな頃から教えられた。神は創造主であり、この世のすべてを司《つかさど》っていると……」

東堂由紀夫はかぶりを振った。

「それは、人間が畏れと願望から創り出した幻想です」

「だが、歴史上、数々の奇跡が実際に起こっている」

「奇跡は起きます。それは、確率と統計で説明がつきます。どんなに不思議なことでも、起こりうるのです。例えば、コップから突然水が外に飛び出すといったことも、確率的にはありうるのです」

東堂由紀夫の口調は次第に確固としたものになってきた。緊張のために顔は蒼ざめているが、話すべきことがあるという充実感のおかげで、対人恐怖症に打ち勝っているようだった。

　石神は、言った。

「つまり、君の言う神と宗教とは関係がないということか？」

「宗教は神に対する畏れから生まれました。しかし、それを生んだのは、天才的な、あるいは妄想に満ちた人間なのです」

　石神はかぶりを振った。どうも、理解できない。

「具体的な話をしてくれないか」

　東堂由紀夫は、緊張のためか、ごくりと喉仏《のどぼとけ》を動かした。

「イエズス・キリストは、ユダヤ教最大の秘密であったカバラを公開することで、ユダヤ教キリスト派を民衆に認めさせました。それが後のキリスト教です。カバラというのは、数秘学つまり、数字なのです。それは、ユダヤ教の教典を真の意味で読み解くために必要な知識だったのです」

「ユダヤ教の最大の秘密が数字？」

「それは遥かな昔からの知恵です。どんなに時代が過ぎ、文明が入れ替わり、言葉が変わっても、その知識だけは変わらずに受け継がれます。それは、太古の文明に学ぶための知識なのです」

「太古の文明に学ぶための知識？　どうも言っていることがよくわからないな」

「僕は……」

また、ごくりと唾を呑む。「僕は、人類の歴史が、現代まで続くただ一度のものとは考えていません。かつて、この地球には、現代の科学よりずっと進んだ文明があったと信じています」

ジョーンズ少将が、通訳をとおして言った。

「彗星か大隕石の衝突による大洪水が起き、それによって、進んだ文明が滅んだというわけだな？」

通訳の言葉を聞き終えると、東堂由紀夫はぎこちなくうなずいた。

「ひとつの文明が滅びても、いつかまた再び進んだ文明が地上に姿を現すに違いない……。その新しい文明に何かを伝えようとするとき、最も有効な表現方法は、数字であり幾何学などの数学なのです。言語が変化しても、文明が発達すれば人々は必ず数字を用い、幾何学を理解します。数字は、あらゆる文明の共通語なのです」

石神はうなった。

「なるほど、数字がな……」

「それらの数字は、ピラミッドにも秘められています。そして、ローマ・カトリックに受け継がれ、教会の建築にも使われています。古いゴシック建築には、いたるところに、円周率や、黄金比、$\sqrt{5}$といった比率が使われています。そして、それは教会の秘密として大切に伝えられてきたのです。ローマ・カトリックの教団以外で、その秘密を知るのは、教会を建てるために働いた石工《いしく》たちだけでした」

「石工……？」

突然、何かに気づいたように、明智が言った。

「そう。石工たちは、その秘密を守るために、秘密結社を作りました」

「フリーメーソンか！」

明智が言った。石神は、明智に尋ねた。

「フリーメーソンて……、あのフリーメーソンか？」

「そうです。世界最大の秘密結社といわれています。たしかに、フリーメーソンが中世の石工の組合から生まれたという話は聞いたことがありましたが、そういう理由だったとは……」

「そう。メーソンたちの最大の秘密も数字と幾何学です。フリーメーソンのシンボルは……」

明智が東堂由紀夫の言葉を遮るように言った。

「コンパスと定規だ！」

「そう。コンパスと分度器の場合もあります。それは単に石工の道具ではなく、彼らが何よりも大切にしている幾何学を象徴しているのです」

「ぴんとこないな……」

石神は、ジョーンズ少将たちの顔をちらりと見た。キリスト教文化圏の人々には、受け容れがたい話かもしれない。だが、ジョーンズ少将たちは、何も言わずに通訳に耳を傾けていた。

「カバラで聖書を読み解くと、そこに星々の運行が浮かび上がってきます。それだけではありません。世界中の神話や、古い経典には、星々の運行に関わる数字が隠されているのです。それが、そこに記した数字です。聖書に登場するさまざまな数字を足したり、割ったり、掛け合わせたりすれば、それらの数字が現れることになります」

ジョーンズ少将が何か言い、通訳がその言葉を伝えた。

「聖書に出てくる数字は確かに不可解なものが多いが、それが天体の運行を表しているなんて考えたこともなかった」

東堂由紀夫は、相変わらず誰とも眼を合わさずに説明を続けた。

「ヨハネが黙示録に残した獣の数、６６６。聖書が書かれたコイネーギリシャ語やヘブライ語には、すべての子韻に数字の意味があり、それに当てはめると、６６６はネロ皇帝の意味になるという解釈があります。でも、これは、本当の意味を隠すための、嘘の解釈です。本当は、６かける６かける６。その数字自体に意味があるのです」

東堂由紀夫はノートパソコンの電卓を起動し、６×６×６を打ち込んだ。216と出た。

皆がその画面をのぞき込んだ。

東堂由紀夫はその様子をちらりと見てから言った。

「216。この数字は、倍にした形で示されることが多いのです。そのほうが単純な形になるので伝えやすいからです」

石神は、すでにその数字を知っていた。東堂由紀夫は電卓に、×2を打ち込む。432と表示された。

石神は言った。

「そこの紙にある数字だ」

「そうです。216を十倍すると、2160。これは、春分の日の日の出の背景にある星座がひとつ分移動するための年数です」

ジョーンズ少将がうなずいて言った。通訳がそれを翻訳する。

「歳差運動によって……」

「そう」

東堂由紀夫は続けた。「そして、新約聖書の中で、イエズス・キリストは、繰り返し、十四万四千という数字を使います。それは、人数であったり、日数であったりするのですが、そこにも、666が隠されているのです。144000を、6かける6かける6、つまり216で割ると……」

東堂由紀夫が打ち込むと、パソコン画面の電卓は、666.6666……を示した。無限に6が並ぶ。それを一同に示すと、誰もがほうっと息を洩らした。

「さらに……」

東堂由紀夫は言った。「144000を666で割ると……」

東堂由紀夫は、またそれを電卓に打ち込んだ。結果は、216.216216216……。216という数字が無限に繰り返されることを示していた。

「これは一例に過ぎません」

皆の驚きの中、東堂由紀夫の説明は続く。「キリストは、間違いなく数秘学、つまりカバラを公開したのです。この数字はちゃんとピラミッドを含むギザの構造物に記されています。まん中のピラミッドの底辺の一辺の長さは二百十六メートル、そのピラミッドからスフィンクスに延びる参道の長さは四百三十二メートルです。こうした数字を残している宗教はキリスト教だけではありません。仏教でも同様です。144を2で割ると72。これは、歳差運動によって黄道の十二星座が一度移動するのに要する年数ですが、この72や、その半分の36、さらにはその両方を足した108という数字が、仏教の経典の中に見られるのです。それらの数字は、人々が文字を書く以前から、神話と言う形で語り伝えられてきました。だから、それらは聖なる数字と考えられているのです」

「そういう数字が現れるのが、偶然じゃないというんだな?」

石神が尋ねると、東堂由紀夫はうなずいた。

「神話は古ければ古いほど、具体的な数字となります。時代が下るにつれて、象徴的な意味合いになっていくからです。例えば、北欧の神話には、次のような数字が出てきます……」

東堂由紀夫は、紙にボールペンで書きながら説明した。神話の終盤、最高神ワルハラが世界の秩序を取り戻すために、兵を送り出す。その兵の数が問題なのだという。

五百と四十の扉がワルハラの壁にあるだろう
八百の兵士が、それぞれの扉から出ていき、
狼との戦いに赴く

そういう文言があるそうだ。その兵の数というのは、(500＋40)×800。東堂由紀夫がパソコンの電卓に打ち込むと、432000と出た。

「桁は問題ではなく、この数字が問題なのです」

東堂由紀夫は言った。今では、石神もそのことを理解していた。

「それが本当だとして、どうして神話では、歳差運動などの天文学の数字を残そうとしたんだ?」

「もともとは、神は星だったからです」

ミッチェルが通訳を通じていった。

「つまり、羽の生えた蛇や、龍のことを言っているんだね？　災いをもたらす空の蛇や龍。つまり、流星や彗星だ」

東堂由紀夫はうなずいた。

「そう。彗星の衝突で滅んだ文明の生き残りは、何とかその危険を未開の人々に伝えようとしたんです。天文学の知識をそのまま伝えても理解してもらえない。それで、たとえ話をすることになった。それが、星座を生み、やがて、星座も神とされるようになったのです。エジプトでオシリス神はオリオン座と同一視されていました。マヤやインカの人々も、蛇と同時に太陽や星を崇めていました」

石神は質問した。

「ピラミッドに幾何学的な数字が隠されているのはなぜなんだ？」

「あれこそが、時代を超えたメッセージです。ピラミッドやスフィンクスなどギザの構造物全体が、大洪水で滅んだ人々のメッセージなんです。建造物に、幾何学の知識をふんだんに盛り込むことで、人々の注意を向けさせようとしたのです。何度も言いますが、幾何学は、いつの時代であれ、どんな言語を話していようと、文明が発達すれば必ず理解できる共通言語だからです」

通訳を介して、ジョーンズ少将が言った。

「火星のピラミッドも同じ目的で建造されたのだろうか……」

「おそらくそうでしょう」

石神は尋ねた。

「どんなメッセージを残しているというんだ?」

「獅子の形をしたスフィンクスが真東を見ていることで、人々の災いが獅子座の時代に起きたことを示しています。つまり、春分の日に獅子座をバックに日が昇る時代で、それは、紀元前一万九七〇年から、紀元前八八一〇年の二千百六十年間です。そして、その時代、地球は牡牛座流星群と呼ばれる流星群の中を通過したことが、コンピュータのシミュレーションによって明らかになっています」

「牡牛座流星群?」

「そうです。隕石の群れで、おびただしい流星が牡牛座の方角からやってくるように見えることでそう言われています」

ジョーンズ少将が通訳を通じていった。

「その牡牛座流星群の中の一つに地球がやられたというのか?」

そして、それを、ミッチェルが補足した。

「そして、火星も……?」

東堂由紀夫は何度もうなずいた。

「古代の神話や宗教観を調べると、龍や蛇を崇める民族と、牛を崇める民族にまっぷたつにわかれることが知られています」

「聞いたことがある」

明智が言った。「中近東を境に、東は龍を崇め、西は牛を崇めるんだって……」

東堂由紀夫はうなずいた。

「今でも牛を聖なる生き物としている宗教がありますし、イエズス・キリストも、属性としては牛族に入るということです。龍を信奉する国民としては、中国が代表的です。この違いはどこから生まれるのか……。それは、星々がすべて説明してくれます」

「星が？」

明智が訊いた。

「つまり、災いをもたらす流星や彗星そのものを崇めた民族と、かつて災いをもたらした流星が、牡牛座からやってきたことを知っており、牡牛座を崇めた民族の違いなのです」

「たまげたな……」

明智が言った。「それって、まったく新しい解釈だよ、たぶん……」

石神は、すっかり東堂由紀夫の話に引き込まれていた。東堂由紀夫は、心霊的な神の話をしているのではない。民俗学的、あるいは歴史的、いや、科学的に神の正体を読み解いているのだ。

「やがて……」

東堂由紀夫は言った。「時代が下り、天体や幾何学の知識を伝えてくれた人々のことも、神格化されていきました。そして、人類の心の中にさまざまな神が生まれることになったのです」

ジョーンズ少将の言葉を通訳が伝えた。

「シド・オーエンは、神々が、他の惑星からやってきたと言っていたが……」

東堂由紀夫は、かぶりを振った。

「それはわかりません。ゼカリア・シッチンはそういう説を唱えていますが、証拠はありません。僕に言えるのは、大洪水で滅んだ文明の生き残りが、星々とそれを読み解くための数字を後世に伝え、その星と数字が神と考えられたこと、そして、それを伝えた人々も神と呼ばれたこと、それだけです」

長い沈黙があった。

やがて、ジョーンズ少将が重々しく何かを言い、それを伝える通訳の声が石神にある種の驚きをもたらした。

「今、大洪水が起きて、ほとんどの人々が滅んだとしたら、我々の生き残りが同じことをするだろうか？ そして、その生き残りは、やがて、神と呼ばれるのだろうか……」

石神は言った。

「私が生き残ってもしょうがないな。どうせなら、科学者か何かに生き残ってもらいたいな……」

「かつて滅んだ文明の人々も……」

東堂由紀夫が言った。「同じことを考え、そして実行したのでしょうね」

長い沈黙があった。

石神は、東堂由紀夫に何か言ってやらなければならないと思った。対人恐怖症の彼にはさぞかし荷が重かったはずだ。彼はその大役を果たした。

「たいしたものだ」

石神は言った。「私には君の説明が立派な科学に聞こえる。そういう研究を今後も続けてもらいたいもんだな」

東堂由紀夫が初めて他人の眼を見た。石神と眼を合わせたのだ。そして、かすかだが、彼はほほえんだ。

ジョーンズ少将とミッチェル少佐が帰国するのを、石神は成田空港まで行って見送った。

「帰ると、しんどい仕事が待っている」

ジョーンズ少将は、英語で言ったが、石神は何とか理解することができた。「だが、君が来てくれたら、いつでも時間を作る。ワシントンに来ることがあったら、必ず連絡してくれ」

力強い握手は心に残った。

事務所に戻ると、江梨子が来ており、明智と楽しそうにおしゃべりをしていた。

「もう用はないはずだ」

石神は言った。

「費用の残りを払いに来たんだよ」

「金などもらえない。捜索を依頼された人物は、依頼人が匿っていたんだ。これじゃ、隠れんぼだ」

「仕事は仕事でしょう？　ちゃんと見つけたんだし……」

「いらん」

「じゃあ、こういうのはどう？　費用の分、あたしがここでただ働きするの」

すかさず、明智が言った。

「あ、それ、いいっすね」

「おまえな……」

石神は明智に言った。「この子は、ずっと東堂由紀夫と同じ屋根の下で暮らしていたんだぞ。おまえに望みはない。あきらめろ」

「あら」

江梨子が言った。「東堂君とは、何もないよ。幼なじみだし、中西さんに言われたから匿っていただけで、ちゃんと部屋も別にしてたもん」

「いや、そういう問題じゃなく……」

「あ」

江梨子が言った。「おじさん、嫉妬してくれたわけ?」

冗談じゃない。

「いいじゃないですか」

明智が言った。「彼女がいたほうが、依頼が増えるかもしれませんよ」

「タレントの仕事があるだろう」

「だから、暇な時間だけ来るのよ」

こいつらは、遊び気分なのか……。

石神はあきれ果てた。まともに相手はしていられない。

「好きにしろ」

「じゃ、決まりね」

明智が、天にも昇るような顔をした。

楽しそうな若者の顔を見て、溜め息をついた。

彼ら若者がこの先、いつまでもこの笑顔を絶やさずにいてほしい。

いずれは本当に災いの神が天から降ってくるのかもしれない。だがそれは、しばらくお預けにしてもらいたいものだ。せめて人類がもう少しだけ賢くなるまで――。今のままでは、次の文明のやつらに笑われちまう。

石神はそんなことを考えていた。

《主要参考文献》

『創世の守護神』グラハム・ハンコック／ロバート・ボーヴァル著／大地舜訳　小学館文庫
『神の刻印①〜④』　グラハム・ハンコック著／田中真知訳　小池書院
『神々の指紋』グラハム・ハンコック著／大地舜訳　小学館文庫
『惑星の暗号』　グラハム・ハンコック著／田中真知訳　翔泳社
『アトランティス崩壊の謎』　フランク・ジョセフ著／宇佐和通訳　日本文芸社
『古代史の封印を解く　日本ピラミッドの謎』　鈴木旭著　学習研究社
『大統領の戦争』　パトリック・ペクストン／エレノア・ルー著／大地舜訳　実業之日本社
『神と人類の古代核戦争』　ゼカリア・シッチン著／北周一郎訳　学習研究社
『図解・個人情報防衛マニュアル』　藤田悟著　同文書院
『オーパーツの謎』　南山宏著　二見書房
『大ピラミッドの謎とスフィンクス』　飛鳥昭雄／三神たける著　学習研究社
『失われた契約の聖櫃「アーク」の謎』　飛鳥昭雄／三神たける著　学習研究社
『人類最終兵器プラズナー』　飛鳥昭雄／三神たける著　学習研究社
『ムー　1999年11月号』　学習研究社

『ムー　1999年12月号』　学習研究社
『世界の神話伝説・総解説』　自由国民社
『ニュートン　1991年6月号』　教育社

このほか、『特命リサーチ200X』（日本テレビ）『奇跡体験！　アンビリバボー』（フジテレビ）などの番組や、Webサイトを参考にしました。

本作品はフィクションであり、作中に登場する人物、団体名はすべて架空のものです。
本書は二〇〇二年一二月に小社より刊行された同名文庫の新装版です。

双葉文庫

こ-10-09

神々《かみがみ》の遺品《いひん》〈新装版〉

2020年4月19日　第1刷発行

【著者】
今野敏《こんのびん》
©Bin Konno 2020

【発行者】
箕浦克史

【発行所】
株式会社双葉社
〒162-8540 東京都新宿区東五軒町3番28号
［電話］03-5261-4818(営業)　03-5261-4831(編集)
www.futabasha.co.jp
(双葉社の書籍・コミックが買えます)

【印刷所】
大日本印刷株式会社

【製本所】
大日本印刷株式会社

【CTP】
株式会社ビーワークス

【表紙・扉絵】南伸坊
【フォーマット・デザイン】日下潤一
【フォーマットデジタル印字】恒和プロセス

落丁・乱丁の場合は送料双葉社負担でお取り替えいたします。
「製作部」宛にお送りください。
ただし、古書店で購入したものについてはお取り替えできません。
［電話］03-5261-4822(製作部)

定価はカバーに表示してあります。

ISBN978-4-575-52343-0 C0193
Printed in Japan